U0097160

中國語言文字研究輯刊

五　編

許錟輝 主編

第7冊

《說文古本考》考（第四冊）

陶生魁 著

花木蘭文化出版社

國家圖書館出版品預行編目資料

《說文古本考》考（第四冊）／陶生魁 著 — 初版 — 新北市：
花木蘭文化出版社，2013〔民102〕
目 4+226 面；21×29.7 公分
（中國語言文字研究輯刊　五編；第 7 冊）
ISBN：978-986-322-510-2（精裝）
1. 說文解字　2. 研究考訂
802.08　　　　　　　　　　　　　　　　　102017771

ISBN-978-986-322-510-2

9 789863 225102

中國語言文字研究輯刊
五 編　第 七 冊　　　　　　ISBN：978-986-322-510-2

《說文古本考》考（第四冊）

作　　者　陶生魁
主　　編　許錟輝
總 編 輯　杜潔祥
出　　版　花木蘭文化出版社
發 行 所　花木蘭文化出版社
發 行 人　高小娟
聯絡地址　235 新北市中和區中安街七二號十三樓
　　　　　電話：02-2923-1455／傳真：02-2923-1452
網　　址　http://www.huamulan.tw 信箱 sut81518@gmil.com
印　　刷　普羅文化出版廣告事業
初　　版　2013 年 9 月
定　　價　五編 25 冊（精裝）新台幣 58,000 元
版權所有・請勿翻印

《說文古本考》考（第四冊）

陶生魁　著

《說文古本考》第十二卷上 嘉興沈濤纂

乞部

乞（乞）　玄鳥也。齊魯謂之乞。取其鳴自呼。象形。凡乞之屬皆从乞。
乞或从鳥。

　　濤案：《汗簡》卷下之一引「《說文》乙字作𪃋」，蓋古本尙有此重文，當爲古文乙字也。

　　又案：《廣韻·五質》「𪁈，《說文》作乙，燕乙，玄鳥也」，是古本尙有「燕乙」二字，今奪。《廣韻》所取「取」下奪「其」字，《廣韻》不云「𪁈，同上」，而言「《說文》作乙」，似陸、孫所據本無重文。

不部

不（不）　鳥飛上翔不下來也。从一，一猶天也。象形。凡不之屬皆从不。

　　濤案：《廣韻·四十四有》引「一，天也」，無「猶」字，蓋古本如是。《說文》之例，以「一」在上爲天，在下爲地，不得有「猶」字，下至不一猶地也〔註291〕，「猶」字亦衍。

鹵部

鹵（鹵）　西方鹹地也。从西省，象鹽形。安定有鹵縣。東方謂之㡿，西方謂之鹵。凡鹵之屬皆从鹵。

　　濤案：《一切經音義》卷二引「鹵，西方鹹地也，故字从西省，下象鹽形也。天生曰鹵，人生曰鹽，鹽在正東方，鹵在正西方」，又卷九、卷十四所引大略相同。卷二十四引「天生」上又有「确薄之地也」五字，皆與今本不同。然《書·禹貢》釋文正義、《史記·夏本紀》索隱、《御覽》八百六十五飲食部皆引「東方謂之斥，西方謂之鹵」，則今本不誤。蓋元應所引「天生曰鹵」云云乃一曰以下之奪文，或《說文》注中語也。

〔註291〕「下至下」不可解。

　　魁案：《慧琳音義》卷四十六、卷七十「鹹鹵」並引《說文》云：「鹵，謂西方鹹地也。天生曰鹵，人生曰鹽，鹽在東方，鹵在西方也。」與沈濤引同。卷七十「天生」之上又有「确薄之地也」五字，《慧琳音義》卷二十五卷「砂鹵」條引有「确薄之地」四字，無「也」字，卷四十一「沙鹵」條：「下盧古反。杜注《左傳》：确薄之地也。《說文》：西方鹹地也。」據此，「确薄之地」非出許書可知。又，《慧琳音義》卷七十七「潟鹵」條引《說文》云：「西方鹹地也。從鹵省，像鹽形也。東方謂之廎，西方謂之鹵也。」與今二徐本同，「從鹵省」當作「從鬲省」。《玄應音義》兩引有「天生曰鹵，人生曰鹽」語，則許書當有之。合訂之，許書原文當作「西方鹹地也。从鬲省，象鹽形。安定有鹵縣。天生曰鹵，人生曰鹽。東方謂之廎，西方謂之鹵。」

　　又，《慧琳音義》他卷皆節引。卷七、卷八「鹹鹵」並引作「西方鹹地也」。卷二十四「沙鹵」條引作「西方鹹地謂之鹵」。卷二十五「砂鹵」條引作「西方鹵地也」，「鹵」當作「鹹」。卷六十九「鹹鹵」條引作「西方鹹地也。又西方謂之鹵，從西省，鹵象監形也」，「監」當作「鹽」。卷六十一「鹹鹵」條引作「鹵，亦鹹也。苦也。西方謂之鹹地。」「亦鹹也，苦也」當是竄誤。

鹽部

鹽（鹽）　鹹也。从鹵，監聲。古者宿沙初作煮海鹽。凡鹽之屬皆从鹽。

　　濤案：《廣韻·二十四鹽》引「海」下有「為」字。上既言「作」，則下不得更言「為」，乃傳寫誤衍，非古本如是。

鹺（鹺）　河東鹽池。袤五十一里，廣七里，周百十六里。从鹽省，古聲。

　　濤案：《御覽》八百六十五飲食部引作「袤五十里，廣六十里，周一百十四里」，《水經注·涑水篇》引作「長五十一里，廣六里，周一百十四里」。竊意南北既長，東西不應如此之狹，古本當如《御覽》所引。酈注蓋傳寫奪一「十」字，今本又誤「六」為「七」耳，「四」之與「六」亦形近而誤。《左氏》成六年傳正義、《後漢書·章帝紀》注引同今本，疑後人據今本改。

戶部

戸 （戶） 護也。半門曰戶。象形。凡戶之屬皆从戶。𣏂古文戶从木。

濤案：《汗簡》卷下之一引《演說文》戶字作𤣩，葢庾氏書重文如此。

扉 （扉） 戶扇也。从戶，非聲。

濤案：《初學記》卷十儲官部引「扉，戶也」，乃傳寫奪一「扇」字，《一切經音義》卷十一引「戶扇謂之扉」可證。《玉篇》亦引同今本。

魁案：《古本考》是。《慧琳音義》卷五十二「金扉」條轉錄《玄應音義》，引同沈濤所引。今二徐本同，許書原文如是。

扇 （扇） 扉也。从戶，从翄聲。

濤案：《六書故》云「唐本从羽」，則今本从「翄」者誤也。《韻會》亦作从羽，則小徐本猶不誤。

魁案：《古本考》是。《慧琳音義》卷三十九「扇扇」條：「《說文》從戶翅省聲。」據「省聲」條例，則構形不爲「扇」字。小徐本作「从戶翅省」，無「聲」字，是。今大徐「聲」當作「省」。許書原文當作「扉也。从戶，从翄省。」

戻 （戻） 輜車旁推戶也。从戶，大聲。讀與釱同。

濤案：《玉篇》引無「戶」字，葢傳寫偶奪。

扃 （扃） 外閉之關也。从戶，回聲。

濤案：《文選·顏延年〈揚給事誄〉》注、任彥昇《蕭公行狀》注引「扃，外閉門之關」，是古本多一「門」字。《魏都賦》注、顏延年《還至梁城作詩》注引「扃，門之關也」，葢傳寫奪「外閉」二字。《南都賦》注、《蕪城賦》注、孔德璋《北山移文》注引同今本，乃節引非完文。《玉篇》亦引同今本，疑後人據今本改。

魁案：《古本考》非是。《慧琳音義》卷一「祕扃」條引《說文》同今二徐本，許書原文如是。

門部

閶（閶）　天門也。从門，昌聲。楚人名門曰閶闔。

　　濤案：《初學記》二十四居處部、《御覽》百八十二居處部引「閶闔，天門也」，是古本尚有「闔」字。《淮南‧原道訓》云：「排閶闔，淪天門。」高誘注曰：「閶闔，始升天之門也。」《離騷》云：「倚閶闔而望予。」王逸注曰：「閶闔，天門也。」《文選‧魯靈光殿賦》云：「高門擬于閶闔。」張注曰：「閶闔，天門也。」《思玄賦》云：「出閶闔兮降天途。」李善引舊注曰：「閶闔，天門也。」《史記‧司馬相如傳》云：「排閶闔而入帝宮兮。」正義引韋昭曰：「閶闔，天門也。」《漢書‧禮樂志》云：「游閶闔。」師古引應劭曰：「閶闔，天門也。」是古言「天門」者必兼「閶闔」二字，無單言「閶」者。許君言「楚人名門曰閶闔」，正申明「閶闔」為「門」之義。蓋《說文》之例，以篆文連注讀，二徐見訓解中單有「闔」字，以為不詞而妄刪之，誤矣。《玉篇》亦云「閶闔，天門也」，當本許書為訓。

　　魁案：《慧琳音義》卷八十五「閶闔」條引《說文》云：「楚人名宮門曰閶闔門。楚宮也。」與今二徐本異。

閨（閨）　特立之戶，上圜下方，有似圭。从門，圭聲。

　　濤案：《御覽》百八十四居處部引作「有似於圭」，是古本有「於」字，今本奪此字則詞氣不完。《一切經音義》卷十九引作「特立之門也」，門、戶義雖兩通而此在《門部》則作門為是。

　　魁案：《慧琳音義》卷五十六「皇閨」條轉錄《玄應音義》，引《說文》同沈濤所引。

閈（閈）　門也。从門，干聲。汝南平輿里門曰閈。

　　濤案：《左傳》襄三十一年釋文正義、《爾雅‧釋宮》釋文、《文選‧蕪城賦》注、《後漢書‧馬援傳》注、《廣韻‧二十八翰》皆引作「閈，閭也」，《玉篇》亦同，蓋古本如此。今本作「門」乃謁奪其半字耳。下文「閭，里門也」，許言「汝南平輿里門曰閈」，則當作「閭」。《左傳》釋文「輿」下有「縣」字。

　　魁案：《古本考》認為作「門」誤，是。《慧琳音義》卷十四「廛閈」條引

《説文》云：「閈，閭也。汝南平與里門也。從門干聲也。」許書原文當如是。

閭（閭）　里門也。从門，呂聲。《周禮》：「五家為比，五比爲閭。」閭，侶也，二十五家相羣侶也。

　　濤案：《一切經音義》卷二十二引奪「二十」二字，誤「羣」作「伴」，義得兩通[註292]。《書・武成》正義引「閭，族居里門也」，是古本亦有有「族居」二字者。《御覽》百五十七居處部引誤奪「五家」「五比」四字。

　　魁案：《慧琳音義》卷四十八「閭邑」條轉錄《玄應音義》，引《説文》云：「閭，侶也。五家相伴侶也。」同沈濤所言。

閻（閻）　里中門也。从門，臽聲。𡑢閻或从土。

　　濤案：《御覽》百八十二居處部引作「里中之門也」，蓋古本多一「之」字而文義始完。

闉（闉）　城內重門也。从門，垔聲。《詩》曰：「出其闉闍。」

　　濤案：《詩・出其東門》正義引「闉闍，城曲重門」，是古本「闉」下有「闍」字，「城內」作「城曲」。毛傳云：「闉，曲城也，闍，城臺也。」鄭箋云：「謂國外曲城之中市里也。」皆言「城曲」而不言「城內」，則今本作「內」者誤。二徐於訓解中妄刪「闍」字，正與「閻」字解中「闍」字相類。又《文選・謝宣遠〈集別詩〉注、顏延年《始興郡詩》注、謝希逸《宣貴妃誄》注皆引「闉，城曲重門也」，《九經字樣》亦云「闉，城曲重門也」，是古本無作「城內」者。

　　魁案：《古本考》是。《慧琳音義》卷六十二、卷九十八「城闉」條引《説文》並云：「城曲重門也。」許書原文如是。又卷六十二「城闉」條引云：「曲城重門也。」「曲城」二字誤倒。卷九十一「城闉」條引云：「城之重門曲處也」，非許書原文。

闕（闕）　門觀也。从門，欮聲。

濤案：《史記‧高祖紀》索隱引「關，門觀也，高三十丈」，蓋古本有此四字，今奪。

闔（闔）　門扇也。一曰，閉也。从門，盍聲。

濤案：《御覽》百八十二居處部引「闔，門扉也，閉門也」，蓋古本「扇」作「扉」，小徐本亦作「門扉」，則知大徐本誤也。《一切經音義》卷四、卷七、卷十九引「闔，閉也」，皆無「門」字，則《御覽》「門」字傳寫誤。《音義》卷十二引「闔，合也」，與他卷不同，當是傳寫有誤。

魁案：《古本考》認爲《御覽》衍「門」字，是。《慧琳音義》卷四十三「開闔」條轉錄《玄應音義》，引《說文》作「閉也」，卷七十五「闔眾」條亦轉錄《玄應音義》，引《說文》作「閇也」，「閇」當「閉」字之誤。《慧琳音義》卷八十四「闔耳目」條亦引作「閉也」，與今二徐本同，許書原文如是。

閬（閬）　門高也。从門，良聲。巴郡有閬中縣。

濤案：《文選‧甘泉賦》注引「閬閬，高大之兒」，蓋古本如此。今本爲二徐妄刪，疑《選》注傳寫奪「門」字。

魁案：《古本考》非是。《慧琳音義》卷八十三「崑閬」條、卷八十九「閬風」條引《說文》並云：「閬，高門也。從門良聲。」卷九十「閬中」條、卷九十七「閬州」並引《說文》云：「巴郡有閬中縣。」皆與今二徐本同，許書原文如是。卷九十七末有「也」字。

闢（闢）　開也。从門，辟聲。𨳿《虞書》曰：「闢四門。」从門，从𠬞。

濤案：《匡謬正俗》云：「許氏《說文解字》及張揖《古今字詁》：𨳿，古開字，𨳿，古闢字。」則古本「从門」上有「古文闢」三字，引書疑在「从𠬞」之下，闢當作𨳿，許君引《虞書》𨳿字如此，以證其爲古文闢也。

又案：《汗簡》卷一之下〔註293〕篆體作𨳿，是今本微誤。

魁案：《慧琳音義》卷十一「闢圓」條、卷二十「兩闢」條、卷四十四「闢重關」條、卷七十一「開闢」俱引《說文》云：「闢，開也。」與今二徐本同。

───────────────

〔註293〕當爲卷下之一。

鄉（鄉） 門響也。从門，鄉聲。

濤案：《御覽》百八十二居處部引「響」作「嚮」，本書無「嚮」字，蓋即「向」字之俗，古本當作「鄉」字。後人用通用字作「向」，又或从俗爲「嚮」，傳寫轉誤爲「響」，「響」字義不可通。

闌（闌） 門遮也。从門，柬聲。

濤案：《一切經音義》卷一、《華嚴經音義》卷八皆引「闌，檻也」，蓋古本一曰以下之奪文。

魁案：《慧琳音義》卷三十一「闌楯」條引《說文》同今二徐本。又云：「下脣閏反。《說文》：檻也。從木盾聲。」則「檻也」非「闌」字之訓可知。《慧琳音義》卷二十「欄楯」條轉錄《慧苑音義》，引《說文》同沈濤所引，亦誤。

《慧琳音義》卷七十四「闌楯」條引作「以木遮止人妄行也」，乃許書之意，非許書之文。卷三十二「欄楯」條引《說文》云：「闌者，閑也。」當是傳寫之誤，本部「閑，闌也」，寫者誤以爲互訓。

閡（閡） 外閉也。从門，亥聲。

濤案：《龍龕手鑑》引作「外閑」，乃傳寫有誤，非古本如是。

魁案：《古本考》是。《慧琳音義》卷二十「罣礙」條下、卷二十七「無礙」條下並引《說文》作「外閉也」，與今二徐本同，許書原文如是。卷四十五「無閡」條奪「外」字，卷十二「閡心」條誤「閉」爲「閑」，卷五十「無閡」條誤「閉」爲「閑」。

鐍（鐍） 關下牡也。从門，龠聲。

濤案：《一切經音義》卷二十一引「關，鐍下牡也」，乃「關鐍」二字傳寫互倒，非古本如是。

魁案：《古本考》認爲二字互倒，是。《慧琳音義》卷五十九「鐍牡」條轉錄《玄應音義》，引《說文》云：「校關下牡也。」「校」字，《玄應音義》卷十七「鐍牡」條作「插」。又《慧琳音義》卷八十「鍵鑰」條引《說文》云：「鐍，插關下牡也。」據此，今二徐本當奪「插」字。合訂之，許書原文當作「鐍，插關下牡也。」

閹（閹）　豎也。宮中奄閽閉門者。从門，奄聲。

　　濤案：《御覽》百八十二居處部引作「門豎也」，蓋古本如是。今本奪「門」字，誤。又，《一切經音義》卷一、卷十、卷二十引「閹，豎。宮中閹昏閉門者也」，則「閽」當作「昏」。

　　魁案：《古本考》認爲奪「門」字，非是。《慧琳音義》卷四十二、六十五「閹人」條轉錄《玄應音義》，與卷八十三「閹人」條三引《說文》皆云：「閹豎。宮中閹昏閉門者也。」皆無「門」字。卷七十六轉錄引「閹豎」作「閹豎」，豎同豎。

　　《慧琳音義》卷六十二「閹豎」條引云：「閹，即豎也。宮中閹閽閉門者。」卷八十二「閹豎」條引云：「豎也。宮中閹閽閉門者也。」與今小徐本同。許書之例，訓釋中復見被釋字者多矣，今大徐「奄閽」當從小徐作「閹閽」，諸引「昏」字亦當作「閽」，小徐本不誤，《古本考》非是。《慧琳音義》卷八十六「閹人」條引《說文》云：「宮中閉門閽守。閹豎也。」錯誤顯然。

閽（閽）　常以昏閉門隸也。从門，从昏，昏亦聲。

　　濤案：《御覽》百八十二居處部引「閽，昏也。門常昏閉故曰閽，即守門隸人也」，蓋古本如是，今本爲二徐妄刪。

兩（兩）　登也。从門、二。二，古文下字。讀若軍敶之敶。

　　濤案：《六書故》云「唐本从上」，則是古本篆體作兩，不作兩矣。字既訓「登」自以从上爲是。臣鉉等曰「下言自下而登上也，故从下」，亦知「从下」之不可通而強爲曲說耳。

閃（閃）　闚頭門中也。从人在門中。

　　濤案：《一切經音義》卷一、卷十一、卷十七皆引「閃，窺頭兒也」，蓋古本如是。上文「闚，閃也」，闚、閃互訓，人在門中正闚視之兒，不必更言「門中」也，今本誤衍。《廣韻‧五十五豔》引同今本，乃後人據今本改。

　　魁案：《慧琳音義》卷五十六「閃誑」條、卷七十四「閃見」條轉錄《玄應音義》，引《說文》同沈濤所引。卷三十八「閃爍」條引《說文》云：「闚頭門中兒。」是慧琳所見《說文》有「門中」二字，與今二徐本同，許書亦當如今

二徐本。《古本考》非是。

闋（闋）　事巳，閉門也。从門，癸聲。

濤案：《一切經音義》卷七引「事巳曰闋，闋，亦止息也，終也」，葢古本作「事巳閉門曰闋，一曰闋，止息也，終也。」元應所引傳寫奪「閉門」二字，今本奪一曰以下訓解。又《史記・留侯世家》索隱引「闋，事也」，則更奪誤不可通矣。

魁案：《古本考》非是。《慧琳音義》卷十七「過闋」條轉錄《玄應音義》，引《説文》同沈濤所引。卷九十一「道闋」條引同今二徐本。又云：「《毛詩傳》：闋，息也。鄭注《儀禮》：終也。」則「息也」「終也」之訓非出許書可知。今二徐本不誤。

補闠

濤案：《御覽》百八十二居處部、《一切經音義》卷二十二引「闤闠，市門也」，今本無「闠」字，云「闤，市外門也」，據《御覽》則古本有「闠」字。《文選・西京賦》曰：「通闤帶闠。」薛綜注曰：「闤，市營也。闠，中隔門也。」李善引《倉頡篇》曰：「闤，市門也。」又，《蜀都賦》：「闤闠之裏。」劉淵林注：「闤，市巷也。闠，市外內門也。」是「闤」字或訓爲「市營」或訓爲「市巷」，而《倉頡篇》則訓爲「市門」。許君説解每與《倉頡訓詁》相合，古本當作「闤闠，市門也，闠，闤闠也」。如「閭閻」、「闤闠」之例，二徐本誤奪「闠」字，遂改「闤」字之訓，而大徐闠字加入《新附》，誤矣。又薛以「闠」爲「市中隔門」，劉以「闠」爲「市外內門」，豈得訓爲「市外門」乎？

又案：錢少詹曰：「《説文》『營』訓『市居』，營有環音，故《齊詩》『子之營兮』，與『閒肩』爲韻。《韓非子》：『倉頡之作書也，自環者爲謂之私，背私者謂之公。』《説文》引作『自營爲厶』，『背厶爲公』，是『營』即『闤』也。」濤謂：「營」、「環」聲固相近，古書率相通假，然不得以此定《説文》之無「闤」字。薛氏訓「闤」爲「市營」，正以同聲爲訓，「闤」字從「門」當從《倉頡》訓爲「市門」。漢晉賦中皆言「闤闠」，無單言「闠」者，不得因今本誤奪而曲爲之説也。

魁案：《古本考》認爲許書有「闠」篆，是。認爲「闤闠」連讀，則非是。

《慧琳音義》卷四十八「闤闠」條轉錄《玄應音義》，引《說文》云：「闤闠，市門也。」同沈濤所引。《慧琳音義》卷四十二「闤闠」條引《說文》云：「闤，市外門也。」卷八十三「闤闠」條：「《說文》從門睘聲。下胡對反。《說文》：市外門也。從門貴聲。」是許書闤、闠二字單舉。

耳部

𦖨（耴）　耳垂也。从耳下垂。象形。《春秋傳》曰「秦公子輒」者，其耳下垂，故以爲名。

　　濤案：「輒」，《玉篇》作「耴」，蓋古本如是。此引《春秋傳》以證「耳垂」之義，不應作輒，「耴」上有「名」字，「故」作「因」，亦古本如是。

𦖴（貼）　小垂耳也。从耳，占聲。

　　濤案：《玉篇》引作「小耳垂」，蓋古本如是，引《埤倉》亦作「小耳垂也」可證。下文「耽，耳大垂」疑亦當作「大耳垂」。

𦖕（耽）　耳大垂也。从耳，冘聲。《詩》曰：「士之耽兮。」

　　濤案：《一切經音義》卷十三、卷十五引「耽，耳大也」，乃傳寫奪一「垂」字，非古本如是，《廣韻·二十二覃》引同今本可證。上文「貼，小垂耳也」，正與此字對對〔註294〕。

　　又案：《廣韻·二十二覃》引《說文》後云「又耽樂也。《詩》曰：無與士耽」，當是許書之一解。今稱《詩》經無，訓解太遠，蓋傳寫奪「一曰樂也」四字。〔註295〕

　　魁案：《古本考》認爲奪「大」字，是。今二徐本同，許書原文如是。《慧琳音義》卷五十八「瞻耳」條轉錄《玄應音義》，下云「又作耽，《說文》：耳大也。」同沈濤所引。

𦖫（聃）　耳曼也。从耳，冄聲。〔註296〕

──────────

〔註294〕「對對」不可解，疑下「對」字作「文」。

〔註295〕刻本「又案」之語誤竄於下文「聃」字下，今正。

〔註296〕刻本有竄誤，今正。

濤案：《史記・老子列傳》案〔註297〕隱引曼作漫，乃傳寫之誤。

魁案：《古本考》是。《慧琳音義》卷九十五「老聃」條引《說文》同今二徐本，許書原文如是。

聸（聸）　垂耳也。从耳，詹聲。南方聸耳之國。

濤案：《玉篇》、《廣韻・二十三談》引「聸耳」上皆有「有」字，蓋古本如是，今本傳寫偶奪。《一切經音義》十五引作「耳垂」，義得兩通。

魁案：《古本考》認為奪「有」字，是。今小徐本作「南方聸耳國」，當許書原文。大徐奪「有」字，又增「之」字補足語氣。《慧琳音義》卷四十二、五十八「聸耳」條轉錄《玄應音義》，與卷八十八「聸耳」條三引《說文》作「耳垂也」，卷八十五「聸耳」條引同今二徐本，未知孰是許書原文。

聯（聯）　連也。从耳，耳連於頰也；从絲，絲連不絕也。

濤案：《一切經音義》卷二十引「聯即連也」，「即」字乃元應所足。

魁案：《古本考》是。《慧琳音義》卷三十五「常聯」條、卷三十九「聯綿」條、卷四十二「聯鎖」條、卷九十三「聯鑣」條、卷九十八「聯環」俱引《說文》作「連也」，許書原文如是。卷七十四「腳聯」條轉錄《玄應音義》，引同沈濤所引。《希麟音義》卷七「聯鎖」條引《說文》云：「連綴也。」「綴」字衍。

聞（聞）　知聞也。从耳，門聲。**𦕎**古文从昏。

濤案：《汗簡》卷下之一引《說文》「聞」字作**𦕊**，與今本篆體不同，疑古本从「春」不从「昏」。

又案：《玉篇》、《廣韻》、《一切經音義》卷十四、卷十八皆引「聞，知聲也」，是古本不作「知聞」，小徐本尚不誤也。

聘（聘）　訪也。从耳，甹聲。

濤案：《止觀輔行傳宏決》四之三引「訪」作「問」，蓋古本如是。傳注訓「聘」為「問」者不一而足，或疑湛然涉《女部》「娉」字訓解而誤，斯不

然矣。

又案：《一切經音義》卷二引同今本，並引《爾雅》曰「娉，問也」，以別于《說文》之訓「訪」，是二釋所據本不同，「訪」、「問」義得兩通也。

聾（聾）　無聞也。从耳，龍聲。

濤案：《御覽》七百四十疾病部引有「秦晉謂之𦕈」五字，蓋古本如是，二徐疑與下文重複而刪之矣。

魁案：《古本考》非是。《慧琳音義》卷四「聾者」條引《說文》云：「無聞曰聾。」卷二十八「聾劋」條、卷三十「聾瞽」條、卷三十三「聾瞶」條、卷六十三「聾騃」條俱引《說文》同今二徐本，許書原文如是。卷八十六「導噎聾中」條：「《說文》並云耳無聞也。」「耳」字引者所足。

𦕈（𦕈）　益梁之州謂聾爲𦕈，秦晉聽而不聰，聞而不達謂之𦕈。从耳，宰聲。

濤案：《御覽》七百四十疾病部引「聽而不聰」作「聽而不聞」，蓋古本如是。「聽而不聞」謂全無所聞，聞而不達，則不聰之謂矣。二者皆謂之𦕈，若如今本則下句贅矣。「益梁」作「梁益」，義得兩通。《方言》亦作「聽而不聰」，蓋傳寫之誤，後人又據誤本《方言》以改許書耳。

聝（聝）　軍戰斷耳也。《春秋傳》曰：「以爲俘聝。」从耳，或聲。馘聝或从首。

濤案：《玉篇》引作「戰而斷耳也」，蓋古本如是。今本誤。

魁案：《古本考》非是。《慧琳音義》卷八十七「截馘」條引《說文》云：「軍戰斷耳也。從首或聲，正從耳作聝。」與今二徐本同，許書原文如是。

聶（聶）　附耳私小語也。从三耳。

濤案：《史記‧魏其傳》索隱、《玉篇》皆引作「附耳小語也」，是古本無「私」字。「附耳小語」不必更言私矣。

補 聯

濤案：《廣韻‧十二齊》引「聯，耳不相聽也」，是古本有聯篆，今奪。

𦣞部

𦣞（𦣞） 廣𦣞也。从𦣞，巳聲。古文𦣞从戶。

濤案：《九經字樣·雜辨》：「𦣞𦣞，上《說文》，下經典相承。」是古本「戶」在「巳」上。

手部

攕（攕） 好手兒。《詩》曰：「攕攕女手。」从手，韱聲。

濤案：《詩·葛屨》正義引「攕，妙手」，許書無「妙」字，當爲「好手」之誤。《一切經音義》卷十二所引正同今本，釋文亦引作「好」字。

魁案：《古本考》是。《慧琳音義》卷十七「纖長」條轉錄《玄應音義》，云：「經文作㰗，《說文》：好手兒也。」㰗當作攕，古書從木從扌之字每相亂。卷四十六「孅指」條下云：「《說文》：攕，好手兒也。」是許書原文當作「好手兒也。」

擖（擖） 舉手下手也。从手，壹聲。

濤案：《文選·西征賦》注引「擖，拜舉手下也」，蓋古本如是。古之「擖」即今之「揖」，古之「揖」乃今之「拱手」。《周禮·春官·太祝》：「九曰肅拜。」注引先鄭云：「但俯下手，今時擖是也。」即舉手下之義。《左傳》成十六年「三肅使者而退」，杜注云：「肅手至地若今之擖」。是古時解「擖」字，無不如今之長揖。《左傳》成十六年正義引同今本，義亦得通。《左傳》釋文引《字林》「舉首下手也」，乃傳寫誤「手」爲「首」，呂、許本屬相同。段先生輒謂「《說文》當作舉首」，余未敢從。

魁案：《古本考》是。《慧琳音義》卷九十九「長擖」條：「《考聲》：擖，揖也。《說文》：拜舉手下也。從手壹聲。」是許書原文當作「拜舉手下也」，今二徐本並誤。《慧琳音義》卷八十八「長擖」條引《說文》云：「揖，揖也。從手壹聲。」上「揖」字當作「擖」字，「揖也」之訓非出許書。

揖（揖） 讓也。从手，咠聲。一曰，手著胷曰揖。

濤案：《論語·述而》釋文及《玉篇》引「讓」作「攘」，蓋古本如是。古

「揖讓」作「攘」,「讓」乃「責讓」字，宋小字本正作「攘」，此字乃毛本傳刻之譌。《北堂書鈔》禮儀部引「手」上有「以」字，今本亦奪。

（𢷎） **首至地也。从手、𠦪。𠦪音忽。古文拜。楊雄說：拜从兩手下。**

濤案：《汗簡》卷下之一引《說文》拜作，葢古本篆體如此。與部首手字古文合。

（搯） **捾也。从手，舀聲。《周書》曰：「師乃搯。」搯者，拔兵刃以習擊刺。《詩》曰：「左旋右搯。」**

濤案：《詩·清人》釋文引「拔兵刃」作「抽刃」，葢古本如是。抽、拔義雖相近可以兩通，然抽、搯一聲之轉，今《毛詩》本作「抽」，傳訓「抽矢」，箋訓「抽刀」，許君自當以「抽刃」釋「搯」也。

魁案：《慧琳音義》卷七十一「搯心」引《說文》云：「搯，捾也。」同二徐本。卷七十二「搯心」條引奪「也」字。卷九十四「搯漏」條亦奪「也」字，「捾」誤作「棺」。

（排） **擠也。从手，非聲。**

濤案：《一切經音義》卷六引「排，盪也」，當是古本之一訓。

魁案：《古本考》可從。《慧琳音義》卷二十七「推排」條引《說文》云：「推，排。排，盪。」許書葢有「盪也」一訓。卷一「排空」條、卷七十七「排抗」條並引同今二徐本。

（抵） **擠也。从手，氐聲。**

濤案：《文選·風賦》：「邸莖葉而振氣。」注引《說文》曰：「邸，觸也。」「邸」與「抵」古字通，注中「邸」字當爲「抵」字之誤。崇賢所引當是古本之一訓。

魁案：《古本考》非是。「觸也」乃本書《牛部》「牴」字之訓。《段注》云：「亦作抵、觝。」是凡「抵」訓「觸也」，本字當作「牴」。《慧琳音義》卷十六「抵突」引《說文》正作「觸也」。卷九十一「大抵」條引同今二徐本，許書原文如是。卷九十八兩條「抵玉」皆引《說文》云作「擊也」。又，宋代林越《兩

漢雋言》卷十二兩引《說文》云：「抵，側擊也」，乃本部「抵」字訓，形近誤也。

乭（拉）　摧也。从手，立聲。

濤案：《文選·吳都賦》注引「拉，頓折也」，《一切經音義》卷七引「拉，敗也」，皆古本一曰以下之奪文。

魁案：《古本考》非是。《慧琳音義》卷十七「摧拉」條轉錄《玄應音義》，引《說文》同卷七沈濤所引。卷八十七「拉天」條：「何休注《公羊》云：拉，折也。《說文》云：拉，摧也。」此引何休注與《說文》並舉，則「折也」一訓非出許書可知。「敗也」一訓疑亦非許書之文。

乭（挫）　摧也。从手，坐聲。

濤案：《文選·文賦》［註298］注引「挫，折也」，乃古本一曰以下之奪文。《考工記》：「揉牙內不挫。」注云：「挫，折也。」

又案：《一切經音義》卷二十三引「挫，摧也，亦抑也，折也」，是古本尚有「抑也」一訓。

魁案：《古本考》認為有「折也」一訓，是。《慧琳音義》卷七十一「為挫」條引《說文》云：「挫，摧也。挫，折也。」卷八十三「包挫」條引云：「挫，折也。」《古本考》認為有「抑也」一訓，非是。《慧琳音義》卷八「挫辱」條：「《考聲》：挫，抑也。《說文》：挫，摧也。」則「抑也」非出許書可知。《慧琳音義》卷十「抑挫」引《說文》：「挫，摧也。亦抑也。」「抑也」亦非許書之文。《慧琳音義》卷八「抑挫」條，卷十三、卷三十五「挫辱」條，卷二十四「挫惡」條，卷二十八「挫身」條，卷三十九「挫颺」條，卷六十「挫折」條，卷七十四「挫捩」，卷八十一「挫外道」條，卷九十一「挫其銳」條俱引《說文》作「摧也」。《慧琳音義》卷四十九「挫汝」條轉錄《玄應音義》，引同沈濤所引。合訂之，許書原文當作「摧也。一曰折也。从手，坐聲。」

乭（操）　把持也。从手，喿聲。

濤案：《詩·遵大路》正義云：「《說文》操字喿（此遙反）聲，訓為『奉』

也。」與今本不同，蓋孔沖遠所據本如是，義得兩通。《文選・東京賦》注、《一切經音義》十七、十九、二十等卷所引皆同今本，則今本亦不誤也。

　　魁案：《古本考》是。《慧琳音義》卷五十六「操刀」條，卷六十七、七十四、七十六「操杖」條轉錄《玄應音義》，與卷八十、卷八十九「操筆」條，卷八十六「操乾」條，卷九十四「操枹」條，卷九十八「操鈹」條俱引《說文》同今大徐本，許書原文如是。又，卷十八「操紙」條引奪「把」字，卷八十三「操翰」條衍「把」字，卷八十九「異操」條誤「把」爲「抱」。

攫（攫）　爪持也。从手，矍聲。

攫（攫）　抁也。从手，夒聲。

　　濤案：《一切經音義》卷一云：「甌字宜作攫，九縛、居碧二反，《說文》：攫，爪持也。《淮南子》云『獸窮則攫』是也。」卷三云：「甌宜作攫，《說文》云：爪持也。攫，抁也。」卷九云：「甌字宜作攫，《說文》：爪持也。《禮記》：摯蟲搏也。」卷二十五云：「《說文》：攫，爪持也。」凡四引皆作「攫」，不作「攫」。又卷十一云：「攫，九縛反。《說文》：攫，抁也。《蒼頡篇》：攫，搏也。《淮南子》云『獸窮則攫，鳥窮則啄』是也。」卷十五云：「攫，九縛反。《說文》：攫，抁也。《蒼頡篇》：攫，搏也。」卷十九云：「摑宜作攫，力（當作九）縛反，《說文》：攫，抁也。《蒼頡篇》：攫，搏也。」是元應所據《說文》有「攫」無「攫」，「爪持」與「抁」二訓皆「攫」字之解。《華嚴經音義》卷十二引《說文》曰：「攫，爪持也。」且云：「攫字經本有從立犬旁作夒者，甚謬。」是慧苑所據《說文》亦有攫無攫。《玉篇》亦有攫無攫。高誘注《淮南子》云：「攫，撮也」，正合「爪持」之義。古本當作「攫，爪持也，一曰抁也，从手夒聲」方合唐以前所引。攫字或爲攫之重文，或竟爲二徐妄竄，皆未可知也。

　　魁案：《古本考》是。《慧琳音義》卷九「甌裂」條轉錄《玄應音義》卷三，引同。卷二十「甌裂」條轉錄《玄應音義》卷一，引同。卷二十一「能攫噬」條轉錄《慧苑音義》，引同。卷四十三「爪攫」條轉錄《玄應音義》卷四引作「抁也」。卷四十六「甌裂」條轉錄《玄應音義》卷九，引同。五十六「攫啄」條轉錄《玄應音義》卷十一，引同。卷五十六「摑裂」條轉錄《玄應音義》卷十九，奪「也」字。卷五十八「攫其」條轉錄《玄應音義》卷十五，引同。卷七十一

「攫腹」條轉錄《玄應音義》卷二十五，引同。《慧琳音義》卷二「或攫」條引《說文》云：「扟也。」卷七十四「把甌」條引《說文》云：「爪持也。或作攫同。」據諸引「攫」當有兩訓「爪持也。扟也。」許書原文蓋作「爪持也。一曰扟也。」《慧琳音義》卷七十八「自攫」條引云：「扟也。從手瞿聲。」「瞿」當傳寫之誤。《集韻・燭韻》：「攫，《說文》爪持也。或作攫。」

𢰘（拊） 捫持也。从手，布聲。

濤案：《一切經音義》卷十六引「拊，布也」，蓋古本一曰以下之奪文。《韻會・七虞》引「一曰舒也」，是小徐本本有一解。舒、布義雖相近而此从布聲，則作布爲是。元應又引《字書》「拊，敷也，謂敷舒之也」，敷、布、舒三義皆同。

魁案：《古本考》認爲小徐本有「舒也」一訓，非是。今二徐本同。《慧琳音義》卷六十四「拊草」條轉錄《玄應音義》，引同沈濤所引。《廣雅・釋詁》：「拊，布也。」疑玄應書誤竄。

𢫦（挾） 俾持也。从手，夾聲。

濤案：《一切經音義》卷十四、卷十六兩引「挾，持也」，疑古本無「俾」字。然本部自「挈」以下如「縣持」、「協持」、「閱持」、「握持」、「把持」、「爪持」、「急持」、「索持」、「引持」、「并持」、「捫持」、「撫持」、「撮持」、「理持」、「搕持」、「提持」，無單訓「持」者，則此解不應無「俾」字，殆元應節取「持」字之義耳。

魁案：《古本考》當是。《慧琳音義》卷五十九「挾鉢」條、卷六十五「肱挾」條轉錄《玄應音義》，並引《說文》同沈濤所引。卷十四「挾怨」條、卷三十四「懷挾」條、卷八十二「挾轂」條、卷九十三「挾帚」亦引作「持也」，惟卷七十八「懷挾」條引作「埤持也」，「埤」當作「俾」字，今二徐本同，合沈濤所訂，許書原文當有此字。他卷所引奪之。

𤓷（擥） 撮持也。从手，監聲。

濤案：《一切經音義》卷十二、《文選・甘泉賦》注引皆同。惟《音義》卷十一引「攬（即擥字）持也」，非節引即奪文。說詳「挾」字下。

魁案：《古本考》是。今二徐本同，許書原文如是。《慧琳音義》卷五十三「攀擎」條轉錄《玄應音義》，引《說文》同卷十二沈濤所引。

杷（把） 握也。从手，巴聲。

濤案：《一切經音義》卷十二引「把，握也，持也」，卷十四引作「亦把持也」，是古本尚有「持也」一訓，今奪。

魁案：《古本考》是。《慧琳音義》卷十七、卷三十「弓把」條轉錄《玄應音義》，並引《說文》同卷十二沈濤所引。卷五十九「作杷」條轉錄同卷十四沈濤所引。卷五十六「弓杷」條轉錄引云：「杷，握也。把，持也。」據諸引許書原文當有「持也」一訓，蓋作「握也，持也。」卷五十六「璃杷」條轉錄引同今二徐本。諸引「杷」皆當作「把」。

搞（搞） 把也。从手，鬲聲。𥆧搞或从𠃉。

濤案：《文選‧雪賦》注、《一切經音義》卷二十、卷二十五所引皆同。惟《音義》卷二十二「把」下有「持」字，乃傳寫誤衍，非古本有異同也。

魁案：《古本考》是。《慧琳音義》卷四十八「挭捥」條轉錄《玄應音義》，云：「又作搞。《說文》：搞，把持也。」同沈濤所言。卷四十五「挭縛」條：「《說文》正作搞。搞，把也。」卷六十八「挭取」條：「《說文》作搞。云：把也。」同今二徐本，許書原文如是。

控（控） 引也。从手，空聲。《詩》曰：「控于大邦。」匈奴名引弓控弦。

濤案：《文選‧羽獵賦》注引「匈奴名引弓曰控弦」，是古本有「曰」字，今奪。《西都賦》注同，傳寫奪一「弦」字。《一切經音義》卷二十二引「匈奴」為「突厥」則是唐人妄改，許君時尚無「突厥」之名也。

魁案：《古本考》認為有「曰」字，是。《慧琳音義》卷四十八「控弦」條轉錄《玄應音義》，引《說文》同沈濤所引。卷六十二「控御」條引作「引也」，同今二徐本。卷一「控寂」條引「引也。告也。」「告也」一訓疑誤衍。又，卷五十四「控制」條引作「匈奴引弓亦曰控絃」，絃同弦。卷六十三「或控」條引作「匈奴引弓曰控也」。此二引皆有「曰」字，而無「名」字，當奪。上引「亦」

乃引者所足，下引又奪「弦」字。合訂之，許書原文當同《羽獵賦》注引。

掐（掐）　把也。今鹽官入水取鹽爲掐。从手，音聲。

　　濤案：《六書故》引唐本《說文》曰：「捊也」，則古本不作「把」。「手把曰掐」見《通俗文》（《一切經音義》卷十六引），許書未必如此。本部「捊，引取也」，重文作「抱」，即今之「刨」字，則「取」乃「深取」之意，許言「鹽官」以證「掐」之爲深取，其作「捊」不作「把」可知矣。《史記·孝武本紀》、《封禪書》索隱兩引「掐，抱也」，抱即捊之重文，此唐本作捊之明證。又案，《漢書·郊祀志》云：「掐視得鼎。」師古曰：「掐，手把土也。把音蒲巴反，其字从木。」蓋即今之爬，或據此以爲把當作杷，然顏氏並未引《說文》，與其臆改，不如從唐本之爲愈也。《一切經音義》卷十六兩引皆同今本，疑皆「抱」字之誤。

　　魁案：《古本考》非是。《慧琳音義》卷四十三「掐發」條轉錄《玄應音義》，云：「《說文》作抱、捊二形，同。步交反。捊，引取也。《通俗文》作掐。手把曰掐。」卷五十六「掐地」條：「《通俗文》：手把曰掐。《說文》捊或作抱，引取也。」據此二引，則唐時「掐」爲「捊」、「抱」之異體。然卷六十五「掐汗」條轉錄《玄應音義》，明云：「《通俗文》：手把曰掐。《說文》：掐，把也。」引《說文》同今二徐本，則許書原文當如是。

掄（掄）　擇也。从手，侖聲。

　　濤案：《廣韻·二十三魂》引有「一曰貫也」四字，蓋古本如是。《廣雅·釋言》[註299]云「掄，貫也」，是掄有「貫」義。小徐本作「一曰以手貫也」，「以手」二字恐是誤衍。

批（批）　捽也。从手，此聲。

　　濤案：《一切經音義》卷三、卷十八兩引「批，撠也」，蓋古本如是，今本涉下「抴」訓而誤耳。本書無「撠」字，而《篇》、《韻》皆有之，疑傳寫奪去，當補。

　　又案：本部「搄，撠持也」，「戟」即「撠」之省。《漢書·五行志》注：「撠

謂搰持之也。」「搰」訓「撷持」，「撷」訓「搰持」，正許書互訓之例。《詩‧鴟鴞》傳曰：「拮据，撷搰也。」撷、搰雙聲字。釋文云：「本或作戟」，乃省假非正字。《史記‧孫子列傳》：「善門者不持撷。」索隱曰：「撷謂以手持撷刺人也。」當是小司馬所見本省「撷」爲「戟」，故望文生義。索隱中兩「撷」字皆當作「戟」。《左氏》哀二十五年傳：「褚師出，公戟其手。」「戟」亦「撷」字之省。杜注乃謂「徒手屈肘如戟形」，甚誤。或見二徐本無「撷」篆，遂謂「撷」當作「戟」，且解「戟持」之訓謂「手如戟而持之」，亦不得其說而強爲之辭。《漢書‧揚雄傳》注云：「撷，搰。」其義當本許書矣。

　　魁案：《慧琳音義》卷九「不批」條轉錄《玄應音義》，引《說文》云：「捽也。謂捽持也。」與今二徐本同，且慧琳明言「謂捽持也」，則慧琳所見許書如是。卷七十二「言批」條轉錄引云：「批，撷也。」則玄應所見許書如是。二者異，未知孰是。

捺（撷）　撮取也。从手，帶聲。讀若《詩》曰「蝃蝀在東」。撷或从折从示。兩手急持人也。

　　濤案：《文選‧文賦》：「意徘徊而不能揥。」注引《說文》云：「揥，取也」。「揥」即「撷」字之別體，是古本無「撮」字，或崇賢節引耳。

　　又案：《繫傳》尚有重文徒字，云：「古文撷从止辵。張次立曰：今《說文》引李舟《切韻》徒字如是。」此文乃大徐所刪。

捊（捊）　引取也。从手，孚聲。抱，捊或从包。

　　濤案：《詩‧綿》正義、《一切經音義》卷二、卷十五、卷十九，《廣韻‧十九侯》《三十二皓》所引皆同。惟《詩‧縣》釋文作「引取土」，乃「也」字傳寫之誤。《音義》卷四無「引」字，非節引即奪文。《玉篇》「引取」作「引聚」，亦誤。《玉篇》有「《詩》曰：原隰捊矣」六字，小徐本同，則大徐本誤奪也。

　　又案：《一切經音義》卷十一引「抱，持也」，當是古本之一訓。

　　魁案：《古本考》認爲大徐奪稱《詩》語，是。認爲有「持也」一訓，非是。所引「抱」字乃「把」字之誤。詳見上「把」字條。《慧琳音義》卷四十三「捊發」條、卷五十六「捊地」條轉錄《玄應音義》，條下引《說文》並同今二徐本。

卷五十八「挼水」條亦轉錄，與卷五十「手挼」條並引亦同今二徐本，許書原文如是。

承（承）　奉也。受也。从手，从卪，从収。

濤案：《六書故》云：「唐本从手从𢍏。張參曰：从手从𠬞。」是古本从𢍏，非从卪从収矣。本書《収部》「𢍏，翊也。从廾，从卪，从山，山高奉承之義」，則「承」字宜从之。《五經文字》「从手从𠬞」，不云《說文》，則經典相承通用字如此，許書不如此也。

又案：《九經字樣》云：「𠬞承，上《說文》，下隸省，从卪从手，又从収」，似玄度所見《說文》已與今本同矣。

又案：《文選・雪賦》注引「承，上也」，當是古本之一訓。

魁案：《慧琳音義》卷一「謬承」條引《說文》云：「受也。從手丞聲也。」以形聲解之，不足為據。卷八十二「猥承」條：「《說文》作承，一體也。《說文》：受也。從手卪廾。」以會意解之，語同今小徐本。今大徐亦不誤。

抪（抪）　攤也。从手，市聲。

濤案：《玉篇》引「攤」作「擢」，乃傳寫之誤。

搔（搔）　括也。从手，蚤聲。

濤案：《一切經音義》卷十二引作「刮也」，是古本作「刮」不作「括」。《廣韻》：「搔，爬刮」，正用「刮」字，「括」非其義。

魁案：《古本考》是。《慧琳音義》卷六十五「搔摸」條、卷七十四「搔蚌」條、卷七十六「杷搔」條及卷八十四「預搔」條俱引《說文》作「刮也」，許書原文如是。卷六十五、卷七十四所引又有「抓也」一訓，乃非許書之文，《慧琳音義》卷八十八「搔首」條云：「許叔重注《淮南子》云：搔，抓也。《說文》：刮也。」卷六十二「把搔」條與卷一百「搔動」條引作「括也」，乃「刮也」之誤。

挑（挑）　撓也。从手，兆聲。一曰，摡也。《國語》曰：「郤至挑天。」

濤案：《一切經音義》卷二、卷十七引「挑，抉也」，蓋古本尚有「抉」字

一訓，今奪。下文「抉，挑也」，互訓可證。

又案：《音義》卷二、卷十七又有「以手抉挑出物」六字，當是庾氏注中語（卷十七有也字）。

魁案：《古本考》認爲有「抉也」一訓，是。《慧琳音義》卷三十「挑出」條引《說文》云：「抉。」卷四十三「挑火」條引云：「抉也。」卷十四「挑目」條引作「撓也」，同今二徐本。卷六十七「若挑」條轉錄《玄應音義》，引同沈濤所引。「以手抉挑出物」非許書之文。

撓（撓） 擾也。从手，堯聲。一曰，捄也。

濤案：《一切經音義》卷二、卷二十二引尚有「又曰擾亂也」五字，是古本尚有「亂」字一訓。卷七引有「謂擾瓊也」四字，則庾氏注中語矣。

魁案：《古本考》認爲有「亂也」一訓，非是。《慧琳音義》卷九「不撓」條轉錄《玄應音義》，云：「《說文》：撓，擾也。《廣雅》撓，亂也。」卷四十六「撓色」條轉錄云：「《廣雅》：撓，亂也。《說文》：撓，擾也。」卷七十「沸撓」條云：「《廣雅》：撓，亂也。《說文》：撓，擾也。」卷八十七「不撓」橋云：「杜注《左傳》云：撓，亂也。《說文》：擾也。」卷一百「不撓」條云：「《廣雅》云：亂也。《聲類》：攪也。《說文》：擾也。」諸引他書與《說文》並舉，則「亂也」一訓非出許書可知。卷二十六「撓濁」條與卷四十八「撓濁」轉錄《玄應音義》，並有「亂也」一訓，非出許書。

《慧琳音義》卷一「撓亂」條，卷十「諠撓」條，卷二十六「撓大海」條，卷四十九「撓攪」條轉錄《玄應音義》，並引《說文》作「擾也」。卷七十六「撓吾」條轉錄所引奪「也」字。卷六十二「撓攪」條引作「擾也」，卷六十五「物撓」條引云：「撓，擾也。」「撓」當作「撓」，「擾」並同「擾」。《廣韻·小韻》：「擾同擾。」

又，《慧琳音義》卷六十三「撓攪」條：「《考聲》云：撓，擾也。《廣雅》云：亂也。《說文》：攪也。從手堯聲。」卷六十九「撓攪」條：「《廣雅》云：撓，亂也。《說文》：攪也。從手堯聲。」卷七十四「撓攪」條：「《廣雅》：撓，亂也。《說文》：亦攪也。」卷七十六「撓攪」條：「《廣雅》：撓，亂也。《說文》：撓，亦攪也。」四「撓攪」條俱引《說文》有「攪也」一訓，竊以爲均涉「撓攪」之「攪」字傳寫致誤，非是許書之文，且前引《聲類》引作「攪也」。

挶（挶） 戟持也。从手，局聲。

濤案：《詩‧鴟鴞》正義引「戟持」作「撽持」，蓋古本如是。釋文引無「戟」字，乃傳寫誤奪。《左氏》襄九年傳正義引同今本，則後人據今本改也。說詳「批」字下。

揮（瘳） 引縱曰瘳。从手，瘳省聲。

濤案：《文選‧海賦》注引「揫，引而縱也」，《爾雅‧釋訓》釋文云：「揫，本或作摩，同。充世反。《說文》云：引而縱之。」「揫」即「瘳」之別，「摩」又「瘳」之譌。《爾雅》釋文「之」字當作「也」，蓋古本亦有如是作者。

又案：《汗簡》卷中之二引《說文》揫字作厈，今本無此重文，且摩字古文未必如是，恐傳寫有誤。

魁案：《慧琳音義》卷十四「牽瘳」條引《說文》云：「引而縱也。或作揫，俗字也。」《希麟音義》卷六「揫開」條引云：「引而縱之也。」合沈濤所引，許書原文當作「引而縱也」。

拯（拯） 上舉也。从手，升聲。《易》曰：「拯馬，壯，吉。」橙拯或从登。

濤案：《文選‧謝靈運〈擬魏太子鄴中集〉詩》、《七啟》、《傅季友〈教〉》、《頭陀寺碑文》、《潘元茂〈冊魏公九錫文〉》等注皆引「出溺為拯（《冊九錫文》有也字）」，蓋古本一曰以下之奪文。

又案：《易‧明夷》釋文引「拯，舉也」，又引《字林》：「拯，上舉也」，則古本《說文》正義〔註300〕作「拯」不作「拯」。姚尚書文田曰：「《一切經音義》、《文選》所引字皆作『拯』，惟《淮南子‧齊俗訓》：『子路撜溺』，高誘注：『撜拯同』，張參《五經文字》：『拯作拯，訛』，然則『拯』非俗字，疑『拯』是《字林》後人屬入。」

又案：《一切經音義》卷二引「拯，上舉也，謂救助也」，卷九引「拯，謂上舉也，救助也，出溺也」，以「救助」釋「上舉」當是庾氏注中語，而「出溺」之訓其為一解無疑矣。

〔註300〕疑「正義」作「正字」。

魁案：《古本考》認爲有「出溺」一訓，非是。《慧琳音義》卷十二「柲溺」云：「《說文》正體從手升聲也。或從登作橙。《說文》：上舉也。杜預云：救助也。《方言》：拔出溺也。」則「出溺」非許書之文可知。又，《慧琳音義》卷十一「柲」字下云：「《說文》作抍，上舉也。」柲當作拯。卷三十二「拯濟」條：「《說文》或作抍，又作撜。」卷四十「拯濟」條：「《說文》云正作抍。云：上舉也。」卷六十一「拯濟」條：「《說文》從手從升作抍。用與拯同。《說文》：上舉也。從手丞聲。」卷八十九「拯溺」條云：「《說文》作抍，上舉也。」卷九十二「捄拯」條引《說文》云：「抍，上舉也。」是慧琳以「拯」爲俗字。

（振）　舉救也。从手，辰聲。一曰，奮也。

濤案：《文選·陸士龍〈大將軍讌會詩〉》、《答賈謐詩》、顔延年《和謝監詩》賈誼《過秦論》、陸士衡《演連珠》等注，《一切經音義》卷四、卷七、卷十、卷十一、卷二十二，《華嚴經音義》卷二十五所引皆無「救』字，葢古本無之。然《匡謬正俗》卷七引同今本，葢古本亦有如是作者。

魁案：《慧琳音義》卷十七「振于」條，卷四十三「振濟」條，卷四十五、卷五十二「振給」條，卷四十八「振恤」條皆轉錄《玄應音義》，以及卷二十二「名振天下」條轉錄《慧苑音義》俱引《說文》作「舉也」，無「救」字。是慧苑、慧琳所見許書如是，今二徐本同。

（扛）　横關對舉也。从手，工聲。

濤案：《後漢書·虞延傳》注引「扛鼎横關對舉也」，「鼎」字涉傳文而衍。《史記·項羽本紀》索隱、《廣韻·四江》、《文選·西京賦》注引同今本可證。又《費長房傳》注引「兩人對舉曰扛」，葢古本亦有如是作者。《龍龕手鑑》引無「對」字，乃傳寫誤奪。

魁案：《慧琳音義》卷八十「扛轝」條引《說文》同今二徐本，許書原文如是。

（撟）　舉手也。从手，喬聲。一曰，撟，擅也。

濤案：《爾雅·釋獸》釋文、《文選·江文通〈雜體詩〉》注引皆無「手」字，

蓋古本如是。《楚辭・離騷》注曰:「矯,舉也。」「矯」即「撟」字之假。《史記・扁鵲傳》:「舌撟然而不下。」陶淵明《歸去來辭》曰:「矯首爾遐觀。」凡舉皆謂之「撟」,不必專言「手」。《文選・陸士衡〈吳趨行〉》注及《玉篇》引同今本,疑後人據今本改。

　　魁案:《慧琳音義》卷六、卷四十「撟誑」條,卷五十五「不撟」條,卷七十「撟亂」條,卷八十七「撟僞」條俱引《說文》作「擅也」,皆爲許書之一解。卷三十九「撟誑」條引作「檀也」,當「擅也」之誤。

𣬪（抃）　拊手也。从手,弁聲。

　　濤案:《文選・長笛賦》注引作「撫手也」,《後漢書・張衡傳》注引作「搲手也」,撫乃拊字之假,搲[註301]又拊字之別。《一切經音義》各卷皆引作「拊手曰抃」,則知今本不誤。《文選・求自試表》注引作「拊也」,非節引即奪文。又《音義》卷七引「拍手曰抃」,「拍」亦「拊」字之誤。

　　魁案:《古本考》是。《慧琳音義》卷五十二「抃舞」條轉錄《玄應音義》,云:「又作抃,《說文》拊手曰抃也。」同沈濤所引。卷六十四「抃舞」條與卷九十六「嘉抃」下並引《說文》同今二徐本。卷八十八「式抃」條引《說文》云:「拊手篭也。從手卞聲也。或作抃也。」「篭」字當傳寫誤衍。

𢴿（揆）　葵也。从手,癸聲。

　　濤案:《六書故》引唐本曰「度也」,是古本作「度」不作「葵」。《爾雅・釋言》:「揆,度也。」《詩・定之方中》傳、《左氏》文十八年傳注皆云「揆,度也」,傳注無不訓「揆」爲「度」者。《詩・采菽》傳:「葵,揆也」,乃假「葵」爲揆度之「揆」,猶言讀「葵」爲「揆」,「葵」可訓「揆」,「揆」不可訓「葵」也,其爲二徐妄改無疑。

　　魁案:《古本考》非是。《慧琳音義》卷十八「崖揆」條引《說文》云:「揆,葵也。從手癸聲。」與今二徐本同,許書原文當如是。

𢺰（擬）　度也。从手,疑聲。

　　濤案:《玉篇》引有「《易》曰:擬諸形容」六字,當亦許君稱經語,而二

〔註301〕據文意「搲」字當作「搲」。

徐本奪之。

又案：《一切經音義》卷十七引「擬，比也，度也」，是古本尚有「比也」一訓。

魁案：《古本考》認爲有「比也」一訓，是。《慧琳音義》卷六十四「刀擬」條轉錄《玄應音義》，引《說文》云：「擬，度也。比也。」卷七十四「擬我」條轉錄引云：「擬，比也。度也。」許書原文當作「擬，度也。比也。」今二徐本皆奪一訓。

（失） 縱也。从手，乙聲。

濤案：《玉篇》引作「縱逸也」，是古本多一「逸」字，《辵部》「逸，失也」，逸、失互訓。

魁案：《古本考》非是。《慧琳音義》卷三「失喪」條、卷十二「蹷失」條、卷二十九「失緒」條俱引《說文》同今二徐本，許書原文如是。

（挩） 解挩也。从手，兌聲。

濤案：《易·小畜》釋文：「車說，《說文》云：『解也。』」此蓋傳寫偶奪，當云「《說文》作挩，云『解也』」。蓋古本訓解中無「挩」字，據元朗所引，則許書當有稱經語。《玉篇》所引亦無「挩」字。

（抏） 从上挹也。从手，卂聲。讀若莘。

濤案：《一切經音義》卷十五引作「從上挹取也」，蓋古本有「取」字，今奪。《通俗文》：「從上取曰抏。」

魁案：《慧琳音義》卷五十八「抏去」條轉錄《玄應音義》，引《說文》同沈濤所引。

（攓） 拔取也。南楚語。从手，寒聲。《楚詞》曰：「朝攓批之木蘭。」

濤案：《史記·賈生傳》索隱引「攓，取也」，疑傳寫奪一「拔」字，非古本如是。《莊子》釋文引司馬注、《列子》張注、《漢書》顏注、《後漢書》章懷注皆云「攓，拔也」，《廣雅》亦云「攓，拔也」，則不得無「拔」字。若謂小司馬節引，則正文「斬將攓旗」正當引「拔」字以解。攓即攓字之別。

𢹂（探）　遠取之也。从手，罙聲。

濤案：《一切經音義》卷七、卷二十引「探，遠取也」，又卷十三引「探，遠取也，亦試也」，卷一引「手遠取曰探。探，試也」，卷二十四引「手遠取曰探」，卷四、卷八引「遠取曰探也」，卷十一引「探，手遠取也」，卷二十二引「遠取曰探。探，取也」，蓋古本有「手」字，無「之」字，或作「手遠取曰探」。卷八所引奪「手」字，「試也」二字疑古本之一訓。

魁案：《古本考》認爲有「試也」一訓，非是。《慧琳音義》卷八十五「探頤」條云：「《考聲》：試也。《爾雅》：嘗試取其意也。《說文》：遠取也。」又《慧琳音義》卷十六「探識」條與卷八十八「探賾」條並引《說文》云：「探，嘗試取其意也。」今傳本《爾雅》云：「探，試也。」則此處傳寫必有竄誤。竊以爲今傳本《爾雅》不誤，許書之訓亦不誤（詳見下），「嘗試取其意也」當出《考聲》，則「試也」非出許書可知。卷五十五「即探」條轉錄《玄應音義》，引有「試也」一訓，當非許書之文。

《慧琳音義》卷二十八「探本」條、卷五十五「即探」條並轉錄《玄應音義》，與卷一「探賾」條，卷二十八「探古」條，卷七十二「探啄」條俱引《說文》云：「遠取也。」又，《慧琳音義》卷四十三「探摸」條、卷四十八「探啄」條轉錄《玄應音義》，兩引《說文》云：「遠取曰探。」卷三十三「探道」條轉錄引末有「也」字。據此，許書原文當作「遠取也」。《古本考》認爲無「之」字，是。認爲有「手」字，非是。本部「探」上列「撢，拔取也」，以此例之，「探」訓亦無「手」字「之」字。卷十七「手探」條轉錄《玄應音義》，引《說文》云：「以手遠取曰探也。」卷五十二「探其」條轉錄引云：「手遠取物也。」卷七十「探啄」條轉錄引云：「手遠取曰探。」皆有衍誤。

𢬷（撢）　探也。从手，覃聲。

濤案：《六書故》云：「唐本《說文》曰『掬也』。」「撢」字見《周禮·夏官·撢人》「主撢序王意，以語天下」，釋文云「與探同」，則「撢」當訓「探」，不當訓「掬」。《一切經音義》引《蒼頡篇》曰：「撢，持也」，《淮南·俶眞訓》注云「撢，引」，皆與「掬」義不相近，且本書無「掬」字。蓋唐人書字每以險側取勢，「探」字之冂引而下垂，遂成「㝙」字，唐本《說文》當亦本作探字，

傳寫譌爲掬字，仲遠無識，遂謂唐本作掬，誤矣。

捼（捼） 推也。从手，委聲。一曰，兩手相切摩也。

濤案：《一切經音義》卷十二引同今本，卷十、卷十五、卷十六、卷二十二引無「摩」字，卷二十并無「兩」字，皆傳寫誤奪，非古本有異同也。《文選・長笛賦》〔註302〕注、《玉篇》「推」皆作「摧」，亦古本如是。

魁案：《古本考》是。《慧琳音義》卷「捼腹」條引《說文》云：「捼，摧也。一云兩手相切摩也。」卷六十三「水捼」條引云：「摧也。又云兩手相切摩也。」同今二徐本，許書原文如是。《慧琳音義》卷十五「摩捼」條引奪「相」字。卷四十八「捼捼」條，卷五十五「捼彼」條，卷六十四「捼手」條，卷六十五「捼不」條轉錄《玄應音義》，引《說文》皆奪「摩」字，同沈濤言。卷五十八「三捼」條引奪「兩」「摩」二字。又，諸引皆作「摧也」，不作「推也」。

擎（擎） 別也。一曰，擊也。从手，敝聲。

濤案：《文選・洞簫賦》注引「擎，拭也」，蓋古本如是。「拭」即「叔」之別，叔或作刷，傳寫遂誤爲「別」。

搣（搣） 搖也。从手，咸聲。

濤案：《一切經音義》卷四引「搣」作「撼」，乃用別體字，非古本有撼篆也。

魁案：《希麟音義》卷六「撼手」條引《說文》云：「搖也。從手感聲。」「撼」亦當作「搣」。

搦（搦） 按也。从手，弱聲。

濤案：《一切經音義》卷八引「搦，按之也」，「之」字當是誤衍。

魁案：《古本考》是。《慧琳音義》卷二十八「搦拳」條，卷四十八「榻觸」條，卷五十三兩「搦取」條，卷六十五、卷九十「手搦」條，卷七十四「搦箭」條俱引《說文》同今二徐本，許書原文如是。卷四十八「榻」當作「搦」。

〔註302〕「長笛賦」刻本誤作「長苗賦」，今正。

掎（掎） 偏引也。从手，奇聲。

濤案：《史記‧相如傳》索隱引作「偏引一腳也」，《後漢書‧馬融傳》注引作「偏引一足也」。《左氏》襄十四年傳注亦云「掎之掎其足也」，元凱正本許書，是古本有此二字，今奪。《後漢書‧班固傳》注、《文選‧西都賦》、《琴賦》、《曹子建〈與楊修詩〉》各注引同今本，乃古人節引之例，二徐據之以刪許書，妄矣。《廣韻‧四紙》、《五寘》所引則後人據今本改耳。

又案：《文選‧陳孔璋〈爲袁紹檄豫州〉》注引「掎，戾足也」，蓋古本一曰以下之奪文。

摠（摠） 反手擊也。从手，罷聲。

濤案：《文選‧琴賦》注兩引皆同，惟《上林賦》注引「批（即摠字之俗），擊」，則崇賢有所節取也。

撞（撞） 卂擣也。从手，童聲。

濤案：《一切經音義》卷五引「撞，戟擣也」，蓋古本不作「卂」，「戟」當作「戵」。

魁案：《慧琳音義》卷八十八「撞擊」條引《說文》同今二徐本，許書原文如是。卷七十二「撞擊」引《說文》云：「撞，手擊也。從手童聲。卂音信。」此引當有奪文，據「卂音信」則所釋文字中有「卂」字，同今二徐。「擊也」非許書之文，《慧琳音義》卷七「撞擊」條云：「顧野王云：撞猶擊也。《說文》云：撞，擣也。」卷四十四「撞弩」條云：「顧野王云：撞，擊也。《說文》云：擣也。」可見「擊也」一訓非出許書，「擣」上皆奪「卂」字。

括（括） 絜也。从手，昏聲。

濤案：《六書故》引蜀本《說文》曰：「絜也，結也。」「結」與「絜」義相近，當是李氏《廣說文》有此一訓。《易‧坤卦》：「括囊無咎無譽。」正義引虞注曰：「括，結也」，《廣雅‧釋詁》亦云「括，結也」。

魁案：《慧琳音義》卷一「綜栝」條引《說文》云：「潔也。從手舌聲也。」栝當作括，潔同絜。

𢸷（撝） 裂也。从手，爲聲。一曰，手指也。

濤案：《一切經音義》卷十三引「撝，裂破也」，「破」字誤衍，言裂不必更言破，卷十四引同今本可證。

又案：《廣韻‧五支》引有「《易》曰撝謙」四字，當亦《說文》偁經語而今本奪之。

魁案：《古本考》是。《慧琳音義》卷四十六「能擗」與卷五十九「染擗」條皆轉錄《玄應音義》，條下並引《說文》云：「撝，裂也。」同今二徐本，許書原文如是。

𢲷（摹） 規也。从手，莫聲。

濤案：《一切經音義》卷四引「手拔爲模也」，蓋古本一曰以下之奪文。

魁案：《古本考》非是。今檢《玄應音義》卷四「探摸」條引《說文》云：「遠取曰探，手捈爲摸也。」實與「摹」無涉。《慧琳音義》卷五十八「作模」條與「赭模」條轉錄《玄應音義》，並引《說文》云：「模，法也。此亦摹字，規也。」以「模」「摹」爲一字。卷七十七「摹影」條、卷八十一「摹寫」條、卷九十七「摹而」條三引《說文》同今二徐本，許書原文如是。

𢫻（揸） 縫指揸也。一曰，韜也。从手，沓聲。讀若眾〔註303〕。

濤案：《一切經音義》卷十四、卷十七引「揸，指揸也。一曰韋揸，今之射韝是也」，卷十五又引「揸，指揸，以皮爲之，今之射韝是也」，卷二十四引「揸，指揸，韋揸也。今之射韝」。三引不同，似皆有奪誤。「縫指揸」蓋即今婦女所用之「鍼筻」，「韋揸」則「射揸」矣。《繫傳》作「韋韜也」，《玉篇》作「韋韜也」，蓋古本作「揸，縫指揸也，一曰韋韜。」元應書所引「以皮爲之」及「今之射韜也」皆《說文》注中語。

魁案：《慧琳音義》卷五十八、七十「指韝」條，卷五十九「指揸」條，卷六十七「捐揸」條皆轉錄《玄應音義》，引《說文》同沈濤所引。

𢱤（摶） 圜也。从手，專聲。

〔註303〕刻本無此三字，今據大徐補。

濤案：《一切經音義》卷九引「圜」作「團」，蓋傳寫有誤〔註304〕。

魁案：《古本考》是。《慧琳音義》卷十八「鐵摶」條，卷五十九「摶食」條轉錄《玄應音義》，卷六十六「摶如」條，卷六十八「摶中」條俱引《說文》同今二徐本，許書原文如是。卷三十六「摶於」條、卷五十三「摶食」條、卷六十四「作摶」條三引作「圜也」。卷二十六「摶食」條與卷四十六「摶戲」條並引作「團也」，皆當「圜也」之誤。。

㧬（捄）　盛土於梩中也。一曰，擾也。《詩》曰：「捄之陾陾。」从手，求聲。

濤案：《詩・緜》正義引作「盛土於器也」，恐傳寫有誤。《詩》毛傳曰：「捄，虆也。」《孟子》趙注曰：「虆，梩籠臿之屬，可以取土者也。」則許君之「梩」即毛傳之「虆」，不得但以器渾言之。

拮（拮）　手口共有所作也。从手，吉聲。《詩》曰：「予手拮据。」

濤案：《一切經音義》卷十二引「口手共有所作曰拮据」，蓋古本當作「拮据，手口共有所作也」，今本奪一「据」字，「口手」、「手口」義得兩通。

魁案：《慧琳音義》卷五十五「不据」條轉錄《玄應音義》，引《說文》同沈濤所引。

播（播）　穜也。从手，番聲。一曰，布也。

濤案：《廣韻・三十九過》引「種」作「掩」，乃傳寫有誤。「播」無「掩斂」之義，非古本如是。

魁案：《古本考》是。《慧琳音義》卷九十六「播殖」條引《說文》云：「亦種也。一云布也。從手番聲。」同今二徐本，許書原文如是。種同穜。

摎（摎）　縛殺也。从手，翏聲。

濤案：《一切經音義》卷二十引作「縛殺之也」，乃傳寫誤衍一「之」字。

魁案：《古本考》是。《慧琳音義》卷四十二「摎項」條轉錄《玄應音義》，與卷四十三「摎項」並引《說文》云：「摎，縛殺之也。」「之」字乃引者

〔註304〕「有」字刻爲墨丁，今據《古本考》文例補。

所足。

抨（抨）　撣也。从手，平聲。

濤案：《一切經音義》卷九引作「彈也」，蓋古本如是。《廣雅》：「彈，抨也。」《玉篇》：「抨與抨同。」古「彈抨」連文，《漢書・杜周傳》注：「罪敗而復抨彈之。」《唐書・陽嶠傳》：「其意不樂撣抨事。」〔註305〕則今本作「撣」者誤。《廣韻》亦云「抨，彈也」。

魁案：《古本考》是。《慧琳音義》卷四十六「抨則」條轉錄《玄應音義》，引同沈濤所引。卷三十五「抨線」條、卷三十七「抨界道」條並引《說文》同今二徐本。卷四十二「壇抨」條云：「《說文》撣也。亦作抨。」卷七十七「抨弓」條云：「《說文》：抨，彈也。從手并聲。或作抨也。」《希麟音義》卷「應抨」條引云：「抨，撣也。從手并聲。」此皆以抨、抨為異體，而皆訓作「撣也」，則許書原文當作「撣也」。

捲（捲）　气勢也。从手，卷聲。《國語》曰：「有捲勇。」一曰，捲，收也。

濤案：《玉篇》、《廣韻・二仙》引「有」上有「予」字，小徐本亦有之。然今本《齊語》無「予」字，疑小徐本誤衍，而《篇》、《韻》又因之也。

魁案：《慧琳音義》卷三十三「手捲」條、卷五十一「解捲」條、卷六十一「捲打」條三引《說文》作「氣勢也」，與今二徐本同。卷五十七「師捲」條引奪「氣」字。

摷（摷）　拘擊也。从手，巢聲。

濤案：《一切經音義》卷一引作「相擊」，蓋古本如是。「拘」字無義，乃傳寫之誤。

魁案：《慧琳音義》卷十七「石撩」條轉錄《玄應音義》，引同沈濤所引。

抶（抶）　笞擊也。从手，失聲。

〔註305〕此句《新唐書》作「其意不樂彈抨事」，《古本考》「撣」字當作「彈」，方合《唐書》之文，亦合沈濤之意。

濤案：《文選・甘泉賦》注引「扶，擊也」，乃節引非完文。

（抵）　**側擊也。从手，氏聲。**

濤案：《廣韻・四紙》、《龍龕手鑑》皆引作「側手擊也」，葢古本如此。與捭之「兩手擊」、捲之「反手擊」同例。《後漢書》隗囂、寇榮、臧宮等傳注、《文選・東京賦》、《揚子雲〈解嘲〉》注所引皆無「手」字，乃節引，非完文。

魁案：《慧琳音義》卷九十八「抵玉」條引《說文》云：「擊也。」當有奪文。

（捭）　**兩手擊也。从手，卑聲。**

濤案：《一切經音義》卷十五引「反手擊爲擺」，「擺」即「捭」字之俗，「反手」當爲「兩手」之誤，卷十、卷十六、卷十九引皆作「兩手」。《文選・吳都賦》注、《謝靈運〈永初三年作詩〉》注、《七命》注所引皆同可證。《吳都賦》注「擊」下有「絕」字，《音義》卷十「擊」作「掣」，卷十九「手」下有「振」字，皆傳寫或誤或衍，非古本有異同也。

魁案：《慧琳音義》卷五十四「投捭」條引《說文》云：「兩手揮擊也。從手卑聲。亦作擺。」以本部辭例例之，許書原文蓋如是。卷九十三「擺撥」條引作「《說文》：揮手也。或從卑作捭。」「揮手也」乃出《考聲》，非許書之文，卷九十一「擺撥」條所引可證。

（捶）　**以杖擊也。从手，垂聲。**

濤案：《華嚴經音義》卷六十九引無「以」字，《文選・魏都賦》注無「以杖」二字，皆節引非完文，司馬子長《報任安書》注引同今本可證。《一切經音義》卷六引「擊」下有「之」字。

魁案：《古本考》是。《慧琳音義》卷三、卷十一、卷十六、卷二十七「捶打」，卷十八「捶楚」條，卷三十三「捶鼓」條，卷五十一「捶拷」條俱引《說文》同今二徐本，許書原文如是。卷八十八「楚箠」條引云：「箠，以杖擊也。從竹，或作捶。」「箠」當作「捶」。卷二十三「捶」字條與卷三十四「捶打」條引奪「以」字。卷七「捶打」條與卷三十四「檛捶」條節引作「擊也」。卷五

十五「杖捶」條引云：「棰，擿也。」「擿也」乃本部「投」字之訓，傳寫竄誤。「棰」當作「捶」。

𢫔（拂）　過擊也。从手，弗聲。

濤案：《文選・思玄賦》注引無「過」字，非傳寫偶奪即崇賢皆引耳。

魁案：《古本考》是。《慧琳音義》卷六十四「捎拂」條引《說文》云：「擊過也。」「擊過」二字誤倒。卷三十三「拂柄」條與卷六十三「拂帚」條所引皆奪「過」字。

𢪇（扦）　忮也。从手，干聲。

濤案：《莊子・大宗師》釋文引「捍，抵也」，「捍」即「扦」字之別，蓋古本作「抵」不作「忮」。書傳或言「扦格」，或言「扦衛」，皆「抵格」之義，「忮」訓為「很」，非其義也。

濤案〔註306〕：《一切經音義》卷一引「扦，上也，亦蔽也，衛也」，是古本尚有「蔽」「衛」二訓，「上」字義不可解，恐是傳寫有誤。

魁案：《慧琳音義》卷六十三「扦敵」條引《說文》云：「忮也。從手干聲。」與大徐本同，小徐作「伎也」。《玄應音義》卷一「為捍」條云：「又作扦，同。《說文》：扦，止也。亦蔽也，衛也。」沈濤所引有誤。《慧琳音義》卷二十四「慢捍」條云：「《考聲》：扦，禦也。《說文》：止也。版也。捍從字旱聲。正作扦，或從心作忓，又從支作攼，並通用也。」卷八十九「強扦」條引云：被也。從手干聲，或從旱作捍。」諸引不一，慧琳一引雖同大徐，然於義難通，《釋文》成書早於《音義》，姑從之。

𢫦（挂）　畫也。从手，圭聲。

濤案：《六書故》引唐本曰「縣也」，是古本不作一〔註307〕。本書《県部》「縣，繫也」，「繫」即縣挂之意。《楚辭・招魂》、《漢書・嚴安傳》皆〔註308〕云「挂，縣也（《楚辭》作懸，即縣字之別）」，《玉篇》亦云「懸也」，蓋本

〔註306〕依《古本考》體例當作「又案」。

〔註307〕「一」字當作「畫」。

〔註308〕「皆」上當奪「注」字。

《說文》。

枻（抴）　捈也。从手，世聲。

　　濤案：《一切經音義》卷五〔註309〕引「抴，引也」，又申之曰「謂牽引也」，則古本不作「捈」。《荀子・非相篇》注云：「抴，牽引也。」

　　又案：上文「捈，臥引也」，「臥」字亦衍。《廣雅・釋詁》、《法言・問神篇》注皆云：「捈，引也。」「臥引」無義。

　　魁案：《慧琳音義》卷四十四「來抴」條轉錄《玄應音義》，引同沈濤所引。

撅（撅）　从手有所把也。从手，厥聲。

　　濤案：《玉篇》引作「手有所把」，則知今本「从」字誤衍。

掫（掫）　夜戒守，有所擊。从手，取聲。《春秋傳》曰：「賓將掫。」

　　濤案：《左氏》襄二十五年傳釋文、昭二十年傳正義引「掫，夜戒有所擊也」，是古本無「守」字，有「也」字。「守」或「手」字之誤，襄二十五年正義、《廣韻・十九侯》引亦作「守」，疑後人據今本改。

掖（掖）　以手持人臂投地也。从手，夜聲。一曰，臂下也。

　　濤案：《左氏》僖二十五年傳釋文引「以手持人臂曰掖」，正義引曰「掖，持臂也」，《詩・衡門》正義同，是古本無「投地」二字。掖人者不必皆投地，《左傳》：「掖以赴外」，言掖之以投於外，若掖即「投地」，不必更言赴外矣。今本乃淺人妄增。

　　魁案：《古本考》是。《慧琳音義》卷四十五「枝掖」條引《說文》云：「以手持人臂也。一曰臂下也。從手夜聲。」乃完引許書，許書原文當如是。

補揩

　　濤案：《一切經音義》卷二十引《說文》「揩，摩試也」，蓋古本有揩篆，今奪。

魁案：《古本考》是。《慧琳音義》卷十二、卷三十三、卷五十「相揩」條以及卷十四、卷五十三「揩拭」條俱云：「《說文》從手皆聲。」卷六十二「甄揩」條引《說文》云：「揩，摩也。拭也。從手皆聲。」

補 摻

濤案：《詩·遵大路》正義引《說文》曰：「摻，此音反，斂也。」蓋古本有摻篆。嚴孝廉曰：「或謂隸書操似摻，則摻疑操。或又謂『攕攕女手』，今《詩》作『摻』，則摻疑攕。余按，疏引摻，後並引《說文》『操，此搖反，奉也。』《葛屨》疏別引《說文》『攕，妙手』，則摻非操攕之誤。」

補 捂

濤案：徐鍇曰：「《詩》可與晤言，傳云：晤，對也，考之《說文》當作『捂』字。捂，相當也。蓋《詩》假借晤字。」則古本有捂〔註310〕篆，大徐本奪。《儀禮·既夕》曰：「若無器，則捂受之。」

補 押

濤案：《韻會》引徐鍇本曰：「押，署也，从手甲聲」，是古本有押篆。

補 揵

濤案：《文選·思玄賦》注引「揵，豎也」，是古本有揵篆，今奪。《後漢書·張衡傳》注亦云「揵，豎也」。

魁案：《古本考》是。《慧琳音義》卷十三「揵慧」條云：「《說文》從手建聲也。」

丞部

丞（丞） 背呂也。象脅肋也（小徐本有「讀若乖」三字）。凡丞之屬皆从丞。

濤案：《六書故》引唐本作「爽从大」，是古本篆形與今本不同矣。大象人

〔註310〕「捂」字刻本作「則」，今正。

形所以從大，平蓋象人脊呂之形。戴氏又引李陽冰曰「平，背心也，手足之所不及故謂之平，千背文众肉文。」此蓋當塗《廣說文》語，然則今本篆文如此，蓋沿李氏之誤矣。

🦴（脊）　背呂也。从平，从肉。

　　濤案：《汗簡》卷下之一「🦴脊，見《說文》」，是古本古文篆體如此，今本奪。

《說文古本考》第十二卷下　嘉興沈濤纂

女部

姓（姓）　人所生也。古之神聖母，感天而生子，故稱天子。從女，從生，生亦聲。《春秋傳》曰：「天子因生以賜姓。」

濤案：《御覽》三百六十二人事部引「神聖」下有「人」字，蓋古本如是。小徐本亦有之，餘皆舛誤不可讀。

魁案：《古本考》認爲有「人」字，是。《慧琳音義》卷二十七「姓」字條引《說文》云：「人所生也。古之神人聖人母感天雨生子，故稱天子。因生以爲姓，故姓字從女從生，生亦聲也。」與今二徐本稍異，「雨」字當「而」字之誤，「因生以爲姓」蓋隱括《春秋傳》之語。

姚（姚）　虞舜居姚虛，因以爲姓。從女，兆聲。或爲姚，嬈也。《史篇》以爲：姚，易也。

濤案：《荀子・非相篇》注引「姚，美好皃」，蓋古本一曰以下之奪文。

魁案：《慧琳音義》卷八十五「姚墟」條引《說文》云：「舜居姚墟，因以爲姓。」較二徐本少一「虞」字。《古本考》認爲有「美好」一訓，疑未是。

婚（婚）　婦家也。《禮》：娶婦以昏時，婦人陰也，故曰婚。從女，從昏，昏亦聲。婚籀文婚。

濤案：《一切經音義》卷二引「婚，婦嫁也。《禮記》：取婦以昏時入，故曰婚」，以下文「姻，壻家也」例之，則作「家」者爲是，「嫁」字乃傳寫之誤，非古本如是也。今本蓋奪「記」字、「入」字，元應所引又節去「婦人陰也」四字。

魁案：《古本考》認爲《玄應音義》當作「家」字，今本奪「記」字「入」字，是。《慧琳音義》卷二十六「婚姻「條引《說文》云：「婦家也。《禮記》：取婦以昏時入，故曰昏。」此引與玄應所引皆無「婦人陰也」四字，以下文「姻」字「女之所因，故曰姻」例之，許書原文當無。昏當作婚。合訂之，許書原文蓋作「婚，婦家也。《禮記》：娶婦以昏時入，故曰婚。」

𡚸（姻）　壻家也。女之所因，故曰姻。从女，从因，因亦聲。𡛷籀文姻从㪯。

濤案：《一切經音義》卷二十一引無「所」字、「也」字，在「故曰姻」下，皆傳寫誤奪，非古本如是，卷二引同今本可證。

魁案：《古本考》是。《慧琳音義》卷二十六「婚姻」條引《說文》云：「壻家也。女之所因，故曰姻。」同今二徐本，許書原文如是。壻同婿。

妻（妻）　婦與夫齊者也。从女，从中，从又。又，持事，妻職也。𡜀古文妻从肖、女。肖，古文貴字。

濤案：《汗簡》卷下之一引《說文》妻字作𡜀，《玉篇》亦作𡜀，葢古本古文篆體如此，今本微誤。「夫」《玉篇》引作「己」，義得兩通。

魁案：《慧琳音義》卷二十七「妻」字條下引《說文》云：「婦與已齊者也。從聿從女也。持事妻職。」小徐本亦作「婦與已齊者也」。卷九十四「藏妻」條引云「婦也，與已齊者也。《說文》從女從又（持事妻職也）從中聲。」下字「婦，服也。從女持帚灑掃也」，以此例之，許書原文「婦」下當有「也」字，今二徐本並奪之。又，小徐析字為「從女從中從又。又，持事妻職也。中聲」，與「藏妻」條引殆同。朱駿聲曰：「此篆從女從聿省，會意。疾敬持事，妻職也。或云聿省聲。妻、聿亦一聲之轉。」張舜徽《約注》以為然，並云：「本書《止部》聿、𡕩二篆皆言織布之事。女子織布手勞於上，足踏於下，乃婦工之最敏捷者，故聿訓疾也。古者男耕女織，乃其恒業，妻從女聿，猶男從力田耳。」其說與卷二十七引同，今從之。合訂之，許書原文當作「婦也，與夫齊者也。從女從聿，持事妻職也。」

𡠖（嫏）　婦人妊身也。从女，蒻聲。《周書》曰：「至于嫏婦。」

濤案：《廣韻・十虞》引「身」作「娠」，葢古本如是。妊、娠、嫏三義相連，得互相訓。

𡢃（𡢃）　生子齊均也。从女，从生，免聲。

濤案：《文選・思玄賦》舊注引「生子二人俱出為娩」，「娩」即「𡢃」之省，然則「𡢃」指孿生而言，後乃凡產妊皆謂之娩。「生子齊均」義不可曉，《一

切經音義》卷一引同今本，則傳譌已久。

姐（姐）　蜀謂母曰姐，淮南謂之社。从女，且聲。

濤案：《玉篇》引作「蜀人呼母曰姐」，蓋古本如是。今本奪「人」字，「謂」字亦涉下句而誤。

妭（妭）　婦人美也。从女，犮聲。

濤案：《玉篇》引作「美婦也」，小徐本同，蓋古本如是。《廣韻·十三末》引作「婦人美皃」，義得兩通。

奴（奴）　奴、婢，皆古之辠人也。《周禮》曰：「其奴，男子入于辠隸，女子入于舂藁。」从女，从又。古文奴从人。

濤案：《初學記》卷十九人部引「男人罪曰奴，女人罪曰婢」，蓋古本引《周禮》上尚有此二語，今本為二徐妄刪。

孍（孍）　甘氏《星經》曰：「太白上公，妻曰女孍。女孍居南斗，食厲，天下祭之。曰明星。」从女，前聲。

濤案：《廣韻·五支》引不重「女孍」字，寔本許書。

娥（娥）　帝堯之女，舜妻娥皇字也。秦晉謂好曰娙娥。从女，我聲。

濤案：《史記·外戚世家》索隱引「秦晉之間謂好曰娙」，蓋古本有「之間」二字，今奪。小司馬書又傳寫奪一「娥」字。

嫷（嫷）　南楚之外謂好曰嫷。从女，隋聲。

濤案：《廣韻·二十四果》引作「南楚人謂好曰嫷」，乃傳寫偶誤，非古本如是，《玉篇》及《文選·七啓》注皆作「之外」可證。《方言》曰：「嫷，美也。南楚之外曰嫷。」許正用之。

姝（姝）　好也。从女，朱聲。

濤案：《一切經音義》卷二引「姝，好也，色美也」，卷二十二同。《華嚴經音義》上引「姝，色美也」，是古本尚有「色美」一解，今奪。

魁案:《古本考》是。《慧琳音義》卷二十二「姝麗」條轉錄《慧苑音義》，引《說文》曰:「姝，色美也。」卷四十八「姝妙」條轉錄《玄應音義》，引《說文》云:「姝，好，色美也。」「好」下奪「也」字。卷二十五「姝大」條引云:「好也。色美也。」據此，許書原文當有「色美也」一訓。《慧琳音義》卷十五「姝麗」條、卷三十二「姝好」條、卷三十九「姝悅」條皆引作「好也」。卷四十三「姝麗」條引作「好色」，當有奪誤。合訂之，許書原文當作「姝，好也。色美也。」

𡙁（姣）　好也。从女，交聲。

濤案:《史記・蘇秦傳》索隱引「姣，美也」，美、好義相近，蓋古本亦有如此作者。

魁案:《箋注本切韻・上巧》（伯 3693）[194] 佼字下云:「女字。《說文》作姣，好也。」同今二徐本，許書原文當如是。

𡞳（婬）　長好也。从女，巠聲。

濤案:《史記・外戚世家》索隱引作「婬，長也，好也」，乃傳寫衍一「也」字，非古本如是。「婬」字從「巠」，故為體長之好，不得分為二義。

魁案:《古本考》是。《慧琳音義》卷三十九「婬女」條引《說文》云:「長好兒也。從女巠聲。」「兒」字當衍。

𡢃（孅）　銳細也。从女，韱聲。

濤案:《一切經音義》卷九引作「細銳也」，「細銳」、「銳細」義得兩通。

魁案:《慧琳音義》卷四十六「孅指」條轉錄《玄應音義》，引同沈濤所引。

𡣳（姽）　閑體，行姽姽也。从女，危聲。

濤案:《文選・神女賦》注引「姽，靖好兒」，蓋古本一曰以下之奪文。

𡢿（婧）　竫立也。从女，青聲。一曰，有才也。讀若韭菁。

濤案:《文選・思玄賦》:「舒妙婧之纖腰兮」，注引《說文》曰:「婧，妍婧

也」，蓋古本如是。「姕婧」乃妍好之皃，非「竦立」之象也。《列女傳》有「管仲妾婧」，當亦取妍好之義。

婚（姷） 面醜也。从女，昏聲。

濤案：《詩・彼何人斯》正義引作「面靦也」，蓋古本如是。毛傳及 [註311] 《爾雅・釋言》皆云「靦，姷也」，靦、姷互訓。今本作「醜」乃傳寫之誤，釋文引同今本，亦是後人據今本改。

魁案：《古本考》是。《慧琳音義》卷九十九「姷卒」條引《說文》云：「靦面也。」「靦面」二字誤倒。

嫻（嫺） 雅也。从女，閒聲。

濤案：《文選・曹子建〈姜女詩〉》注皆引「閑雅也」，「閑」即「嫺」字之假借。

魁案：《古本考》是。《慧琳音義》卷十九「嫺睞」條引《說文》同今二徐本，許書原文如是。

嫛（嫛） 美也。从女，㐆聲。

濤案：《篇》、《韻》皆無此字，經典亦不見此字。錢別駕坫曰：「《繫傳》附于部末，疑張次立補之，并非鉉本之舊，當刪。」

娛（娛） 樂也。从女，吳聲。

娭（娭） 戲也。从女，矣聲。一曰，卑賤名也。

濤案：《文選・上林賦》：「娛遊往來。」注引「娛，戲也，許其切」，是賦文乃「娭遊往來」，注中亦是「娭」字，許「其之切」當是《說文》舊音，其非「娛」可知。娛自訓樂，《一切經音義》各卷所引皆同今本。

魁案：《古本考》是。《慧琳音義》卷十六「嬉戲」條引《說文》云：「樂也。《說文》作娛。」卷三十一「娛樂」條，卷四十八「歡娛」條轉錄《玄應音義》，卷七十一「歡娛」皆引《說文》同今二徐本。

〔註311〕「及」字刻本作「反」，今正。

𡜻（媅） 樂也。从女，甚聲。

濤案：《一切經音義》卷六引作「妷」，卷二十三引作「湛妷」，即「媅」字之別，「湛」則傳寫之誤也。

又案：卷四《音義》引「媅，樂也，嗜也」，卷八引「媅，樂也，亦嗜也」，是古本尙有「嗜也」一訓，卷二十三亦引「嗜也」。

魁案：《古本考》認爲有「嗜也」一訓，非是。《慧琳音義》卷六十八「耽嗜」條云：「正作媅。賈逵云：嗜也。《說文》云：樂也。從女甚聲。」卷八十三「耽耽」條云：「賈注《國語》：媅，嗜也。《說文》：媅，樂也。」據此，「嗜也」非出許書可知。《慧琳音義》卷五十三「躭樂」條：「《說文》作媅，云樂也。」卷六十六「媅嗜」條引《說文》云：「媅，樂也。」同今二徐本。《慧琳音義》卷三十二「媅著」條轉錄《玄應音義》，云：「古文妷。《說文》：媅，樂也。嗜也。」卷四十八「耽湎」條轉錄云：「古文媅、妷二形，同。《說文》：媅，樂也。嗜也。」卷四十九「耽婳」條轉錄云：「《說文》：媅，樂也。嗜也。」玄應書合而引之，非皆出許書。許書原文當如今本。

𡚼（姳） 俛伏也。从女，杳聲。一曰，伏意。

濤案：《廣韻・二十七合》引作「意伏」，義得兩通。

𡠿（嬰） 頸飾也。从女、賏。賏，其連也。

濤案：《文選・天台賦》、《曹子建〈責躬詩〉》、《謝惠連〈秋懷詩〉》、《盧子諒〈贈劉琨〉詩》、《陸士衡〈赴洛道中詩〉》、《豫章行詩》《五等論》等注皆引「嬰，繞也」，蓋古本一曰以下之奪文。

𡣿（婒） 隨從也。从女，彔聲。

濤案：《史記・平原君列傳》索隱引「錄錄，隨從之皃」，「錄」即「婒」字之假借，蓋古本作「婒婒，隨從之皃也」，今本爲二徐妄刪。

𡤸（媟） 嬻也。从女，枼聲。

濤案：《一切經音義》卷十四引「嬻」作「黷」，「黷」即「嬻」字之假借字。

魁案：《慧琳音義》卷六十「鄙媟」條引《說文》云：「嬻。」奪「也」字。

辟（嬖）　便嬖，愛也。从女，辟聲。

濤案：《玉篇》引作「便僻也。《春秋傳》曰：賤而獲幸曰嬖」，蓋古本如是。嬖字从辟得聲，故訓爲「便辟」，小徐本亦作「便辟」，今本「嬖」字誤，「愛」字衍。桂大令馥曰：「《玉篇》凡引《左傳》皆稱《左氏》，今稱《春秋傳》，乃《說文》原文。」

魁案：《古本考》認爲今本「嬖」字誤，「愛」字衍，非是。《慧琳音義》卷一百「嬖女」條引《說文》云：「便嬖思愛也。從女辟聲。」又較今二徐本多一「思」字，小徐本作「便辟也，愛也」。諸書不同，未知孰是許書原文。

娛（娛）　巧也。一曰，女子笑皃。《詩》曰：「桃之娛娛。」从女，芺聲。

濤案：《一切經音義》卷十五引「笑皃」作「壯皃」，乃傳寫之誤。

魁案：《古本考》是。小徐本亦作「笑皃」。《慧琳音義》卷四十二「猥娛」條引《說文》云：「巧也。」同今二徐本。卷六十一「娛妍」引云：「巧態美貌也。」當傳寫有誤。

佞（佞）　巧讇高材也。从女，信省。

濤案：《一切經音義》卷三引「佞，口材也，亦德之稱也。《論語》：『惡夫佞者。』此即從女之義。《左傳》：『寡人不佞，不能事父兄。』即從仁之義。」卷十七引云：「巧諂高材曰佞，『爲善曰佞』是也。」〔註312〕卷二十四引「巧媚高材曰佞。又僞善曰佞。字從女從仁。《論語》：『惡夫佞者』，此則從女之義。《左傳》：『寡人不佞，不能事父兄。』此則從仁之義也。」「《論語》」云云當是《說文》注中語。據元應所引，則古本當有「一曰僞善曰佞」六字，惟卷三所引「口材及德之稱」云云與今本不同，與他卷所引亦不同，當必有誤。小徐本作「仁聲」，元應作「從仁」，《五經文字》亦曰「從仁」，蓋古本作「從仁，仁亦聲」，大徐本疑仁非聲，妄改爲「從信省」，誤矣。

魁案：《古本考》可從。《慧琳音義》卷十「佞讇」條轉錄《玄應音義》，

〔註312〕沈濤此引有誤，當作「又僞善曰佞也」。

引同沈濤卷三所引；卷七十「諂佞」條亦轉錄，引同卷十七沈濤所引；玄應卷二十四卷七十「佞歌」條亦轉錄，引同卷二十四沈濤所引。卷五十七「佞嬖」條引作「巧諂也」，乃節引。諂同諞。許書原文當作「巧諞高材也。一曰僞善曰佞。从女，从仁，仁亦聲。」

𡣽（嫭）　嬌也。从女，虘聲。

濤案：《文選・琴賦》云：「或怨嫭而躊躇。」注引《說文》曰：「嫭，嬌也。子庶切，或作姐，古字通假借也。姐，子也切。」《稽叔夜〈幽憤詩〉》云：「恃愛肆姐。」注引《說文》曰：「姐，嬌也。」《繁伯休〈與魏文帝牋〉》云：「謇姐名娼」，注引《說文》曰：「嫭字或作姐，古字假借也。」據此似古本《說文》嫭、姐同字矣。然崇賢明云「嫭，子庶切，姐，子也切」，則非一字。蓋或「姐」者爲賦文，或通假作姐，義爲嫭，非謂《說文》以姐爲嫭之或字也，故《幽憤詩》正文作「姐」，即以嫭字解釋之。繁《牋》當本作「謇嫭」，注中「嫭」字下奪「嬌也」二字，云「字或作姐」者，亦謂蕭《選》本或有作「謇姐」字也。姚尚書乃以嫭爲姐之異文，誤矣。

妍（妍）　技也。一曰，不省錄事。一曰，難侵也。一曰，惠也。一曰，安也。从女，幵聲。讀若研。

濤案：《文選・文賦》注引「妍，慧也」，蓋古本作「慧」不作「惠」。小徐本亦作「慧」，今本乃傳寫聲近之誤。

姎（姎）　女人自偁，我也。从女，央聲。

濤案：《後漢書・西夷傳》注、《通典》一百八十七邊防、《廣韻・三十七蕩》、《御覽》七百八十五四夷部皆引作「女人自偁姎，我也」，蓋古本如是。「姎」字句絕，今本奪此字，非。段先生曰：「『姎我』連文，猶吳人自稱阿儂」，亦恐未然。《爾雅・釋詁》釋文引「女人稱我曰姎」可證。

嬈（嬈）　苛也。一曰，擾戲弄也，一曰，嬥也。从女，堯聲。

濤案：《一切經音義》卷六、卷二十二、卷二十三引「嬈，擾戲也」，是古本「戲」下無「弄」字。今本「擾戲弄」三字語頗不詞。《音義》卷十四引同今本，疑後人據今本改，卷二十一引并無「戲」字，亦非。

魁案：茲將異文分類如下：（一）戲弄也。《慧琳音義》卷一「來嬈」條、卷三十「嬈亂」條、卷七十八「傷嬈」條引《說文》作「戲弄也」。卷十六「往嬈」條轉錄《玄應音義》，引作「相戲弄也」，多一「相」字。皆無「擾」字。（二）擾戲也。《慧琳音義》卷二十七「觸嬈」條，卷四十七「嬈亂」條、卷四十八「不嬈」條轉錄《玄應音義》，引作「擾戲也」。皆無「弄」字。（三）擾弄也。（1）《慧琳音義》卷三「嬈惱」條引作「苛也，一曰擾弄也」。（2）卷六「來嬈」條引作「擾弄也」。（3）卷二十八「嬈害」條轉錄引作「煩也。苛也。一曰擾弄也。」皆無「戲」字。（四）擾戲弄也。（4）《慧琳音義》卷二十四「嬈害」條引作「苛也一云擾戲弄也」。（5）卷三十二「嬈亂」條引作「煩也。苛也。一曰擾戲弄也。」（6）卷三十三「嬈我」條引作「擾戲弄也」。（7）卷四十三「嬈我」條引作「苛也。一曰擾戲弄也。」（8）卷四十三「無嬈」條引作「弄也。一曰擾戲弄也。」卷五十九「觸嬈」條轉錄《玄應音義》，引作「嬈擾戲弄」。（9）卷一百「嬈固」條引作「苛也。一云相擾戲弄也。」擾同擾。（五）其他。《慧琳音義》卷九「不嬈」條轉錄《玄應音義》，引作「苛也」。卷二十三「無所觸嬈」條轉錄《慧苑音義》引作「擾煩也」。諸引不同，實難論訂。今二徐本同。

嫫（嫫） 嫫母，都醜也。从女，莫聲。

濤案：《玉篇》引「都」作「鄙」，仍傳寫之誤。桂大令曰：「都醜，即《新序》所謂『極醜無雙』。都者，大也。」《一切經音義》卷十二引「嫫，醜者也」，乃檃括，非全文。

嬢（嬢） 煩擾也。一曰，肥大也。从女，襄聲。

濤案：《一切經音義》卷七引「愞嬢，煩擾也」，「愞」乃涉標題而衍。下文又云「經文从心作懁」，「懁」非此義，則此引自釋「嬢」，非釋「愞」。

魁案：《慧琳音義》卷二十八「愞㜰」條轉錄《玄應音義》，引《說文》云：「愞㜰，煩擾也。」用字不同。

姅（姅） 婦人污也。从女，半聲。漢律：「見姅變，不得侍祠。」

濤案：《史記・五宗世家》索隱引「女污也」，蓋古本亦有如是作者，義得兩通。

🜲（嫋）　有所恨也。从女，𡿧聲。今汝南人有所恨曰嫋。

濤案：《玉篇》及《一切經音義》卷十三、《廣韻·三十二晧》皆引作「有所恨痛也」，蓋古本有「痛」字，小徐本亦有之，今本誤奪。

魁案：《古本考》認爲有「痛」字，是。今小徐本作「有所恨痛也。從女壋省聲。今汝南人有所恨言大嫋。」《慧琳音義》卷四十五「嫋患」條引《說文》云：「有所恨痛也。今汝南人有所恨言大嫋也。從女惱省聲。」惟「惱」字與小徐異。卷五十四「憂嫋」條轉錄《玄應音義》引云：「有所恨痛也。今汝南人有所恨言大嫋。」同小徐所釋。慧琳卷六十八「煩嫋」條引云：「有所痛恨。從女壋省聲。」「痛恨」二字誤倒，又奪「也」字。所解「從女壋省聲」同小徐。合訂之，許書原文當如小徐。

🜲（媿）　慙也〔註313〕。从女，鬼聲。🜲媿或从恥省

濤案：《玉篇》云：「聭，《說文》與媿同，慙也」，是古本重文作「聭」，不作「愧」，省心非省耳也，今則「愧」行而「聭」廢矣。

魁案：《慧琳音義》卷四「有愧生慚」條引《說文》：「愧，亦慚也。」愧同媿。

補 🜲

濤案：《一切經音義》卷七、《文選·洞簫》、《鸚鵡》、《琴》賦等注皆引「嬉，樂也」，是古本有嬉篆，今奪。

魁案：《古本考》是。《慧琳音義》卷二十八「嬉遊」條引《說文》云：「嬉，戲也。」卷三十二「嬉戲」條引云：「樂也。從女喜聲也。」卷四十四「嬉戲」條引云：「樂也。從女喜聲」。卷四十八「嬉戲」條引云：「樂也。」卷七十一「嬉戲」條引云：「嬉，樂也。」卷七十九「嬉戲」條云：「《說文》從女喜聲。」可證許書有嬉篆。

補 🜲

濤案：此字通用，本書偏旁亦屢見，則不得無此字。大徐概以爲「綏省」，

〔註313〕刻本作「慙」字誤，今據大徐本正。

非也。段先生曰「當从爪女，與安同意」。

毋部

$虎$（毋）　止之也。从女，有奸之者。凡毋之屬皆从毋。

　　濤案：《禮·曲禮》釋文云：「毋音無，《說文》云：止之詞。其字从女內有一畫，象有奸之形，禁止之勿令奸，古人云毋猶今人言莫也。」《書·大禹謨》正義引《說文》云：「毋，止之也。其字从女內有一畫，象有奸之者，禁止令毋奸也。古人言毋猶莫。」陸、孔所引大致相同，蓋古本如是，今本爲二徐刪削不可通矣。《詩·谷風》正義引云：「毋，从女象有奸之者，禁令毋奸。」《角弓》正義引云：「毋，止之也。从女象有奸之者，言止其奸而稱毋。」《檀弓》正義引「毋，從女有人從中欲干犯，故禁約之。」雖皆節引而較今本爲詳備。然《檀弓》正文云：「爾以人之母嘗巧。」而沖遠以母字訓解釋之，誤矣。

　　又案：《儀禮·士昏禮》疏曰：「許氏《說文》毋爲禁辭。」《士相見禮》疏曰：「《說文》云：毋，蓋亦禁辭。」語雖隱括，然可見古本說解中必有「禁」字矣。

　　魁案：《慧琳音義》卷九十二「紐虜」條下云：「毋，《說文》從一橫毋，象形字也。」

$毒$（毒）　人無行也。从士，从毋。賈侍中說：秦始皇母與嫪毒淫，坐誅，故世罵淫曰嫪毒。讀若娭。

　　濤案：《漢書·五行志》注師古曰：「許愼說以爲嫪毒士之無行者。」是小顏所據本「人無行」作「士無行」，毒字从士，則今本作「人」者誤。

民部

$氓$（氓）　民也。从民，亡聲。讀若盲。

　　濤案：《玉篇》尙有「《詩》云：氓之蚩蚩」六字，當亦許書稱經語而今本奪之。

　　魁案：《慧琳音義》卷九十七「氓俗」條引《說文》云：「眠，民也。從亡民聲。」「眠」字當作「氓」。

丿部

乂（乂）　芟艸也。从丿，从乀，相交。𠛹乂或从刀。

濤案：《汗簡》卷下之一「𠛹乂，出《演說文》」，其篆體雖有上下左右之不同，而从乂从刀則一，疑許書本無此重文，後人據庾氏書竄入耳。

魁案：《慧琳音義》卷四十一「乂蒸」條引《說文》云：「芟草也。從丿從乀相交曰乂。」「曰乂」二字當衍。

氏部

氏（氏）　巴蜀山名岸脅之旁箸欲落墮者曰氏，氏崩，聲聞數百里。象形，乁聲。凡氏之屬皆从氏。楊雄賦：響若氏隤。

濤案：《御覽》五十六地部引「旁箸」作「堆傍」，葢古本如是。小徐本亦有「堆」字。《漢書・楊雄傳》注：「阺音氏，巴蜀人名山旁堆欲墮落曰阺（當作氏）。」正本許書，則不可無「堆」字。《御覽》無「名」字、「墮」字，乃傳寫偶奪。氏作坁，古今字。

氐（氐）　木本。从氏。大於末。讀若厥。

濤案：《六書故》云蜀本作「大於本」「大於末」、「大於本」義不可曉。小徐本作「从氏而大於末也」，亦不可解。段先生以爲「當从氏丅（古文下字）本大於末也」，亦無所據，此當闕疑。

戈部

戟（戟）　有枝兵也。从戈、倝。《周禮》：「戟，長丈六尺。」讀若棘。

濤案：《一切經音義》卷十引作「有枝兵器也」，「器」乃傳寫誤衍，兵即兵器，言兵不必更言「器」矣。《御覽》三百五十二兵部，《廣韻・二十陌》所引皆同今本。

魁案：《慧琳音義》卷二十九「三戟」條轉錄《玄應音義》，引同沈濤所引。

賊（賊）　敗也。从戈，則聲。

濤案:《廣韻‧二十五德》引作「則也」,乃因《說文》,此字從則,傳寫之誤耳。

魁案:《古本考》是。《慧琳音義》卷三「狂賊」條引《說文》云:「敗也。從戈從刀從貝。」此以會意解之,當非。今二徐本同。

戲（戲） 三軍之偏也。一曰,兵也。从戈,䖒聲。

濤案:《御覽》卷四百六十六人事部引「戲弄也」,蓋古本又有此一解,今奪。

魁案:沈濤所引為《太平御覽》卷四百六十六人事部引「嘲戲」條,原文為:「《說文》曰:嘲相調戲相弄也。又曰:戲弄也。」似不可據。《慧琳音義》卷七「戲謔」與卷十六「遊戲」條引《說文》並云:「三軍之偏也。」與今二徐本同,許書原文如是。

或（或） 邦也。从口,从戈,以守一。一,地也。域或又从土。

濤案:《華嚴經音義》引「域,封也」,「邦」、「封」古通字。

魁案:《慧琳音義》卷一「東域」條引《說文》云:「邦也。從土或聲也。」卷四十七、七十一「方域」條並引《說文》云:「域,邦也。」與今二徐本同,許書原文當同二徐。

戡（戡） 刺也。从戈,甚聲。

濤案:《文選‧李少卿〈答蘇武書〉》:「功難堪矣。」注云:「《說文》作戡,戡,勝也。」是古本尚有「一曰勝也」四字。

魁案:《慧琳音義》卷八十五「戡戮」條引《說文》云:「殺也。」蓋傳寫有誤。

戢（戢） 藏兵也。从戈,咠聲。《詩》曰:「載戢干戈。」

濤案:《一切經音義》卷四、卷十七、卷二十皆引作「藏兵器也」,「器」字誤衍,說詳戟字下。《音義》卷八、卷十一、卷十八引作「藏也」,乃節引,非完文。

魁案:《古本考》是。《慧琳音義》卷七十五「不戢」條與卷八十八「心戢」

條引《說文》並作「藏兵也」，與今二徐本同，許書原文如是。《慧琳音義》卷三十三「戢藏」條，卷三十四、七十四「戢在」條轉錄《玄應音義》，以及卷七十八「戢之」皆引《說文》衍「器」字。卷二十八「恒戢」條及卷五十二「戢在」條轉錄《玄應音義》，引作「藏也」，乃節引。卷七十三「戢不」亦轉錄，云：「《說文》從戢藏也。」亦節引，「從」字衍。

戊部

戊（戊） 斧也。从戈，乚聲。《司馬法》曰：「夏執玄戊，殷執白戚，周左杖黃戊，右秉白髦。」凡戊之屬皆从戊。」

濤案：《御覽》六百八十儀式部、《書‧顧命》釋文、《續漢書‧輿服志》注、《一切經音義》卷二、《廣韻‧十月》皆引作「大斧也」，是古本有「大」字，小徐本亦有之。《大唐類要》百三十五功部引「黃戊」作「黃戲」，《戈部》「戲，兵也」，淺人不知戲為兵器，遂妄改作戊。觀所引《司馬法》，夏、殷、周兵各不相同，則作「戲」為是。而《御覽》、《廣韻》亦皆誤作「黃戊」矣。

又案：《音義》卷二云：「鉞，斧，古文戊，同《說文》。戊，大斧也。一云，鉞，鑛也，音橫，大鈬也。」今《說文》以「鉞」為《詩》「鑾聲鉞鉞」字，初無「鑛」與「大鈬」之訓。據元應書似「鉞」為「戊」之重文，「鉞」从「戊」聲，與「呼會切」聲不相近，經文從「歲」則得聲矣。疑二徐本奪去「鑛」字，遂將戊字重文移改于《金部》耳。

魁案：《古本考》認為有「大」字，是；認為「黃戊」當作「黃戲」，非是。《慧琳音義》卷四十一「鉞斧」條引《說文》云：「大斧。」卷八十三「杖鉞」條云：「《司馬法》：周左杖黃戊，右把白旄。《說文》：戊，大斧也。正作戊。」小徐本作亦作「右把白旄」。卷九十五「授戊」條引《說文》云：「大斧也。《司馬法》云：夏執玄戊，殷執白戚，周左仗黃戊，右秉白旄。從戈乚聲。」與今大徐同。是今二徐本並不誤。把與秉義通。

我部

我（我） 施身自謂也。或說，我，頃頓也。从戈，从禾。禾，或說古垂字。一曰，古殺字。凡我之屬皆从我。𢦑古文我。

濤案：《玉篇》引「施身自謂也」句下尚有「《易》曰：我有好爵」六字，當亦許君稱經語，而今本奪之。

魁案：《慧琳音義》卷四「坌我」條引《說文》云：「於身自謂也。」「於」當「施」字之誤。《箋注本切韻·上哿》（伯3693）$_{195}$「我」下引《說文》云：「施身自謂也。」與今二徐本同。

珡部

（珡）　**禁也。神農所作。洞越，練朱五弦，周加二弦。象形。凡珡之屬皆从珡。古文珡从金。**

濤案：《汗簡》卷下之一引《說文》琴字作作，是今本古文尚奪其一。《玉篇》古文亦有二體，而篆法微不同。

（瑟）　**庖犧所作弦樂也。从珡，必聲。古文瑟。**

濤案：《汗簡》所引《說文》尚有篆，是今本古文亦奪其一。

乚部

（直）　**正見也。从乚，从十，从目。古文直。**

濤案：《汗簡》卷下之一引《演說文》直字作，是庾氏書古文如此。

亾部

（望）　**出亡在外，望其還也。从亡，朢省聲。**

濤案：《廣韻·四十一漾》引無「出亡」二字，乃節引非完文。

魁案：《古本考》是。《慧琳音義》卷九「希望」條引轉錄《玄應音義》，引《說文》同今二徐本，許書原文如是。

（無）　**亡也。从亡，無聲。奇字無，通於无者虛無道也。王育說：天屈西北爲無。**

濤案：《易·乾卦》釋文云：「无，《說文》云，奇字無也，通於元（據雅雨堂本）香虛無道也，王述說：天屈西北爲无。」蓋古本如是，毛初刻亦作「元」，

後乃改作「无」，誤也。王育、王述非一人。《通釋》云「如王述說」，則小徐本作「述」，今本乃涉「爲禿」諸訓解而誤耳。

魁案：《慧琳音義》卷二十七「無復」條引《說文》云：「古文奇字作无也。通於无者虛无道也。」許書原文當如是，《易》釋文引「元」當作「无」，「香」當作「者」，沈濤書有誤。

匚部

匧（匧）　藏也。从匚，夾聲。𥬠匧或从竹。

濤案：《文選・應休璉〈百一詩〉》、《任彥昇〈出郡傳舍哭范僕射詩〉》、《謝惠連〈擣衣詩〉》等注皆引「匧，笥也」，蓋古本如是。匧之訓「笥」經籍中不一而足，今本爲二徐妄改。

魁案：《古本考》是。《慧琳音義》卷二、卷五、卷七、卷十六、卷六十「箱匧」條俱引《說文》作「笥也」。又，《慧琳音義》卷十一、卷三十九「匧笥」條，卷二十九「香匧」條，卷四十「金匧」條，卷七十三「身匧」條，卷八十五「袪匧」條俱引《說文》作「械也」，本書《木部》：「械，匧也。」械，匧互訓，則許書當有「械也」一訓。小徐本作「械藏也」，「藏」字當衍。合訂之，許書原文當作「匧，笥也。从匚，夾聲。一曰械也。」

匡（匡）　飲器，筥也。从匚，㞷聲。筐匡或从竹。

濤案：《御覽》七百六十器物部引「筐，飯器也」，非傳寫奪字，蓋古本當如小徐本作「飯器也，筥也」。

匵（匵）　小梠也。从匚，贛聲。櫝匵或从木。

濤案：《御覽》七百五十九器物部引「梠匵小杯也」，乃傳寫衍一「杯」字。

匱（匱）　匣也。从匚，貴聲。

濤案：《御覽》七百十三服用部引「匱，櫝也。匣也」，蓋古本尚有「櫝也」一訓。「櫝」即「匵」字之別，「匣」、「匵」皆訓爲「匱」，故「匱」兼二義也。

魁案：《古本考》非是。《慧琳音義》卷十二、卷二十九「匱乏」條，卷十

八、卷三十五「貧匱」條，卷六十一「衣櫃」條下皆引《說文》作「匣也」。本部「匱」、「匣」二字互訓，「匵」又訓「匱」，《木部》「櫝」又訓「匱」，易於混淆。今二徐本同，許書原文如是。

曲部

凵（曲）　象器曲受物之形。或說，曲，蠶薄也。凡曲之屬皆从曲。 古文曲。

濤案：《漢書・周勃傳》注引「葦薄爲曲也」，蓋古本「蠶」下奪一「葦」字。

又案：《初學記》器用部引「曲，受物之形也」，乃傳寫誤奪。

甾部

畚（畚）　䰞屬，蒲器也，所以盛種。从甾，弁聲。

濤案：「蒲器」，《詩・卷耳》釋文、正義皆引作「草器」，蓋古本如是。《左氏》宣二年、襄八年傳正義仍引作「蒲器」，而「所以盛種」作「可以盛糧」，乃傳寫之誤。

甾（盧）　垂也。从甾，虍聲。讀若盧同。 籀文盧。 篆文盧。

濤案：《廣韻・十一模》引「盧，瓶也」，與《韻會》所引小徐本同，蓋古本如是。

瓦部

甍（甍）　屋棟也。从瓦，夢省聲。

濤案：《左氏》襄二十八年傳正義引「甍，棟梁也」，蓋古本亦有如是作者，義得兩通。

魁案：《慧琳音義》卷八十三「甍栘」條、卷九十四「屋甍」條引《說文》並云：「亦屋棟也。」同今二徐本，許書原文如是。「亦」字當引者所足。

瓴（瓵）　甌瓿謂之瓵。从瓦，台聲。

濤案：《史記‧貨殖傳》索隱引「瓵，瓦器，受斗六合」，與今本不同。《集解》引孫叔然說亦如是，或索隱本引叔然《爾雅》注，傳寫誤爲《說文》。

瓨（瓨）　似罌，長頸。受十升。讀若洪。从瓦，工聲。

濤案：《汗簡》卷下之一引《說文》瓨字作𦉢，今《說文》無瓨，而「瓨」爲正字，非古文。疑古本正字作瓨，从瓦，江聲。古文則从工，二徐本誤以重文爲正字耳。

魁案：《慧琳音義》卷二十六「瓨器」條引《說文》云：「似罌，長頭，受十升者也。」卷三十「持瓨」條引云：「似罌，長頸也。」卷三十七「瓦瓨」條引云：「瓨，似罌，長頸也。受十升。」卷五十三「鐵瓨」條引云：「瓨，似罌，長頸，受十升。」卷五十七「瓶瓨」條引云：「似缶，長頸，受十升。」皆節引，文字有異，許書原文當如今二徐本。大徐「似罌」，小徐作「罌」，罌與罌同。

瓴（瓴）　瓮似瓶也。从瓦，令聲。

濤案：《史記‧高祖紀》集解晉灼、許慎云「瓴，甕似瓶者」，「甕」即「瓮」字之俗。《御覽》七百五十八器物部引「瓴形似瓴形」，亦「瓮」字之誤，今本蓋奪一「者」字。

甄（甄）　蹈瓦聲。从瓦，夐聲。

濤案：《一切經音義》卷十一引作「蹈瓦聲甄甄也」，段先生曰：「甄甄當作甄甄，《通俗文》：『瓦破聲曰甄。』《玉篇》：『甄甄，蹈瓦聲。』」今本奪此三字，誤。小徐本作「蹈瓦甄也」，蓋傳寫奪「聲」、「甄」二字。

甀（甀）　破也。从瓦，卒聲。

濤案：《廣韻‧十八隊》引「破」作「碎」，義得兩通。

弓部

弜（弜）　弓無緣，可以解轡紛者。从弓，耳聲。弜弜或从兒。

濤案：「轡紛」，《御覽》三百四十七兵部引作「驂觚」，乃傳寫之誤。「弜」

可解「彎紛」，見毛詩傳箋。

魁案：《慧琳音義》卷九十四「將弭」條引《說文》云：「弭，弓末也。亦云弭，反也。從弓耳聲。」《段注》云：「《釋器》曰：弓有緣者謂之弓。無緣者謂之弭。《小雅》：象弭魚服。《傳》曰：象弭，弓反末也。」是此訓許君本《爾雅》爲說，今二徐同，許書原文如是。

弭（弸）　　角弓也，洛陽名弩曰弸。从弓，昌聲。

濤案：《詩・角弓》釋文曰：「騂，《說文》作弸，音火全反。」則此解古本當有「《詩》曰：弸弸角弓」六字，今二徐本轉竄于《角部》解字之下，引《詩》「觲觲角弓」，誤矣。

彀（彀）　　張弩也。从弓，㱿聲。

濤案：《一切經音義》卷十六、《文選・射雉賦》及《七命》注皆引作「張弓弩也」，則古本尚有「弓」字。《詩・行葦》正義引作「張弓也」，釋文「張弓曰彀」，乃節取「張弓」之義，非所據本不同也。《御覽》卷三百四十八〔註314〕兵部并無「張」字，則傳寫有奪矣。

魁案：《古本考》是。《慧琳音義》卷六十「彀以」條引《說文》云：「彀，張弓也。」卷六十五「稚彀」條轉錄《玄應音義》，引云：「張弓弩也。」同沈濤所引。卷九十五「彀中」條引云：「張弩。」鑒於《文選》注、《詩》正義與釋文所引，許書原文當有「弓」字。合訂之，許書原文當作「張弓弩也」。

彈（彈）　　行丸也。从弓，單聲。弓彈或从弓持丸。

濤案：《汗簡》卷下之一尚有古文弓字，今奪。

彍（彍）　　弩滿也。从弓，黃聲。讀若郭。

濤案：《御覽》三百四十八兵部引「彍，滿弓也」，「彍」即「彍」字之別體，「弓」乃「弩」字之誤。《玉篇》引作「滿弩也」，「弩滿」、「滿弩」義得兩通。

〔註314〕「三百四十八」五字今補。

補 彅

　　濤案：《詩·采薇》云：「象弭魚服。」箋云：「弭弓反彅者。」釋文曰：「彅，
《說文》方血反。」正義曰：「《說文》云：彅，方結反，云：弓戾也。」是古
本有彅篆，當補。彅，《玉篇》作弸。

《說文古本考》第十三卷上　<small>嘉興沈濤纂</small>

糸部

繭（繭）　蠶衣也。从糸，从虫，芇省。𦃲古文繭从糸、見。

濤案：《六書故》引唐本「从芇」，則今本「从芇省」者誤也。《五經文字》曰：「从虫从芇，芇音綿」，葢古本無不如是作者。

魁案：先將《慧琳音義》所引《說文》分類如下：

（一）以會意解者。(1)《慧琳音義》卷十七、卷四十五「作繭」條，(2)卷九十九「瀹繭」條引《說文》云：「蠶衣也。從糸從虫從芇。」卷十七蠶作蚕。(3)卷十四「蠶繭」條引云：「繭，蠶衣也。從糸從虫從繭者，或作絸古字也。」(4)卷十五「作繭」條引云：「蠶衣也。從糸從虫從繭省。」(5)卷十五「作繭」條引云：「蠶衣也。從糸從虫從芇省。」(3)(4)(5)所引「繭」「繭」「芇」三字當誤。(6)卷八十一「生繭」條引云：「蠶衣也。從系從虫從芇省聲，古文作絸。」「芇」為「繭」字構件，云「省聲」無義。

（二）以形聲解者。卷三十一「蠶繭」條、卷六十「一繭」條、卷八十五「繭栗」條引《說文》云：「繭，蠶衣也。從糸從虫芇聲。」卷八十五蠶作蚕，末有「也」字。諸引焦點在於會意還是形聲，《六書故》引唐本《說文》、《五經文字》、今二徐本皆以會意解之，則許書原文當如是。唐寫本《玉篇》[121]繭引《說文》云：「蠶衣也。」絸下又云：「絸，《說文》古繭字也。」與今本同。合訂之，許書原文當作「繭，蠶衣也。從糸從从虫從芇」。

繅（繅）　繹繭為絲也。从糸，巢聲。

濤案：《禮·祭義》釋文引作「抽繭出糸也」，葢古本亦有如是作者。《御覽》八百二十五資產部引同今本。本部「繹」訓「抽絲」，義得兩通。

絓（絓）　繭滓絓頭也。一曰，以囊絮練也。从糸，圭聲。

濤案：《御覽》八百十九布帛部引「絓，一曰牽縭」，葢古本尚有此四字。《釋名·釋糸》云：「幕，絡絮也。或謂之牽離，煮孰爛牽引使離散如綩然也。」「牽離」即「牽縭」。

魁案：唐寫本《玉篇》125 絓引《說文》云：「繭滓絓頭，以作繻絮。一曰繫繶也。」《慧琳音義》卷九十六「絓諸」條引《說文》云：「繭滓絓頭，作囊絮。從糸圭聲。」所引不同，姑存疑。

經（經）　織也。从糸，巠聲。

濤案：《御覽》八百二十六資產部引「經，織從絲也」，蓋古本如是。以下文「緯，織橫絲」例之，則二字不可少，從與縱同。

魁案：《古本考》非是。唐寫本《玉篇》125 經下引《說文》：「經，織也。」與今二徐本同，許書原文如是。

織（織）　作布帛之總名也。从糸，戠聲。

濤案：《御覽》八百二十六資產部引作「帛總名也」，蓋古本無「布之」二字。古人布以麻績，非用絲織，今本乃後人妄改。《廣韻‧二十四職》引亦有「布」字，乃後人據今本改也。

魁案：《古本考》非是。唐寫本《玉篇》126 織下引《說文》云：「作布帛之總名也。」與今二徐本同，許書原文如是。總同總。

紀（紀）　絲別也。从糸，己聲。

濤案：《詩‧棫樸》正義引作「別絲也」，蓋古本如是，今本二字誤倒。正義又引云：「紀者，別理絲縷。」當是《說文》注中語。《左氏》僖二十四年正義引同今本，疑後人據今本改。

魁案：《古本考》非是。唐寫本《玉篇》128 紀下引《說文》云：「絲別也。」與今二徐本同，許書原文如是。

紡（紡）　網絲也。从糸，方聲。

濤案：《六書故》云蜀本作「拗絲」，「拗絲」義不可曉，《說文》亦無「拗」字。段先生據《聘禮》鄭注定爲「紡絲」，然以「紡」釋「紡」，許書無此例。疑今本「網」字爲是，「網絲」猶言「結絲」（《楚詞‧湘夫人》注：罔，結也），紡緝絲麻皆縱橫相結而成，猶網之結繩耳，正不必據鄭以改許也。

魁案：唐寫本《玉篇》130 紡下引《說文》云：「切絲也。」義不可解。《慧

琳音義》卷五十一「紡織」條引《說文》云:「絲也。」有奪文。今本《玉篇》作「紡絲也」,未言出處。姑存疑。

紹(紹) 繼也。从糸,召聲。一曰,紹,緊糾也。 ᑀ古文紹从邵。

濤案:《汗簡》卷下之一、《廣韻・三十小》皆引作「綤」,《玉篇》亦云:「綤,古文紹。」蓋古本古文篆體作 綤,故說解云「古文紹从邵」,若如今本則當云「从邵省」矣。《一切經音義》卷二云:「邵,古文綤,同。」當是「綤」字傳寫之誤。

魁案:《古本考》認為《玄應音義》卷二「綤」字當是「綤」字傳寫之誤,非是。唐寫本《玉篇》131紹下引《說文》云:「一曰緊糾也。」又云:「綤,《說文》古紹字也。」《慧琳音義》卷六「能紹」條引《說文》云:「緊紸也。」紸同糾。

紆(紆) 詘也。从糸,于聲。一曰,縈也。

濤案:《一切經音義》卷二十一、《文選・北征賦》注、《謝元暉〈敬亭山詩〉》注皆引作「屈也」,屈、詘聲相近,義得兩通。

魁案:唐寫本《玉篇》132紆引下《說文》同今二徐本,許書原文如是。《慧琳音義》卷十三「紆欝」條、卷九十七「紆屈」條、卷九十九「紆㠯」條皆引《說文》作「屈也」,詘同屈。卷八十八「親紆」條引《說文》云:「縈紆也。」「縈紆」二字誤倒。

級(級) 絲次弟也。从糸,及聲。

濤案:《文選・顏延年〈陶徵士誄〉》注引「級,次第也」,乃節取次第之義,非古本無「絲」字也。《廣韻・二十六緝》引「第」作「序」,義得兩通。

魁案:唐寫本《玉篇》134級下引《說文》與《慧琳音義》卷四十五「四級」條所引並同今二徐本,許書原文如是。卷五十三「三級」條引奪「絲」字。《慧琳音義》卷四十七「層級」條轉錄《玄應音義》,引《說文》云:「級,階次也。」卷七十「層級」條轉錄引云:「級謂階次也。」「階次也」非「級」字本訓,亦非出許書。《慧琳音義》卷二十八「隧級」條引《聲類》云:「級,階次也。」卷九「級其」條《禮記》:「級,階次也。」檢今本《禮記》無「級階次也」,慧

琳書當有誤。然此訓非出許書可知。

繱（總）　聚束也。从絲，悤聲。

　　濤案：《史記‧夏本紀》索隱引作「聚束草也」，較之今本多一「艸」字，總字從糸，不應專訓束艸，艸字當是誤衍。《漢書‧平帝紀》集注：「聚束曰總。」正用《說文》，不得疑古本有「艸」字。

　　魁案：《古本考》是。唐寫本《玉篇》134 総下引《說文》云：「聚束也。」総同總。

繚（繚）　纏也。从糸，尞聲。

　　濤案：《華嚴經音義》上引「繚，纏也。謂周匝纏繞也」，下六字當是庾氏注中語。《一切經音義》卷六引「繚，繞也，纏也。謂相纏繞也」，「謂」下五字亦注語，是古本尚有「繞也」一訓。《楚辭‧怨思》曰：「腸紛紜以繚轉兮。」注：「繚，繞也。」與許解正合。

　　又案：《文選‧琴賦》注引「繚，纚也」，「纚」爲「連屬」之義，「繚」不應有「纚」訓，疑即「繞」字之誤。

　　魁案：《古本考》認爲有「繞也」一訓，非是。《慧琳音義》卷五十五「繚緱」條：「顧野王云：繚猶繞也。《說文》云：纏也。從糸尞聲。」據此「繞也」非出許書可知。卷二十七「繚戾」條引《說文》云：「繚，繞也。繚纏也。」實本《玄應音義》，不足據。又，唐寫本《玉篇》136 繚下引《說文》，與《慧琳音義》卷二十一「垣墻繚繞」條、卷二十二「繚以寶繩」轉錄《慧苑音義》，卷六十二「綫繚」條所引《說文》皆同今二徐本，許書原文如是。

辮（辮）　交也。从糸，辡聲。

　　濤案：《後漢書‧張衡傳》注引作「交織也」，蓋古本如是。今本奪「織」字，誤。《一切經音義》卷十八引作「交織之也」，「之」字疑衍。卷十五引作「交辮也」，更誤。又卷十四及《文選‧思元賦》注皆引「辮，交也」，乃節取非完文。《廣韻‧二十七銑》〔註315〕，則後人據今本改矣。

――――――――――

〔註315〕據《古本考》語例，「二十七銑」下當有「引同今本」四字。

魁案：《古本考》非是。唐寫本《玉篇》137辮下引《說文》與《慧琳音義》卷四十「辮髮」條引《說文》並作「交也」，與今二徐本同，許書原文如是。卷五十八「辮帶」條轉錄《玄應音義》，引云：「交辮也。」「交辮」二字誤倒。《慧琳音義》卷三十三「辮髮」條引云：「辮謂交織之也。」「謂」「之」二字乃引者所足，「織」字衍。卷五十九「辮髮」條轉錄《玄應音義》，引亦衍「織」字。卷七十二「辮髮」條亦衍「織」字，有誤「交」為「文」。又，「辮」字上下諸字皆以二字為訓，以此例之，許書原文當無「織」字。

絿（絿） 急也。从糸，求聲。《詩》曰：「不競不絿。」

濤案：《詩·絲衣》釋文云：「俅，《說文》作絿。」蓋古本偁《詩》作「載弁絿絿」，二徐以今本毛詩《絲衣》不作「絿」，遂妄改如此。

繒（繒） 帛也。从糸，曾聲。𦃇，籀文繒，从宰省。揚雄以為《漢律》祠宗廟丹書告。

濤案：《一切經音義》卷二引「繒，帛也。謂帛之總名曰繒也」，《華嚴經音義》下引「繒，帛也」，《音義》上一引「繒謂帛之總名也」，卷三十二《音義》上引「繒謂帛之總名」。「謂帛之總名」云云當是庾氏注中語，所以釋許君訓「繒」為「帛」之意。下文「絹，繒也」，「綺，文繒也」，「縑，并絲繒也」，「練，涷繒也」，「紬，大絲繒也」，「縎，撠繒也」，「縵，繒無文也」，則所謂帛之總名矣。

魁案：《古本考》非是。唐寫本《玉篇》140繒下引《說文》云：「帛總名也。」又云：「𦃇，籀文繒字，楊雄以為《漢律》宗廟祠丹青告日也。」《慧琳音義》卷二十「繒綵」條、卷三十六「繒交絡」條並引《說文》作「帛之總名也」。《慧琳音義》卷二十一「十千繒綺」條、卷二十二「離垢繒」條並轉錄《慧苑音義》，引作「謂帛之總名也」，「謂」字乃慧苑所足，卷二十二無「也」字。卷四十二「繒磬」條引作「帛之輕者總名也」，「輕者」二字衍。以上《音義》諸引「之」字亦為引者所足，許書原文當從唐本《玉篇》所引。又，據唐本《玉篇》，今二徐本「告」字下當奪「日也」二字，有此二字語義始完。合訂之，許書原文當作「繒，帛也。从糸，曾聲。𦃇籀文繒，从宰省。揚雄以為《漢律》祠宗廟丹書告日也。」《慧琳音義》卷二十三「天繒纊」條轉錄《玄應音義》，與卷二十、

卷二十七「繒纊」條三引皆作「帛也」，乃節引。

綺（綺）　文繒也。从糸，奇聲。

　　濤案：《華嚴經音義》上引「帛有邪文曰綺也」，此亦庾氏注語，釋許君訓「綺」爲「文繒」之意。《一切經音義》卷二十一亦引有「文曰綺」。

　　魁案：《古本考》認爲慧苑所引非許書之語，是。唐寫本《玉篇》140 繒引《說文》：「有文繒也。」《慧琳音義》卷一「綺飾」條、卷二十「綺縠」條、卷三十一「綺麗」條、卷八十五「綺藻」條皆引《說文》作「有文繒也」，許書原文如是，今二徐本奪「有」字。《慧琳音義》卷二十一「十千繒綺」條轉錄《慧苑音義》，引同沈濤所引。

縠（縠）　細縛也。从糸，殼聲。

　　濤案：《御覽》八百十六布帛部引作「細繒也」，蓋古本如是。上下文皆言繒，則今本作「縛」者誤。

　　魁案：《古本考》非是。《慧琳音義》卷三十九「白縠」條引《說文》同今二徐本，許書原文如是。卷二十「綺縠」條引作「縛也」，乃奪「細」字。卷八十八「縟縠」條引作「羅屬也」，當有竄誤。唐寫本《玉篇》140 縛引作「細練也」，「練」字當「縛」字傳寫之誤。

縳（縳）　白鮮色也。从糸，專聲。

　　濤案：《周禮・內司服》釋文引無「白」字，乃傳寫誤奪，非古本如是，《儀禮・聘禮》釋文引有「白」字可證。

　　魁案：唐寫本《玉篇》140 縳下引《說文》云：「一曰鮮支也。」張舜徽《約注》云：「顧氏《玉篇》引許書稱『一曰』，則縳字尚有本義，今本奪去，而傳寫者又誤連『一曰』二字爲『白』字，愈失原本之眞矣。《周禮・內司服》釋文引許書無『白』字可證也。」張說可從。

縑（縑）　并絲繒也。从糸，兼聲。

　　濤案：《龍龕手鑑》引無「并」字，乃傳寫偶奪。

　　魁案：唐寫本《玉篇》140 縑引《說文》「并」作「兼」。張舜徽《約注》

云：「《釋名・釋采帛》云：『縑，兼也。其絲細緻，數兼於絹，染兼五色，細緻不漏水也。』可知縑之得名固原於兼。漢人共識此義，許君取以說字。兼并形近，今本譌兼爲并。」其說當是。《慧琳音義》卷九十二「縑纊」條引《說文》云：「縑，合絲繪也。」「合」當作「兼」卷九十三「賜縑」條引云：「縑，絲繪也。」奪「兼」字。卷九十七「縑纊」條引云：「縑，絹也。」蓋有竄誤。

綈（綈） 厚繒也。从糸，弟聲。

濤案：《御覽》八百十六布帛部引「綈，赤黃色也」，蓋古本一曰以下之奪文。

魁案：唐寫本《玉篇》141 綈下引《說文》：「厚繒也。」《慧琳音義》卷八十七、卷九十七「綈衣」條並引作「厚繒也」，皆同今二徐本，許書原文如是。《御覽》卷六百六亦引同今本。

縵（縵） 繒無文也。从糸，曼聲。《漢律》曰：「賜衣者縵表白裏。」

濤案：《一切經音義》卷六引「縵，繒帛無文者也」，蓋古本如是。今本刪「帛」、「者」二字，語氣不完。

魁案：《古本考》非是。唐寫本《玉篇》141 縵下引《說文》云：「繒無文也。」同今二徐本。《慧琳音義》卷三十九「白縵」條與卷六十四「縵衣」條亦並引作「繒無文也」，許書原文如是。卷二十七「露幔」條下云：「《說文》繒帛無文曰縵。」「帛」字衍。

繡（繡） 五采備也。从糸，肅聲。

濤案：《文選・文賦》注引作「五色備也」，是古本多一「色」字，今奪。

魁案：《古本考》非是。《慧琳音義》卷六十六「繡綾」條引《說文》同今二徐本，許書原文如是。

絢（絢） 《詩》云：「素以爲絢兮。」从糸，旬聲。

濤案：《九經字樣》：「絢，絢，上《說文》，从筍聲，下經典相承隸省。」是古本作絢，不作絢，偁《詩》亦當作絢。今本乃後人以經典通用字易之。

繪（繪）　會五采繡也。《虞書》曰：「山龍華蟲作繪。」《論語》曰：「繪事後素。」从糸，會聲。

　　濤案：《一切經音義》卷二十一引「五采曰繪」，乃節引，非完文。

絑（絑）　繡文如聚細米也。从糸，从米，米亦聲。

　　濤案：《廣韻·十一薺》引無「細」字，葢古本如是，今本「細」字誤衍。

絹（絹）　繒如麥䅌。从糸，昌聲。

　　濤案：《御覽》八百十六布帛部引作「絹似霜」，語不明了，葢傳寫有奪誤。

　　魁案：唐寫本《玉篇》142 絹下引《說文》云：「生霜如陵䅌也。」又引《字書》云：「生繒也。」唐寫本《玉篇》「生霜」當爲「生繒」之譌，下文「繰」字說解「深繒」唐寫本亦作「深霜」，其誤同〔註316〕。又《段注》云：「色字今補。自絹至緃二十三篆皆言繒帛之色。」則許書原文當作「生繒如麥䅌色」。

縹（縹）　帛青白色也。从糸，票聲。

　　濤案：《文選·笙賦》注引無「帛」字，乃傳寫偶奪，非古本如是。

　　魁案：《古本考》是。唐寫本《玉篇》143 縹引《說文》：「帛青白色也。」《慧琳音義》卷二「紫縹」條，卷十六「或縹」條，卷三十二「紅縹」條，卷四十五、卷五十「縹色」條，卷九十八「緗縹」條俱引《說文》同今二徐本，許書原文如是。卷五「縹等」條引云：「縹者，帛作青黃色也。」「青黃色」乃「綠」字之訓，「作」字衍。卷六「綠縹」條亦衍「作」字。卷九十八「縹眇」條與卷九十九「縹瞥」並引「青白色」，乃節引。

纁（纁）　淺絳也。从糸，熏聲。

　　濤案：《爾雅·釋詁》釋文引「纁，淺絳色」，葢古本「也」上有「色」字。

　　魁案：《古本考》非是。唐寫本《玉篇》143 纁下引《說文》同今二徐本，

許書原文如是。

繪（縉） 帛赤色也。《春秋傳》曰:「縉雲氏」,《禮》有「縉緣」。从糸,晉聲。

濤案:《後漢書・蔡邕傳》注引「縉,赤白色也」,蓋古本作「帛赤白色也」。今本奪一「白」字,章懷所引又節去「帛」字。《南都賦》注引瓚云:「赤白色。」《玉篇》亦云:「帛,赤白。」其爲今本奪「白」字無疑。

魁案:唐寫本《玉篇》143縉下引《説文》云:「帛赤色也。《春秋傳》有『縉雲氏』,《禮》有『縉緣』也。」「春秋傳」下「有」字,今二徐本作「曰」。《慧琳音義》卷八十一「縉紳」條引《説文》云:「帛作赤白色曰縉。《左傳》有縉雲氏,《莊子》有縉紳先生。」「赤」下有「白」字,《段注》云:「《南都賦》引臣瓚云:『赤白色。』《玉篇》亦云:『帛赤白』,皆誤。『赤白』則爲下文之『紅』矣。」合訂之,今二徐本不誤,許書原文如是。慧琳書「莊子」云云當有竄誤。

緹（緹） 帛丹黃色。从糸,是聲。𦇧緹或从氏。

濤案:《一切經音義》卷三、卷八引「丹」作「赤」,義得兩通。《御覽》二百五十二職官部引作「帛黃色也」,乃傳寫奪一「丹」字〔註317〕。

魁案:唐寫本《玉篇》144緹下引《説文》云:「帛赤黃色也。」《慧琳音義》卷九、卷三十三「緹縵」條,卷十與《希麟音義》卷五「緹油」條俱引《説文》同唐本《玉篇》所引。卷九十八「緹綺」條引少一「也」字。卷二十八「緹幔」條引誤「帛」爲「白」。卷九十九「青緹」條引奪「帛」字。諸引皆作「赤黃」,與下「縓」字同訓,今二徐本同,疑作「赤」傳寫有誤,《文選》卷二注引《字林》云:「緹,帛丹黃色。」

縓（縓） 帛赤黃色。一染謂之縓,再染謂之䞓,三染謂之纁。从糸,原聲。

濤案:《爾雅・釋器》釋文引作「帛黃赤色也」,蓋古本如是,今本誤倒一字。

〔註317〕今四部叢刊本有「丹」字。

魁案：《古本考》非是。唐寫本《玉篇》144引緅下引《說文》云：「帛赤黃色也。」今二徐本奪「也」字。

紺（紺）　帛深青揚赤色。从糸，甘聲。

濤案：《文選・藉田賦》注引作「染青而揚赤色也」，《一切經音義》卷六引作「白染青而揚赤色」，葢古本「深」字作「染」，今作「深」者形近而誤也。「而」、「也」二字亦不可少，少則詞氣不完。《音義》十四引「染」亦誤作「深」，而《文選・鸚鵡賦》注引「深青而揚赤」，并奪「色」字，《七命》注引有「色」字，奪「揚」字。

魁案：《古本考》非是。《慧琳音義》卷七十七「紺青」條、卷二十九「天紺」條並引《說文》云：「紺，帛深青而揚赤色也。」許書原文當如是。唐寫本《玉篇》144紺下引《說文》云：「白深青而揚赤色也。」「白」乃「帛」字抄寫之誤。卷八十五「紺翠」條引云：「綵，帛深青而楊赤色也。」「綵」當「紺」字傳寫之誤，楊當作揚。卷四十「紺青色」條引奪「帛」「而」二字。卷九十八「紺睫」條引作「深青而楊赤色也」，亦奪「帛」字，楊當作揚。卷三十四「紺黛」條引作「深青色也」，乃節引。

《慧琳音義》卷四、卷十二「紺青」條並引作「帛染青而揚赤色」，「染」當「深」字之誤，又脫一「也」字。卷二十七「紺青」條及卷五十五「紫紺」條並誤「深」為「染」。卷五十九「紺色」條轉錄《玄應音義》，引作「帛染青而楊赤色也」「染」字誤，楊當作揚。卷三十二「紫紺」條引作「帛染青而赤也謂之紺」，卷六十九「青紺」條引作「染帛而楊赤色也」，並誤倒，又譌誤。

綦（綥）　帛蒼艾色。从糸，畀聲。《詩》：「縞衣綥巾。」未嫁女所服。一曰，不借綥。綦綥或从其。

濤案：《詩・出其東門》正義引「綦蒼艾色也」，乃沖遠節引，非古本無「帛」字。《禮・玉藻》正義引并節去「色」字。

魁案：唐寫本《玉篇》144綥下引《說文》云：「女所幣也，一曰不借綥也。」今二徐本無「女所幣也」四字。《箋注本切韻・平之》（斯2055）165綦字下引《說文》云：「未嫁女所服之。」「之」當衍。

縟（縟） 繁采色也。从糸，辱聲。

濤案：《文選·西京賦》、《月賦》、《劉越石〈答盧諶〉詩》、《七啓》等注、《後漢書·延篤傳》注所引「色」皆作「飾」，是古本作「飾」，不作「色」。《景福殿賦》、《長笛賦》注引奪「繁」字，而「色」亦作「飾」，惟《文賦》注及《王文憲集序》注作「色」，乃校書者據今本妄改。

魁案：《古本考》是。唐寫本《玉篇》147縟下引《説文》：「繁采飾也。」《慧琳音義》卷九十九「縟錦」條，卷九十八「挂縟」與「愈縟」條三引《説文》皆作「繁采飾也」，許書原文如是。卷七十七「繁縟」引作「繁也采飾也」，上「也」字衍。

纓（纓） 冠系也。从糸，嬰聲。

濤案：《後漢書·楊標傳》注引「系」作「索」，蓋傳寫之誤。《文選·七啓》注、《一切經音義》卷十七引皆作「系」可證。

魁案：《古本考》是。《慧琳音義》卷七十四「纓貫」條轉錄《玄應音義》，引《説文》云：「冠系曰纓。」今二徐本同，許書原文如是。唐寫本《玉篇》148纓引《説文》誤「系」作「糸」。

緄（緄） 織帶也。从系，昆聲。

濤案：《後漢書·南匈奴傳》注、《文選·七啓》注皆引作「織成帶也」，則今本奪「成」字。

魁案：《古本考》是。唐寫本《玉篇》149緄下引《説文》：「織成帶也。」許書原文如是。

組（組） 綬屬。其小者以為冕纓。从糸，且聲。

濤案：《文選·七啓》注引云：「組，綬屬也。小者以爲冠纓」，是古本「屬」下有「也」字，「冕」作「冠」。《荐禰衡表》注引云：「組，綦小者爲冠嬰。」「綦」乃「其」字之誤，蓋《禰表》注節去「綬屬也」三字，《七啓》注又節去「其」字耳。而作「冠」不作「冕」則二注相同，可見今本之誤。《御覽》八百十九布帛部引無「冕」字，蓋本作「冠」，校者疑「冠」字爲誤而去之。《續漢書·輿服志》注引作「冕」，乃後人據今本改。謝元暉《敬亭山詩》注引「組，

綬也」，傳寫奪一「屬」字。

魁案：《古本考》是。唐寫本《玉篇》150 組下引《說文》云：「綬屬也。其小者以爲冠纓。」許書原文如是。

綱（緺）　綬紫青也。从糸，咼聲。

濤案：《後漢書‧南匈奴傳》注引作「紫青色也」，《御覽》六百八十二儀式部引作「紫青色綬也」，蓋古本當作「綬紫青色也」。今本奪「色」字，章懷所引節「綬」字，《御覽》又誤倒「綬」字在「色」字下耳。

魁案：《古本考》是。唐寫本《玉篇》150 緺下引《說文》云：「綬紫青色也」。許書原文如是。

纂（纂）　似〔註318〕組而赤。从糸，算聲。

濤案：《後漢書‧帝紀》注臣瓚引許慎「纂，赤組也」，蓋古本如是。今本義雖可通，而非許氏原文矣。

魁案：《古本考》非是。唐寫本《玉篇》151 纂下引《說文》：「似組而赤黑也。」《慧琳音義》卷六十二「纂集」條引《說文》云：「纂，似組而赤黑也。從糸算聲。」與唐本《玉篇》引同，許書原文如是。《慧琳音義》卷九十一「修纂」條云：「亦作纂，賈注《國語》云：纂，繼也。《說文》：細也。」「細」蓋「組」字傳寫之誤，又節引。

繪（綸）　青絲綬也。从糸，侖聲。

濤案：《文選‧西都賦》注、顏師古《急就篇》注、《漢書‧景帝紀》注、《後漢書‧班彪傳》注、《御覽》八百十九布帛部皆引「綸，糾青絲綬也」，是古本有「糾」字。段先生曰「糾，三合繩也，糾青絲成綬是爲綸。郭璞賦云：『青綸競糾。』正用此語。」《後漢書‧仲長統傳》注、《廣韻‧二十八山》引同今本，乃后人據二徐本改。

魁案：《古本考》是。唐寫本《玉篇》151 綸下引《說文》云：「糾青絲綬也」。許書原文如是。《慧琳音義》卷十三「苦綸」條引《說文》云：「紺青絲綬

〔註318〕「似」字刻本作「从」，今正。

也。」「紺」字當「糾」字傳寫之誤。《希麟音義》卷十「紛綸」條引云:「糾青絲也。」奪「綬」字。

繐（繐）　細疏布也。从糸，惠聲。

濤案:《一切經音義》卷八引云「繐，蜀白細布也。凡布細而疏者謂之繐。」《玉篇》、《廣韻》皆以「繐」爲「繐」之重文，葢古本如是。二徐乃爲二字以「蜀白細布」之訓屬之於繐，以「細疏布」之訓屬之於繐，誤矣。《御覽》八百二十布帛部引「繐，蜀布也」，奪去「白細」二字，而字亦作「繐」，可見古本繐、繐之不得爲二字矣。

魁案:《慧琳音義》卷十九「爲繐」條轉錄《玄應音義》，引《説文》同沈濤所引。

繘（繘）　維網中繩。从糸，矞聲。讀若畫，或讀若維。

濤案:《文選·思元賦》注引無「維」字，葢傳寫偶奪。又引「繫幃曰繘」，則古本一曰以下之奪文矣。

魁案:唐寫本《玉篇》₁₅₄繘下引《説文》云:「維紘中繩也。」「紘」字二徐本並作「綱」，未知孰是。

綱（綱）　維紘繩也。从糸，岡聲。𥿮古文綱。

濤案:《詩·棫樸》正義引作「網，紘也」，葢古本如是。孔穎達云:「紘者網之大繩」，言「紘」不必更言「繩」矣，今本誤。《左傳》僖二十四年正義，《廣韻·十一唐》引同今本，乃後人據今本改。

魁案:《慧琳音義》卷八十一「隤綱」條引《説文》云:「網，維紘繩也。從糸岡聲。」與今二徐本同，許書原文如是。卷六十四「隤綱」條引《説文》作「紀也」，疑有竄誤。

綅（綅）　絳綫也。从糸，侵省聲。《詩》曰:「貝冑朱綅。」

濤案:《詩·悶宮》釋文、正義皆引作「綫也」，是古本無「絳」字。「朱綅」乃爲絳綫，若「綅」即是「絳」不必更言「朱」矣。

魁案:桂馥《義證》曰:「絳當爲縫，徐鍇《韻譜》作縫。」其説是。唐寫

本《玉篇》155 綫下引《說文》云：「縫緜也。」張舜徽《約注》認爲唐本《玉篇》「縫緜」之「緜」字乃「線」字形誤，「線」即「綫」字。張說可從。合訂之，許書原文當作「縫綫也」。《古本考》非是。

繕（縫）　以鍼紩衣也。从糸，逢聲。

濤案：《御覽》八百三十〔註319〕資產部引「縫，綴也」，疑古本一曰以下之奪文。

魁案：《古本考》非是。四部叢刊本《太平御覽》縫下引《說文》云：「縫線也，縷線也。」與今本不同。唐寫本《玉篇》155縫下引《說文》同今二徐本。《慧琳音義》卷十四「縫補」條、卷三十「縫綴」條、卷五十五「縫縷」皆引《說文》同今二徐本，許書原文如是。卷十五「善縫」條與卷四十二「單縫」並引作「以針縫衣也」，針同鍼。《希麟音義》卷七「交縫」條引作「紩衣也」，卷五「繕縫」條引作「紩也」，皆當節引。

紩（紩）　縫也。从糸，失聲。

濤案：《一切經音義》卷十一引「紩，縫衣也」，蓋古本有「衣」字。上文「縫，以鍼紩衣也」，「縫」爲「紩衣」，「紩」爲「縫衣」，正合互訓之例。

魁案：《古本考》認爲有「衣」字，是。唐寫本《玉篇》156引《說文》：「縫衣也。」《慧琳音義》卷五十二「縫紩」條轉錄《玄應音義》引《說文》作「縫衣」，較沈濤引少一「也」字。又與唐本《玉篇》引異，未知孰是。

徽（徽）　衺幅也。一曰，三糾繩也。从糸，微省聲。

濤案：《後漢書·西羌傳》注引「徽，糾繩也」，乃傳寫奪「三」字，非古本無之。《易·坎卦》：「係用徽纆。」正義引劉注曰：「三股爲徽。」

又案：《文選·西征賦》：「解頹鯉黏徽。」注引《說文》曰：「徽，大索也。」今本「大索」之訓爲「纍」字之一解。案，《廣雅·釋器》：「徽，索也。」《易·坎卦》虞注：「徽，纆黑索也。」則「徽」亦訓「索」，蓋古本此篆亦有「大索」之一解，今奪。

〔註319〕「八百三十」四字今補。

魁案：《古本考》是。唐寫本《玉篇》159徽下引《說文》云：「耶幅也，一曰參糾繩也，一曰大索也。」耶同袤，參即三字。合訂之，許書原文當作「袤幅也，一曰參糾繩也，一曰大索也。」

絚（絣） 絣未縈繩。一曰，急弦之聲。从糸，爭聲。讀若旌。

濤案：《六書故》引蜀本作「紆縈索也」，「紆」乃「紆」字傳寫之誤，繩、索義得兩通，古本當作「紆，木縈繩也」。《儀禮·士喪禮》：「陳襲事於房中，而領南上不綪。」注曰：「綪，讀爲絣，屈也。江沔之間謂縈收繩索爲絣。」則不得謂「未縈繩」。《儀禮·士喪禮》釋文、《一切經音義》卷十五引「絣，縈繩也」，雖皆節取非完文，可見今本「未縈」之解爲謬戾矣。

魁案：《古本考》非是。唐寫本《玉篇》159絣下引《說文》云：「紆縈繩也，一曰殆之聲也。」《慧琳音義》卷五十八」絣卷」條轉錄《玄應音義》，引同沈濤所引。合《六書故》引蜀本《說文》訂之，許書原文當作「紆縈繩也。一曰急弦之聲。」唐本《玉篇》引「殆」字蓋「弦」字之誤，又奪「急」字。

縋（縋） 以繩有所縣也。《春秋傳》曰：「夜縋納師。」从糸，追聲。

濤案：《一切經音義》卷十八引「懸」下有「鎮」字，蓋古本如是。縣而鎮之方謂之縋，此字必不可奪。

魁案：《古本考》非是。唐寫本《玉篇》161縋下引《說文》云：「以繩有所懸也。」懸同縣。今二徐本同，許書原文如是。《慧琳音義》卷七十三「自縋」條轉錄《玄應音義》，引同沈濤所引。

編（編） 次簡也。从糸，扁聲。

濤案：《後漢書·蘇竟傳》注引「編，次也」，乃節取，非完文。

魁案：《古本考》是。唐寫本《玉篇》161引《說文》同今二徐本。《慧琳音義》卷十一「瓊編」條、卷四十七「編髮」條、卷七十七「編之」條、卷八十「緝而編之」條、卷八十六「編軸」條、卷九十一「編韋」條及《希麟音義》卷十「編摭」條俱引同今二徐本，許書原文如是。卷八十「編載」條引奪「也」字。卷二十四「編橼」條云：「《說文》說簡次也。」「說」字蓋衍，「簡次」二字誤倒。

紖（紖）　牛系也。从糸，引聲。讀若矤。

濤案：《一切經音義》卷十四引作「牛索也」，蓋古本如是。《五經文字》亦云「紖，牛索也」，則知今本作「系」者誤。

魁案：《古本考》非是。《慧琳音義》卷五十二「拘紖」條轉錄《玄應音義》，引《說文》云：「牛系也。」卷六十一「紖促」條云：「上陳忍反。《周禮》：『牛則挽紖也，馬則執韁』是也。《說文》：牛糸也。從革畺聲。」此引有誤，當釋「紖」字，訓作「牛系也」，「糸」字誤。合訂之，今二徐本不誤。《慧琳音義》卷五十八「挽紖」條轉錄《玄應音義》，引同沈濤所引。

紲（紲）　系也。从糸，世聲。《春秋傳》曰：「臣負羈紲。」緤紲或从枼。

濤案：《左氏》僖二十四年釋文、《詩·小戎》正義引「系」作「繫」，僖二十四年正義引「系」作「係」，皆通用字。

魁案：唐寫本《玉篇》165 緤下云：「緤，《說文》亦紲字也。」

綆（綆）　汲井綆也。从糸，更聲。

濤案：《一切經音義》卷二引「綆」作「繩」，蓋古本如是。級井之繩謂之綆，訓解中不得再言綆字。《文選·王仲宣〈詠史詩〉》注引同今本，乃後人據今本改。

魁案：《古本考》非是。《慧琳音義》卷六十二「無綆」條與《希麟音義》卷八「罐綆」條並引《說文》同今二徐本，合《文選》注引，許書原文如是。卷二十六「罐綆」條引作「繩」字，不足據。許書訓解中復舉被釋字者不少矣。

繳（繳）　生絲縷也。从糸，敫聲。

濤案：《詩·采綠》正義引「繳，生絲縷也。謂以生絲爲繩也。」《女曰雞鳴》，正義引謂「生絲爲繩也」。《文選·文賦》注引「繳，生絲縷也，謂縷繫矰矢而以弋射」，謂以下云云皆庾氏注中語。《左氏》哀七年正義引無「縷」字，乃傳寫偶奪。

魁案：《古本考》是。唐寫本《玉篇》165 繳下引《說文》與《希麟音義》

卷「矰繳」引，《說文》並同今二徐本，許書原文如是。

（纊）　**絮也。从糸，廣聲。《春秋傳》曰：「皆如挾纊。」纊或从光。**

濤案：《一切經音義》卷一、《華嚴經音義》下皆引作「綿也」，綿、絮義得兩通，他卷皆同今本。《御覽》八百十九布帛部引「纊，絮緼也」，蓋古本亦有有一「緼」字者。

又案：《一切經音義》卷一尚有「絮之細者曰纊」，蓋古本有之，今奪。

魁案：唐寫本《玉篇》167纊下引《說文》云：「纊，絮也。」《慧琳音義》卷二十七「繒纊」條、卷四十四「緜纊」條、卷九十二「縑纊」條皆引作「絮也」，俱同今二徐本，許書原文當如是。卷二十「繒纊」條轉錄《玄應音義》，卷二十三「天繒纊」條轉錄《慧苑音義》，與卷九十七「縑纊」條皆引作「綿也」，實乃竄誤。《慧琳音義》卷四十四「緜纊」條云：「古文絖，同。音曠。《說文》：纊，絮也。《小爾雅》云：纊，緜也。」緜即綿字，據此則「綿也」一訓非出許書可知。《古本考》非是。

（絮）　**絜緼也。一曰，敝絮。从糸，奴聲。《易》曰：「需有衣絮。」**

濤案：《易・既濟》釋文、《公羊》昭二十年釋文、《御覽》八百十九布帛部皆引作「緼也」，是古本無「絜」字。「敝絮」《公羊》釋文引作「敝絮」，亦古本如是，宋本正作「敝絮」。

魁案：《古本考》是。唐寫本《玉篇》167絮下引《說文》：「絮，緼也，一曰弊絮也。《易》曰『濡有衣絮』是也。」弊同敝。許書原文當作「緼也。一曰敝絮。从糸，奴聲。《易》曰：需有衣絮。」

（紵）　**緐屬。細者爲絟，粗者爲紵。从糸，宁聲。紵或从緒省。**

濤案：《一切經音義》卷十四引作「細者爲絟，布白而細曰紵」，蓋古本如是。絟爲細布，紵則尤白而細者，古樂府有《白紵歌》，紵不得爲粗布也，今本乃淺人妄改。

又案：《汗簡》卷下之一「紵，見《說文》」，是古本尚有此重文，今奪。

魁案：《慧琳音義》卷五十九「毳紵」條轉錄《玄應音義》，引《說文》云：

「繁屬。細者爲�，布白而細曰紵。」同沈濤所引。卷五十二「爲紵」條引作「繁屬也。亦草名也。作布細而白者也。」「草名」當非許書之辭。卷八十一「種紵」條引作「繁屬，細者也」，卷八十三「夾紵」條引作「繁屬也」，皆節引。今二徐本同，與玄應書異，未知孰是。

緼（緼）　紼也。从糸，昷聲。

　　濤案：《一切經音義》卷十二引「緼，紼亂麻也」，是古本尚有「亂麻」二字，《韻會·十二文》引「一曰亂麻」，葢小徐本如是。

　　魁案：《古本考》非是。唐寫本《玉篇》172 緼下引《說文》同今二徐本，許書原文如是。《慧琳音義》卷五十二「麻緼」條轉錄《玄應音義》引同沈濤所引。

綏（綏）　車中把也。从糸，从妥。

　　濤案：《玉篇》引「把」作「靶」，葢古本如是。《廣韻·釋器》〔註320〕：「靶謂之綏」，正本許書，則今本作「把」者誤。

　　魁案：《古本考》非是。唐寫本《玉篇》174 綏下引《說文》云：「車中扼也。」「扼」當「把」字形近而誤，今二徐本不誤。

彝（彝）　宗廟常器也。从糸。糸，綦也。廾持米，器中實也。互聲。此與爵相似。《周禮》：「六彝：雞彝、鳥彝、黃彝、虎彝、蟲彝、斝彝。以待祼將之禮。」古文彝。

　　濤案：《汗簡》卷上之二引《說文》彝字作，是古本篆體不作也。郭氏載在《丝部》，自當从丝从廾，今本微誤。

　　魁案：《慧琳音義》卷九十一「彝倫」條引《說文》云：「宗廟常器。」訓與今二徐本同。

補綷

　　濤案：《黹部》「黺，从黹，綷省聲」，是本書有「綷」字，今奪。《玉篇》：「綷，周也。」桂大令曰：「周當爲同。《方言》：綷，同也。」

〔註320〕《廣韻》當作《廣雅》，「器」字刻本原缺，今補。

絲部

絲（䜌） 馬䜌也。从絲，从壴。與連同意。《詩》曰：「六䜌如絲。」

濤案：《廣韻・六至》云「䜌，《說文》作繏」，是古本不从「壴」。段先生曰：「此葢陸法言、孫愐所見《說文》如此而僅存焉。以絲連車猶以夫軶車，故曰與連同意。祗應从車，不煩从壴也。」《五經文字》亦从「壴」不从「車」，此六朝本之所以勝於唐本。

魁案：《古本考》非是。《慧琳音義》卷八「䜌勒」條引《說文》云：「馬䜌也。從叀（音專），與連同意，從絲。」卷十五「控䜌」條引《說文》云：「馬䜌也。從絲從壴。」卷五十三「持䜌」條引云：「馬䜌也。從絲壴。」卷六十四「䜌勒」條引云：「馬䜌也。從絲壴聲。與連同。《詩》曰：六䜌如絲。」卷八十九「奮宏䜌」條引云：「䜌，馬䜌也。從絲從壴。」卷九十五「之䜌」條引云：「馬䜌也。從絲壴。」諸引皆作「從壴」，與今二徐本同，許書原文如是。卷六十四以形聲解，當誤。

虫部

虫（虫） 一名蝮，博三寸，首大如擘指。象其臥形。物之微細，或行，或毛，或蠃，或介，或鱗，以虫為象。凡虫之屬皆从虫。

濤案：《爾雅・釋蟲》釋文引「或行」下有「或飛」二字，葢古本如是，今本奪。「象其臥形」作「象其形」，乃傳寫奪一「臥」字。又《釋魚》釋文引「擘」下無「指」字，《史記・田儋列傳》正義同，張氏又申之云「擘，大指也」，其為古本之無「指」可知。

魁案：《古本考》認為有「或飛」二字，是。《慧琳音義》卷三十二「虵虺」條引《說文》云：「一名蝮，博三寸，首大如擘指，象其臥形。物之微細，或行，或死，或毛，或蠃，或犭，或鱗，以虫爲象。古作虫。」「死」字當「飛」字之誤，「或行」與「或飛」相對而言，作「或死」則不辭。所引「犭」即「介」字。

蠾（蠖） 在壁曰蠖蜓，在艸曰蜥易。从虫，匽聲。蠾蠖或从蚰。

濤案：《一切經音義》卷二十云「蠖蜓，烏典反，下徒典反。《說文》：守宮

在壁曰蝘蜓，在艸曰蜥蜴。」下文「蜓，蝘蜓也」，「蝘蜓」二字連文，不容單訓，二徐刪去「蜓守宮」三字，誤矣。《荀子・賦篇》注亦引「蝘蜓守宮」四字。

又案：《御覽》九百四十六〔註321〕蟲豸部引「在草曰蜥蜴」下尚有「蜥蜴守宮也」五字，可見古本此解內皆有「守宮」二字也。

魁案：《慧琳音義》卷三十三「蝘蜓」條轉錄《玄應音義》，引《說文》云：「守宮在壁曰蝘蜓，在草曰蜥蜴。」同沈濤所引。《希麟音義》卷一「蜴蜥」條引《說文》云：「在壁曰蝘蜓，在草曰蜥蜴。」已與今二徐本同，未知孰是，姑存疑。

（螟） 蟲食穀葉者。吏冥冥犯法即生螟。从虫，从冥，冥亦聲。

濤案：《詩・大田》釋文：「吏犯法則生螟」，無「冥冥」二字，乃節引，非完文。《藝文類聚》卷一百災異部、《開元占經》卷一百二十〔註322〕「穀葉」作「穀心」，與《爾雅》合，蓋古本如是。《釋蟲》釋文、《廣韻・十五青》引同今本，乃後人據今本改。

（螣） 蟲，食苗葉者。吏乞貸則生螣。从虫，从貸，貸亦聲。《詩》曰：「去其螟螣。」

濤案：《爾雅・釋蟲》釋文引「苗葉」作艸葉，蓋傳寫之誤。

（蛭） 蟣也。从虫，至聲。

濤案：《爾雅・釋魚》釋文引云：「今俗呼爲馬蜞，亦名馬耆，即楚王食寒菹所得而吞之，能去結積也。」蓋古本有此數語，則知許氏之書爲二徐妄刪者正不少矣。

魁案：《古本考》非是。《慧琳音義》卷七十五「上蟻蛭「條引《說文》云：「蟣也。從虫至聲也。」與今二徐本同，許書原文如是。

（蝕） 毛蟲也。从虫，弐聲。

〔註321〕「九百四十六」五字今補。

〔註322〕「一百二十」四字刻本原缺，據《校勘記》補。

濤案：《爾雅・釋蟲》釋文、《御覽》九百五十一蟲豸部引「載，毛蟲也，讀若笥」，是古本尚有「讀若笥」三字，今奪。

𜵃（蜀）　葵中蠶也。从虫，上目象蜀頭形，中象其身蜎蜎。《詩》曰：「蜎蜎者蜀。」

濤案：《爾雅・釋蟲》釋文云：「蠋音蜀，《説文》云：桑中蟲字也。」「字」字乃元朗所足，葢古本作「桑中蟲」，不作「葵中蠶」。《詩・東山》曰：「蜎蜎者蠋，蒸在桑野。」傳曰：「蠋，桑蟲也。」「蠋」即「蜀」字之俗。《廣韻・三燭》引作「葵中蟲也」，「蟲」字未誤，而「葵」字已誤，殆後人據今本改歟？《玉篇》亦云「蜀，蟲也」。

𜴶（蠖）　尺蠖，屈申蟲。从虫，蒦聲。

濤案：《御覽》九百四十八蟲豸部引「屈申」作「屈信」，並注云：「信音申。」是古本作「屈信」，不作「屈申」，今本乃淺人所改。《一切經音義》卷九、卷二十四皆引無「尺蠖」二字，亦古本如是。

𜳝（蛾）　羅也。从虫，我聲。

𜴸（螘）　蚍蜉也。从虫，豈聲。

濤案：《蚰部》蚍為蟻〔註323〕之或體，大徐以為重出者是也。《爾雅・釋蟲》釋文云：「蚍，本或作蛾，《説文》同。」葢指《蚰部》之蚍也。又云：「螘，本亦作蛾，俗作蟻，字音同。《説文》：『蟻，羅也。』『蟻』或作『蛾』，蛾蠶化飛蛾也。並非『螘』字。」是古本《虫部》無「蛾」。然釋文傳寫亦有誤，當作「《説文》：螘，羅也。蟻或从義」，葢古本「羅」為「螘」之正訓，「蚍蜉」為「螘」之一訓，「蟻」為「螘」之重文。二徐所見本「蟻」字俗為「蛾」，遂妄分為二字，以「羅」與「蚍蜉」分屬二字之下，誤矣。

魁案：《古本考》認為「蟻」為「螘」之重文，非是。卷四十四「蠅蟻」條云：「下宜倚反，俗字也，正作螘。《爾雅》云：蚍蜉也。大曰蚍蜉，小曰螘。《説文》螘亦蚍蜉也。」卷六十四「蟻子」條引云：「螘亦蚍蜉也。從虫豈聲。經從

〔註323〕刻本作**𜵘**，今改作**蟲**。

義作蟻俗字。」據此「蟻」當非許書正字。《慧琳音義》卷四十「蟲螘」條引《說文》云：「螘，蚍蜉也。」卷六十七「螘卵」條引云：「蚍蜉也。」所訓與今二徐本同。

𧓎（蚳）　螘子也。从虫，氏聲。《周禮》有蚳醢。讀若祁。**𧓎**古文蚳从辰、土。**𧓎**籕文蚳从蚰。〔註324〕

濤案：《汗簡》卷下之二「**𧓎**蚳，見《說文》」，是古本此字尚有重文，今奪。

𧒽（蟷）　蟷蠰，不過也。从虫，當聲。

𧒽（蠰）　蟷蠰也。从虫，襄聲。

𧒽（蜋）　堂蜋也。从虫，良聲。一名斫父。

濤案：《御覽》九百四十六蟲豸部引「螳蜋不過也，一名蟷蠰，一名斫父」，此蓋傳寫有誤。《爾雅·釋蟲》云：「不過蟷蠰。」注云「蟷，蜋蜋別名。」又云：「莫貐蟷蜋蛑。」注云：「蟷蜋有斧蟲，江東呼爲石蜋。」《藝文類聚》九十七蟲豸部引王瓚問曰：「《爾雅》：莫貉、螳蜋同類物也，今沛魯以南謂之蟷蠰，三河之域謂之螳蜋，燕趙之際謂之食胧，齊濟以東謂之馬敫。」邵編修（晉涵）以爲《鄭志》之文。許書無「螳」字，「螳」即「蟷」字之別，「蜋」當爲「蠰」字之重文。古本蓋當作「蟷蠰，不過也，一名螳蜋，一名斫父。蠰，蟷蠰也。蜋，蠰或作良。」今本誤「蟷」爲「堂」，又以「一名斫父」在蜋字之下，失許書之例。

又案：「斫父」，《爾雅·釋蟲》釋文引作「斫父」，蓋傳寫之誤。《淮南·時則訓》〔註325〕注云「螳蜋，世謂之天馬，一名齕胧，兗豫謂之巨斧」，「巨斧」、「斫父」一聲之轉，可證作斫之誤。

𧕢（蛢）　蟥蛢，以翼鳴者。从虫，并聲。

〔註324〕刻本作「畫子也」，今據大徐正。刻本無《周禮》以下云云，今據大徐本補。

〔註325〕刻本脱「時則」二字，今補。

濤案:《御覽》九百五十一蟲从豸部引「蚚,蟥蟥也」,是古本不作「蝗」,宋小字本亦作「蟥蟥」。

又案:《爾雅·釋蟲》:「蚚,蟥蚚。」注云:「江東呼爲黃蚚。」疏云:「蚚,一名蟥蚚。」錢詹事云:「《說文》『蚚』『蟥』『蝗』以翼鳴者。《攷工記》:『以翼鳴者。』鄭注:『發皇屬。』『發皇』即《爾雅》之『蚚蟥』也,古書从犮與从發之字多相通,此亦以『發皇』爲『蚚蟥』,『蟥』『皇』音同,蚚蟥,一名蚚。注疏斷句非是。」濤謂許書之「蟥蟥」亦即《爾雅》之「蚚蟥」,《攷工記》注之「發皇」,「蟥」、「蚚」聲相近,古从皇从黃之字每相通,今本作蝗,義得兩通矣。

蝗（蛥） 蛄蝣,強芊也。从虫,施聲。

濤案:《爾雅·釋蟲》釋文云:「蚚郭,音芊,亡婢反,本或作芊,《說文》作羊,《字林》作蚚,戈丈反,云:搔蚚也。」是古本作「強羊」,不作「強蚚」,許讀《爾雅》與郭異也,宋本作「強芊」,亦誤。

蜆（蜆） 縊女也。从虫,見聲。

濤案:《六書故》云:「《說文》蜀本曰:蜆爲蝶是也。唐本曰:即繭字。」蜀本乃李陽冰《廣說文》語。鄭樵《爾雅注》亦引《說文》云:「蜆爲蝶也。」正用蜀本。本書《糸部》「繭,重文繝,从糸从見」,據此則唐本當「从虫从見」。所云「即繭字」者,謂兼繭之重文耳。《爾雅·釋蟲》釋文:「蜆,下顯反,《字林》,下研反。」「下研」即繭字之音,呂氏蓋本《說文》。

又案:《汗簡》卷下之一引《說文》繭作繝,與今本同,蓋古本或从糸或从虫,本有二體,今本誤奪其一耳。

蜘（蜘） 渠蜘。一曰,天社。从虫,卻聲。

濤案:《御覽》九百四十六蟲豸部引「蜙蜋,一曰天柱」,《說文》無「蜙」字,《玉篇》以「蜘」、「蜙」爲一字。是古本「渠蜘」作「蜘蜋」。《御覽》作「蜙蜋」者,以通用字易古字也。《御覽》又引《廣雅》云:「天柱,蜙蜋也。」注云:「一作天社。」今本《廣雅》作「天社」,《廣韻·二十陌》〔註326〕云:「蜘,

---

〔註326〕「二十陌」三字今補。

天社蟲也」，則作「社」者是，「杜」與「社」〔註327〕皆形近而誤。

岩（蚩） 蟲也。从虫，之聲。

濤案：《文選・阮嗣宗〈詠懷詩〉》注、《古詩十九首》注皆引「嗤，笑也」，「嗤」即「蚩」字之俗，是古本有「一曰笑也」四字，今奪。《玉篇》亦云「蚩，笑也」。

魁案：《古本考》非是。《慧琳音義》卷十五「蚩笑」條云：「《說文》作欪欪，戲笑皃也。」與本書《欠部》欪字訓同，慧琳以「蚩笑」當作「欪笑」，非謂「蚩」有「笑」義。

蟠（蟠） 鼠婦也。从虫，番聲。

蟪（蟨） 蟲也。从虫，庶聲。

濤案：《御覽》九百四十九蟲豸部引「蟠蟨，鼠婦也」，是古本「蟠」下有「蟨」。《爾雅・釋蟲》云：「蟠，鼠負。」《廣雅・釋蟲》云：「負蠜，蟨也。」《玉篇》云：「蟨，鼠婦負蠜也。」是「鼠婦」或謂之「蟠」，或謂之「蟨」，又或謂之「負蠜」。許書蓋本作「蟠蟨，鼠婦也。蟨，蟠蟨也。」二字相次，二徐於「蟠」篆解妄刪「蟨」字，又以「蟨」篆次於「蝑」、「蝗」之間，誤矣。

蚚（蚚） 蚚威，委黍。委黍，鼠婦也。从虫，伊省聲。

濤案：《御覽》九百四十九蟲豸部引不重「委黍」，又「鼠婦」作「鼠負」，蓋古本如是。《爾雅》：「蟠，鼠負。」正作負字。負、婦聲相近得相通假，而正字則當作負，此蟲一名「負蠜」，明非婦女之「婦」也。解中「蚚」字亦衍。二徐不知篆文連注讀而妄增之，又从伊不省更誤矣。《御覽》引陶弘景《本艸經》云：「俗言鼠多在孔中，背則負之，今本作婦字如似乖理。」是蟠字解亦當作「負」。

蜙（蜙） 蜙蝑，以股鳴者。从虫，松聲。𧕦蜙或省。

濤案：《詩・螽斯》〔註328〕釋文云：「揚雄、許慎皆云『舂黍』。」則古本

當有「舂黍也」三字，今奪。

蝗（蝗）　螽也。从虫，皇聲。

濤案：《開元占經》一百二十引上有「旱氣動陽象至」六字，今奪。

蟬（蟬）　以旁鳴者。从虫，單聲。

濤案：《初學記》三十蟲部引「蟬，膀鳴也」，是古本作「膀」，不作「旁」，「也」乃「者」之譌，又傳寫奪「以」字。蟬鳴在翅，今俗猶言翅膀，據此知《攷工記》「旁鳴」字不作平聲讀。

魁案：《古本考》非是。《慧琳音義》卷九十九「鳴蟬」條引《說文》云：「以旁鳴者也。從虫單聲。」許書原文當如是。今二徐本並奪「也」字。卷六十「貂蟬」條引云：「腹下鳴者。」與二徐本異，疑另有所據，非許書之文。

蝣（蝣）　蟲蟓也。一曰，蜉蝣。朝生莫死者。从虫，崇聲。

濤案：「一曰」，《藝文類聚》九十七蟲豸部、《御覽》九百四十五蟲豸部引作「一名」，蓋古本如是。「蜉蝣」即「蟲蟓」，非通異訓也。《類聚》引「蝣（即蝣字），蟲也」，不云「蟲蟓」。「朝生莫死者」，《類聚》作「蓋朝生暮死」，義得兩通。

又案：《類聚》九十七蟲豸部引「蜉蝣，秦晉之間謂之渠略」，似古本有「蝣」篆矣。古本當作「蝣，蟲也。一曰蜉蝣，朝生莫死者，秦晉之間謂之渠略」，今二徐刪去「秦晉」一語，而以「蟲蟓」作為訓釋，誤矣。

蝻（蝻）　秦晉謂之蝻，楚謂之蚊。从虫，芮聲。

濤案：《文選‧枚叔〈上書重諫吳王〉》注、《後漢書‧崔駰傳》注、《御覽》九百四十五蟲豸部引皆無「晉」字。《一切經音義》卷三引「秦人謂之蝻，楚人謂之蚊」，亦無「晉」字，則今本「晉」字誤衍無疑。《御覽》又引「秦人謂蚊曰蝻」，《通鑑‧周烈王紀》注引作《字林》，蓋呂氏本許書為說，亦無「晉」字。

魁案：《古本考》是。《慧琳音義》卷十七、卷三十「蚊蝻」條，卷七十六

「蜗了」三引《說文》云：「秦謂之蝸。」卷六十九「蚊蝸」條與卷九十二「小蝸」條並引作「秦謂之蝸，楚謂之蚊。」卷九十二「蚊」作「䖝」，又多一也字。《希麟音義》卷三「蚊蝸」條引云：「秦人謂之蝸，楚人謂之蚊。」「人」字引者所足。合訂之，許書原文當作「秦謂之蝸，楚謂之蚊」，今二徐本並衍「晉」字。

蝡（蝡）　動也。从虫，耎聲。

濤案：《一切經音義》卷九引作「亦動也」，「亦」乃元應所足。

魁案：《古本考》是。《慧琳音義》卷十九、卷九十五「蝡動」條與卷九十四「蝡蝡」條引《說文》同今二徐本，許書原文如是。卷三十一、卷三十三、卷四十六「蝡動」條三引皆有「亦」字，乃引者所足。卷十六「蝡動」條引作「小蟲動皃」，非許書之原文。

蚑（蚑）　行也。从虫，支聲。

濤案：《文選・洞簫賦》注、《琴賦》、《七發》注、《七命》注皆引作「凡生類之行皆曰蚑」，是古本「行也」下有此八字，今奪。《洞簫賦》注「行也」作「徐行」，蓋傳寫之誤。

魁案：《文選・洞簫賦》注、《琴賦》注引《說文》云：「徐行也。」「徐」字當引者所足，以上文「蝡，動也」例之，許書原文當無「徐」字。《慧琳音義》卷三十二「蚑蜂」引《說文》云：「行也。」與今二徐本同，許書原文當如是。卷六十四「蚑行」條引云：「蟲行也。」卷四十四「蚑行」條引云：「亦蟲也。」當奪「行」字。「蟲」字、「亦」字並引者所足。「凡生類之行皆曰蚑」乃引者續申之辭，非許書原文，《古本考》非是。

蛻（蛻）　蛇蟬所解皮也。从虫，稅省。

濤案：「蛇蟬」，《後漢書・陽球傳》注、《一切經音義》卷十二、卷十九、卷二十皆引作「蟬蛇」，蓋古本如是，今本傳寫誤倒。《後漢書・竇融傳》注、《張衡傳》注又作「蟬蛻」，「蛻」字乃「蛇」字傳寫之誤，然可見古本「蟬」字在上。

魁案：《慧琳音義》卷五十五「蛻虫」條卷五十六「蚳蛻」條轉錄《玄應音

義》，與《希麟音義》卷五「虵蛻」條皆引《說文》云：「蟬虵所解皮也。」卷七十六「蟬蛻」條引作「蟬虵所退皮也」，「退」字當「解」字之誤。所引「虵」皆「蛇」字。卷九十六「羽蛻」條引云：「蛻，蟬解皮也。」「蟬」下奪「蛇」字。卷九十七「羽蛻」條引作「謂蛇蟬所解皮也」，「謂」字引者所足，「蛇蟬」二字誤倒。卷七十七「蛻化」條引作「蟬蛻所解皮也」，「蛻」字當「蛇」字之誤。合訂之，許書原文當作「蟬蛇所解皮也」。

螫（螫） 蟲虫行毒也。从虫，赦聲。

濤案：《一切經音義》卷十、卷十三引作「虫行毒也」，卷二、卷五、卷十八、卷二十二引作「蟲行毒也」，所引不同。「蟲」蓋「虫」之傳寫之誤，古本當作「虫行毒也」。《漢書・田儋傳》：「蝮蠚手則斬手，蠚足則斬足。」蝮即是虫，今本「蟲」字誤衍。《文選・西都賦》注引「螫，行毒也」，乃節引，非完文。

魁案：《古本考》非是。《慧琳音義》卷四十八、四十九「蛆螫」條並轉錄《玄應音義》，與卷十「螫蟲」條，卷三十一「螫物」條，卷三十二「所螫」條，引《說文》皆作「虫行毒也」。卷七十二「所螫」條轉錄《玄應音義》，與卷二、卷七「螫噉」條，卷三十三「毒螫」條，卷三十七「所螫」條，卷三十七「被螫」條，卷六十五「蛇螫」條，卷六十六「蛆螫」條，卷七十八「先螫」條，《希麟音義》卷六「被螫」俱引作「蟲行毒也」。所引不同，然就本部所訓而言，多用「蟲」字，用「虫」者甚少，且小徐本「蟲行毒也」，故許書當用「蟲」字，原文同小徐本，今大徐衍「虫」字。《慧琳音義》卷八十六「所螫」條引作「虫行刺也」，「虫」「刺」二字並誤。

蝕（蝕） 敗創也。从虫、人、食，食亦聲。

濤案：《史記・孝文紀》正義引「日蝕則朔，月蝕則望」，疑即此字說解之奪文。

魁案：《古本考》非是。《正義》所引當引者續申之辭，非是許書之辭。裴務齊《正字本刊謬補闕切韻・入職》616蝕字下引《說文》作「敗創」，《唐寫本唐韻・入職》725蝕字下引《說文》作「敗瘡也」，「瘡」當作「創」。

𧔥（蛟）　龍之屬也。池魚滿三千六百，蛟來爲之長，能率魚飛。置筍水中，即蛟去。从虫，交聲。

濤案：《漢書・武帝紀》注、《藝文類聚》九十六鱗介部、《御覽》九百三十鱗介部皆引「龍屬也」，是古本無「之」字。又《類聚》、《御覽》引無「池」字，當是傳寫偶奪。「能率魚飛」，《類聚》、《御覽》作「率魚而飛去」。

魁案：《古本考》是。《慧琳音義》卷三十八「蛟龍」條引《說文》云：「蛟，龍屬也。」卷九十六「蛟螭」條引云：「龍屬也。沱魚滿三千六百，蛟來爲之長，率魚而飛。置苛韭水中即蛟去也。從虫交聲也。」「沱」即「池」，「苛」當「筍」字形近而誤，「韭」字衍。又，《類聚抄》卷十九鱗介部蛟字下引《說文》亦云：「蛟，龍屬也。」今二徐本同，並衍「之」字。

𧔥（螭）　若龍而黃。北方謂之地螻。从虫，离聲。或云，無角曰螭。

濤案：《文選・南都賦》注引「蛟螭若龍而黃」，乃傳寫衍一「蛟」字，蛟螭不得爲一物也。《荀子・賦篇》注引「若」作「如」，義得兩通。

魁案：《古本考》是。《慧琳音義》卷二十四「螭面」條引同今二徐本，許書原文如是。卷五十三「虬螭」條引云：「若龍而黃，北方謂地螻。」「謂」下當奪「之」字。卷四十三「小螭」引作「若龍而黃也」，乃節引。

𧒒（虯）　龍子有角者。从虫，丩聲。

濤案：《文選・甘泉賦》注引「虯，龍之無角者」，「無」當爲「有」字傳寫之誤，上文「無角曰螭」，則「虯」有角矣。《漢書・相如傳》張揖注亦云「虯有角」。謝靈運《登池上樓》詩注正引作「虯龍有角」者，葢古本無「子」字。

𧑓（蜦）　蛇屬。黑色，潛于神淵，能興風雨。从虫，侖聲。讀若戾艸。𧑓蜦或从戾。

濤案：《文選・江賦》注引「蜦，蛇屬也」，又引「蜧，蛇屬也」，是古本有「也」字，「神淵」作「神泉」，葢避唐諱改，下有「之中」二字，「能興風雨」作「能興雲致雨」，皆古本如是。《韻會》引作「能興雲雨者」，是小徐本亦不作「風」。

魁案:《類篇》卷三十八、《六書故》卷二十、《集韻》卷二輪下皆引《說文》云「能興風雨」,則作「風雨」已久矣。

𧓽 (蜃)　雉入海,化爲蜃。从虫,辰聲。

濤案:《廣韻·十六軫》引作「雉入水中所化」,蓋古本如是。今本爲二徐妄改,與許書訓解之例不合。《月令》言「雉入大水」,亦不言「入海也」。

魁案:《古本考》非是。《慧琳音義》卷八十五「爲蜃」條引《說文》云:「雉入淮所化爲蜃。」又卷九十七「爲蜃」云:「鄭注《周禮》云:蜃,大蛤也。《大戴禮·夏小正》:雉入淮爲蜃。《說文》:從虫辰聲。集云:鷸入海爲蜃,誤也。」慧琳書復引不出《說文》所訓,蓋因爲所訓與《大戴禮》同;又云作「鷸入海爲蜃」爲誤,據此許書原文當作「雉入淮化爲蜃」,今二徐本作「入海」誤。

𧔢 (盒)　蜃屬。有三,皆生於海。千歲化爲盒。秦謂之牡厲。又云,百歲燕所化。魁盒,一名復絫,老服翼所化。从虫,合聲。

濤案:《爾雅·釋蟲》釋文引云:「蛤有三,皆生于海。蛤屬,千歲雀所化,秦人謂之牡厲。海蛤者,從百歲燕所化也。魁蛤,一名復絫,老服翼所化也。」蓋古本如是。今本奪誤殊甚。《類聚》九十七鱗介部亦引「蛤蠣,千歲鳥所化也,海蛤,百歲鷰所化也」,皆與今本不同。

魁案:《慧琳音義》所引《說文》如下:(1)卷六十二「蚌蛤」條引云:「蛤有三種,皆生於海。蛤蠣,千歲鴐所化,秦謂之壯蠣。海蛤者,百歲鷰所化也。魁蛤老,一名蒲螺,者伏翼所化也。從虫合聲。」(2)卷六十六「蚌盒」條引云:「牡蠣者,千歲鴐鳥所化也,《方言》云:秦謂之牡蠣。海盒者,百歲鷰所化也。魁盒一名蒲贏,老伏翼所化也。」(3)卷六十八「蜆蛤」條引云:「蛤有三,皆生於海。蛤蠣者,千歲雀所化,秦謂之壯厲。海盒者,百歲鷰所化也。魁蛤一名復累,者復翼所化也。從虫合聲。」(4)卷九十五「蚌蛤」條引云:「蛤有三,皆生於海。蛤屬,千歲鳥所化也,秦謂之牡厲。海中蛤者,百歲鷰化也。魁蛤,一名復累,老般翼所化也。」(5)卷九十七「爲蛤」條引云:「蛤有三,皆生海。海蛤者,百歲鷰所化也。一名蒲螺,老服翼所化也。蛤蠣者,千歲鴐所化也。從虫合聲。」諸引不同,茲排比如下:

首句：(1)作「蛤有三種，皆生於海」；(3)作「蛤有三，皆生於海」；(4)作「蛤有三，皆生於海」；(5)作「蛤有三，皆生海。」許書原文當從(3)(4)。

第二句：(1)蛤蠣，千歲鴛所化，秦謂之壯蠣；(2)牡蠣者，千歲鴛鳥所化也，《方言》云：秦謂之牡蠣；(3)蛤蠣者，千歲雀所化也。秦謂之壯厲；(4)蛤屬，千歲鳥所化也，秦謂之牡厲；(5)蛤蠣者，千歲鴛所化也。許書原文當作「蛤蠣者，千歲鴛所化也，秦謂之牡厲」。

第三句：(1)海蛤者，百歲鶩所化也；(2)海盒者，百歲鶩所化也；(3)海盒者，百歲鶩所化也；(4)海中蛤者，百歲鶩化也；(5)海蛤者，百歲鶩所化也。許書原文當作「海盒者，百歲鶩所化也」。

末句：(1)魁蛤老，一名蒲螺，者伏翼所化也；(2)魁盒，一名蒲蠃，老伏翼所化也。(3)魁蛤，一名復累，者復翼所化也；(4)魁蛤，一名復累，老服翼所化也；(5)一名蒲螺，老服翼所化也。此句諸引譌誤較多，依辭例「魁蛤」下當有「者」字；前兩句「千歲」「百歲」皆言物老，故「伏翼」前當有「老」字，且(2)(4)(5)所引已有之，(1)(3)誤「老」為「者」。「伏翼」「復翼」「服翼」與「蒲蠃」「復累」「蒲螺」皆借音詞，無定字，今從二徐。合訂之，許書原文當作「蜃屬。盒有三，皆生於海。蛤蠣者，千歲鴛鳥所化也，秦謂之牡厲。海盒者，百歲鶩所化也。魁盒者，一名復累，老服翼所化也。從虫，合聲。」

蝸（蝸）　蝸蠃也。从虫，咼聲。

濤案：《御覽》九百四十七蟲豸部引「蝸，一曰虒蝓」，蓋古本尚有「一曰虒蝓」四字，「虒」即「虎」字之別。《爾雅‧釋魚》云：「蚹蠃虒蝓。」注云：」即蝸牛也。」許君正本《爾雅》，今本蓋二徐妄刪。《一切經音義》卷二十三引「蝸，螺也」，「螺」即「蠃」字之俗，古本蓋不重「蝸」字。

魁案：《古本考》認為不重「蝸」字，是。《慧琳音義》卷四十七「蝸虫」條轉錄《玄應音義》，引《說文》云：「蝸，蝸也。」下「蝸」字當從《玄應音義》卷二十三作「螺」。卷二「蝸蠃」條引《說文》云：「蠃也。」卷八十七「蝸角」條引作「蠃也」，「蠃」乃「蠃」之誤。卷六十六「蝸牛」條引作「蝸，小蠃也。」「小」當引者足。卷八十六「蝸角」引云：「蝸，即蝸牛也。」當引者之辭。合訂之，許書原文當作「蠃也」。

𧎀（蚌） 蜃屬。从虫，丰聲。

濤案：《文選・雪賦》注引「蚌，蜃也」，乃傳寫誤「屬」爲「也」，「蚌」與「蜃」同類而微別，不得竟以蜃爲蚌。

魁案：《文選》注當奪「屬」字，《古本考》非是。《慧琳音義》卷六十六「蚌盒」條與卷九十五「蚌蛤」條並引《説文》云：「蚌，蜃屬也。」許書原文如是。卷六十二「蚌蛤」條引云：「蚌，蠣也。」蠣即𧒋字，下文𧒋訓「蚌屬」，則此處不應以「蠣」訓「蚌」，蓋涉下文而誤。

𧒋（𧒋） 蚌屬。似蝛，微大，出海中，今民食之。从虫，萬聲。

濤案：《一切經音義》卷二十引無「今」字，蓋古本如是。𧒋爲民之所食，不必分今古也。無「似蝛微大」四字，乃元應所節刪。「民」作「人」，避唐諱。

魁案：《古本考》是。《慧琳音義》卷三十三「蠣虫」條轉錄《玄應音義》，引《説文》云：「蚌屬也。出海中，人食之也。」同沈濤所言。卷七十八「蠣蟲」條引云：「似蚌，出江海中甲蟲也。」與二徐本及卷三十三所引異，當有奪衍。許書原文當如沈濤所訂，作「蚌屬。似蝛，微大，出海中，民食之。」

𧑓（蟄） 藏也。从虫，執聲。

濤案：《一切經音義》卷十三、卷十九引「蟄，藏也。虫至多即蟄，隱不出也，獸有淺毛亦蟄，熊羆等是也」，「虫至」以下二十字當是庾氏注中語。卷十七、十八亦引「獸之淺毛若熊羆之屬亦皆蟄也（十八「之屬」二字作「等」），卷十九「獸有淺毛」作「獸之淺毛者」。

魁案：《古本考》是。《慧琳音義》卷五十四「蟄蟲」條與卷五十六「蟄眠」條轉錄《玄應音義》，引《説文》同卷十三、十九沈濤所引。卷七十三、卷七十四「蟄蟲」條亦轉錄，引同卷十七、十八沈濤所引。又《希麟音義》卷十「蟄戶」條引《説文》云：「藏也。一曰蟲豸聲也。」許書原文蓋有「一曰」六字。合訂之，許書原文當作「藏也。一曰蟲豸聲也。从虫，執聲。」

𧓕（蟹） 有二敖，八足，旁行，非蛇蟺之穴無所庇。从虫，解聲。𩶖蟹或从魚。

濤案:《一切經音義》卷十六引「蟹,水虫也,八足,二螯,旁行也」,蓋古本如是。今本奪去「水虫也」三字,非許書之例。「八足」《荀子‧勸學篇》引作「六足」,乃傳寫之譌。

魁案:《古本考》是。《慧琳音義》卷六十五「蟹眼」條轉錄《玄應音義》,引同沈濤所引。卷五十三「傍蟹」條引《說文》云:「蟹,有二螯。(螯,手也)八足,旁行。非蛇蟺之穴無所庇者也。從虫解聲也。」「蟺」同「蟬」。小徐本作「鱓」,當是「蟬」字異體。「者也」二字當引者足。卷六十八「龜蟹」條引云:「有二螯,八足,旁行也。從虫解聲。」合訂之,許書原文當作「水虫也,有二敖,八足,旁行,非蛇蟬之穴無所庇。」

蜮 (蜮)　短狐也。似鼈,三足,以气射害人。从虫,或聲。**蜮** 蜮又从國。

濤案:《廣韻‧二十五德》引「三足」上有「有」字,蓋古本有之,今奪。

魁案:《古本考》非是。《慧琳音義》卷八十二「鬼蜮」條引,《說文》云:「三足,以氣射害人。從虫或聲。」今二徐本同,許書原文如是。

蝄 (蝄)　蝄蜽,山川之精物也。淮南王說:蝄蜽,狀如三歲小兒,赤黑色。赤目,長耳,美髮。从虫,网聲。《國語》曰:「木石之怪夔蝄蜽。」

濤案:《文選‧東京賦》注引「罔象木石之怪」,疑後人據今本《國語》改。許引以證「蝄」之爲「蝄蜽」字,則當作「蝄蜽」不當作「罔象」。又《西京賦》注引「蝄蜽,水神」,亦與今本不同。

魁案:《慧琳音義》卷二十七、卷七十一「魍魎」條並引《說文》云:「蝄蜽,山川之精物也。」卷四十三「魍魎」條云:「《說文》作蝄蜽,云:山川之精物也。」似許書原文「蝄」字作「蜽」。

蝯 (蝯)　善援,禺屬。从虫,爰聲。

濤案:《御覽》九百一十獸部引「蝯,善援蕽屬也」,下有小字注云「蕽,扶沸切」,「蝯」即「蝯」字之別,「蕽」當即《內部》之閩字,是古本不作禺屬矣。然蝯與閩不同類,當是本作禺屬,傳寫誤「禺」爲「蕽」,校書者以意

添此音釋耳。

又案：《御覽》又引《孝子傳》曰：「猨，蠆屬也，或黃或黑，通胂（音申），輕勳，善緣，妙吟，雌爲人所得，終不徒生。」「蠆」當亦「禺」字之誤。

閩（閩） 東南越，蛇穜。从虫，門聲。

濤案：《史記・東越傳》索隱引無「南」字，蓋古本無之，今本誤衍。《通典》一百八十六引亦無「南」字，「蛇穜」作「餘穜」，乃傳寫之誤。

魁案：《古本考》認爲無「南」字，非是；認爲「餘」字誤，是也。《慧琳音義》卷四十九「閩越」條引《說文》云：「東南曰虵種也。」卷八十一「閩越」條引云：「東南越地也。亦虵類也。」卷九十一「閩越」條引云：「閩，南越，虵種也。」卷九十九「閩海」條引云：「東南越也。」合訂之，許書原文當作「東南越也。蛇穜。」

蠥（蠥） 衣服歌謠艸木之怪，謂之䄖。禽獸蟲蝗之怪謂之蠥。从虫，辥聲。

濤案：《一切經音義》各卷所引皆同，惟卷四、卷十三引無「艸木」二字，乃傳寫偶奪。茲二卷又有「蠥，災也」三字，疑古本有之，今奪。

魁案：《慧琳音義》卷三十一「妖蠥」條與卷五十六「䄖蠥」條轉錄《玄應音義》，引《說文》同今二徐本。卷九十七「䄖孼」條引《說文》云：「衣服、謡謠、草木之怪謂之妖。禽獸虫蝗之怪謂之孼。妖或從衣作袄，孼或從虫作蠥。」謡同歌，「孼」當作「蠥」，「妖或」以下非許書之文。今二徐本不誤。《古本考》疑有「蠥，災也」，不足據。

補 蛤

濤案：《廣韻・十六咍》引「蛤，黑貝亦珠蛤」，蓋古本有蛤篆，今奪。

補 蚰

補 蜒

濤案：《一切經音義》卷十四云：「蚰蜒或作蝣蜒，《說文》一名入耳。」是古本有蝣蜒二篆矣。「蝣蜒」名「入耳」見《方言》，許書用《方言》者甚多，

不得疑爲傳寫之誤。

　　魁案：《古本考》是。《慧琳音義》卷五十九「蚰蜒」條轉錄《玄應音義》，引同沈濤所引。卷八十三「蜉蝣」條云：「《說文》並從虫也。」

《說文古本考》第十三卷下 嘉興沈濤纂

蚰部

（蚰） 蟲之總名也。从二虫。凡蚰之屬皆从蚰。讀若昆。

濤案：《漢書·成帝紀》注引云：「二虫爲蚰，讀與昆同，蟲之總名。」乃小顏隱括引之，非古本有異也。

魁案：《古本考》是。《慧琳音義》卷一「昆蟲」條云：「正體作蚰，《說文》：總名也。」卷六十二「蜫蟻」條云：「《說文》作蚰，云：蟲總名也。」卷九十七「蚰蟲」條引云：「蚰，蟲之總也。」諸引皆有脫文。合訂之，今二徐本不誤。

（蟊） 齧人跳蟲。从蚰，叉聲。叉，古爪字。蟊或从虫。

濤案：《莊子·秋水》釋文引作「跳蟲齧人者也」，義得兩通。

魁案：《慧琳音義》卷四十、卷七十五「蟊蝨」條並引《說文》云：「齧人跳蟲也。」今二徐本當脫「也」字。卷四十一「蟊等」條與《希麟音義》卷一「蟊等」條並引作「嚙人跳蟲子也」，「子」字當衍。

（蝥） 蠿蝥也。从蚰，矛聲。

濤案：《爾雅·釋蟲》釋文云：「蝥，音謀，又音無。《說文》作蝥，音茅。云：『蚣（蠿字之誤）蝥作網蛛蝥也。』以此亦爲蝥蚤字。」又云：「蝥，亡侯反，本亦作『蝝』，《說文》作『蝥』，『蝝』古蝥字，云：吏抵冒取民則生蝥也。」是古本尚有「蝥，蚤」一解，今奪。又，「蝝」爲「蝥」之重文。今本《蟲部》別出蝥字，从蟲，以「蝥」爲或字，「蝝」爲古文。據元朗所見本則从蚰不从蟲。與「蠿蝥」之「蝥」爲一字，當是二徐妄竄也。

（蠭） 飛蟲螫人者。从蚰，逢聲。古文省。

濤案：《汗簡》卷下之二引《演說文》蠭字作，「蠭」乃「蠭」字傳寫之誤。據恕先所引，疑許書無此重文，二徐以庾氏書竄入耳。

又案：《一切經音義》卷十二引「蠭，螫人者也」，乃節取，非完文。《廣韻·三鍾》引作「螫人飛蟲也」，義得兩通。

魁案：《慧琳音義》卷十四「蟲蝶」條引《說文》云：「飛蟲螫人者。從蚰逢聲也。」與今二徐本同，許書原文如是。

民（蟲）　齧人飛蟲。从蚰，民聲。蟲蟲或从昏。以昏時出也。𧖟俗蟲从虫从文。

濤案：《爾雅·釋鳥》釋文云：「《說文》蟲正字，蚊俗字，或作蟁。」是古本蟲之或字「从虫从民」，不从「昏」，或古本有二體，二徐奪其一。

魁案：《慧琳音義》卷三、卷六、《希麟音義》卷四「蚊蟲」條，與《慧琳音義》卷二十九「蚊蟲」條，卷七十九「蟲蟲」條引《說文》「蟲」皆有「子」字。當是衍文，「齧人飛蟲」已是泛言，加「子」字釋義不明矣。卷十三「蚊蟲」條，卷十九、卷三十二「蚊蟲」條，卷六十三「蚊蟲」條，卷六十九「蚊蟲」條所引皆作「齧人飛蟲也」，許書原文如是。

蟲（蠧）　木中蟲。从蚰，橐聲。蒜蠧或从木。象蟲在木中形，譚長說。

濤案：《一切經音義》卷八引「蠧，木中蟲也。如白魚等食人物穿壞者也」，蓋古本如是。今本奪「也」「如」以下十二字。《文選·齊故安陸昭王碑文》注引「蠧，木蟲也」，乃傳寫奪一「中」字。

又案：《汗簡》卷下之二引《演說文》蠧字作𥴖，《說文》从蚰之字古文皆从𥫗，蟲蟲等字可證。此字二徐本作或體，故不从竹，庾氏从𥫗，蓋用古體也。

又案：《玉篇》云：「𣙙，古文蠧」，則今本作或體者誤。

魁案：《古本考》人爲有「如白」等字，非是。《慧琳音義》卷四十九「眾蠧」條引《說文》云：「食木中蟲也。從蚰從橐省聲也。或作𣙙，象在木間，象形字也。」「食」字衍。卷八十八「蠧害」條引云：「木皮內虫也。」「皮內」二字誤。卷九十「傷蠧」條引作「木中蟲也。從蚰從橐省聲也。」卷九十八「蠧木」條引作「木中蟲也。從蚰橐省聲。（橐音他各反）譚長或作𣙙，象蟲在木間，象形也。」此引較完整，殆與今二徐本同，則知「如白」云云，非許書之文。又諸引作「從蚰從橐省聲」，許書原文當如是。合訂之，許書原文當作「木中蟲。从蚰，從橐省聲。𣙙，蠧或从木，象蟲在木中形，譚長說。」

補

　　濤案：《爾雅・釋蟲》釋文云：「蝆，《說文》从蚰。」是古本有蝆篆，今奪，《五經文字》卷中：「蝆，於貴反。」

蟲部

（蠹）　蟲食艸根者。从蟲，象其形。吏抵冒取民財則生。古文蟊从虫从牟。蟊或从秋。

　　濤案：「艸根」，《藝文類聚》卷一百災異部引作「苗根」，與《爾雅》合，葢古本如是。《類聚》「生」下有「蟊」字，《爾雅・釋蟲》釋文同，亦古本有之，今奪。此字疑即《蚰部》之蟊字，說詳蟊字下。

風部

（飆）　扶搖風也。从風，猋聲。飆或从包。

　　濤案：《後漢書・班固傳》注、《文選・西都賦》注皆引「颮，古飆字」，是「颮」乃「飆」之古文，非或體也，今本誤。

　　又案：《初學記》卷一〔註329〕天部引「飇，疾風也」，「飇」即「飆」字之俗體。是古本不作「扶搖風」，許不必與《爾雅》同也，「飆」之爲「疾風」屢見傳注。

　　魁案：《古本考》非是。《慧琳音義》卷九十二「飆舉」條引《說文》云：「颮，浮搖也。」《希麟音義》卷一「颮火」條引作「搖風也」。二引皆有奪文，然許書不作「疾風」可知。又，《慧琳音義》卷十二「飆聚」條云：「《爾雅》：扶搖謂之颮。郭璞云：暴風從上向下也。或作猋，從三犬。《說文》從風猋聲也。」卷八十三「風飆」條云：「《爾雅》：扶搖謂之颮。郭注云：暴風從上下者。《說文》從風猋聲。」卷九十六「石飆」條云：「《爾雅》云：扶搖謂之飆。郭云：暴風從上下者也。《說文》義同。從風猋聲。」三引皆不出《說文》本訓，當因所訓同《爾雅》耳。「石飆」條云「《說文》義同」，當指同《爾雅》。合訂之，許書原文當如今二徐本。

〔註329〕「卷一」二字今補。

飌（颬）　翔風也。从風，立聲。

　　濤案：《文選・風賦》注引「颬，風聲」，則今本作「翔風」者誤，《廣韻》亦云：「颬，風聲也。」

　　魁案：《古本考》非是。《慧琳音義》卷八十三「颬至」條引《說文》云：「翔風也。從風立聲。」與今大徐本同，許書原文當如是。小徐本作「朔風也」。

黽部

鼈（鼈）　甲蟲也。从黽，敝聲。

　　濤案：《類聚》九十六鱗介部引「鼈，介蟲也」，蓋古本如是。經典皆言「介」，不言「甲」，今本非是。

　　魁案：《古本考》認爲「甲」當作「介」，是。《慧琳音義》卷十四、卷四十一「魚鼈」條，卷三十九「龜鼈」條，卷八十五「焦如朱之鼈」條，及《希麟音義》卷一「魚鼈」條與卷七「龜鼈」條俱引《說文》云：「水介蟲也。」許書原文如是。卷五十三「魚鼈」條與卷六十「鼈蟞」條並引作「介蟲也」，奪「水」字。

二部

恆（恒）　常也。从心，从舟，在二之間。上下心以舟施，恆也。<!--古文字形-->古文恆从月。《詩》曰：「如月之恆。」

　　濤案：《汗簡》卷中之一〔註330〕引《說文》恒作<!--字形-->，蓋古本篆體如是，說解明云「从月」，若是今本篆體則是从夕矣。

補亘

　　濤案：《汗簡》二部〔註331〕云亘出《說文》，是古本有亙篆，《顏氏家訓・書證〔註332〕篇》：「案，彌亙字从二間舟，《詩》云：『亙之秬秠』是也。今之隸書轉舟爲日，而何法盛《中興書》乃以舟在二間爲舟航字，謬也。」可見六朝

〔註330〕刻本作「卷中之上」，誤。今正。

〔註331〕「二部」當作「卷下之二」。

〔註332〕「書證」二字今補。

本皆有此字，竊意恒字當从亙得聲，宜在《心部》，二徐本奪此篆，遂以恒爲从心从舟在二之間，妄矣。

土部

土（土）　地之吐生物者也。二象地之下、地之中，｜，物出形也。凡土之屬皆从土。

　　濤案：《五行大義·釋五行名》引許慎曰：「土者，吐生者也，其字二以象地之下與地之中，以一直畫象物初出地也。」與今本微異，而大旨相同。然「土」字當从一从十不當从二，說詳余《十經齋文集》中。據蕭氏所引則六朝本已誤矣。《玉篇》引無「萬」字、「｜」字，《字通》及《六書故》所引皆無「之」字，宋小字本亦無此二字。

地（地）　元气初分，輕清陽爲天，重濁陰爲地。萬物所陳列也。从土，也聲。墬籒文地从隊。

　　濤案：《大唐類要》一百五十七□□部引「元氣初生，重濁爲地，萬物所陳也」，一百四十九□□部引「物氣分，清陽爲天」，《御覽》三十六地部、《開元占經·地占》引「元氣初分，重濁爲地，萬物所陳列」，此皆徵引刪節及傳寫奪誤，非古本有異同也。

　　又案：《文選·北征賦》注引「墬，古文地字」，是古本不作籒文。

墺（墺）　四方土可居也。从土，奧聲。圫古文墺。

　　濤案：《文選·西都賦》注引「隩，四方之土可定居者也」，蓋古本如是。今本爲二徐刪節，語氣不完，「隩」即「墺」字之別。

坶（坶）　朝歌南七十里地。《周書》：「武王與紂戰于坶野。」从土，母聲。

　　濤案：《書·牧誓》釋文引「坶，地名。在朝歌南七十里」，蓋古本如是。今本義雖可通，而與許書訓解之例不合矣。《玉篇》引作「武王伐紂至于坶」，蓋亦古本如是。

壤（壤）　柔土也。从土，襄聲。

　　濤案：《御覽》三十七地部引作「軟土也」，蓋古本有作「軟」者。柔、軟義得兩通。

　　魁案：《古本考》非是。《慧琳音義》卷八「坱壤」條，卷二十九兩「沃壤」條及卷五十三「浂壤」條俱引《說文》作「柔土也」，同今二徐本，許書原文如是。

壚（壚）　剛土也。从土，盧聲。

　　濤案：《書・禹貢》釋文、正義皆引作「黑剛土也」，以「墲，赤剛土」例之，是古本有「黑」字，今奪。《韻會》引亦有「黑」字，則小徐本本有之。

坴（坴）　土塊坴坴也。从土，坴聲。讀若逐。一曰，坴梁。

　　濤案：《玉篇》引不重「坴」字，蓋傳寫偶奪。

凷（凷）　墣也。从土，一屈象形。塊凷或从鬼。

　　濤案：《一切經音義》卷七、卷十一引「凷，堅土也」，蓋古本如是。解字之例有彼此互訓者，則其義皆易曉，其義之難明者則先以此字釋彼字，而再解此字則彼字之義亦明。上文「墣」即訓「凷」，若再以「墣」解「凷」，則人不知墣、凷爲何物，故解爲「堅土」，則「凷」字之義明，而「墣」字之義亦明。二徐妄以互訓之例改之，誤矣。《儀禮・喪服》、《莊子・齊物論》、《爾雅・釋言》釋文皆引「塊，俗凷字」，則今本作或體者誤。

　　魁案：《慧琳音義》卷二十六「堅凷」條與卷五十二「凷相」條轉錄《玄應音義》，引同沈濤所引。卷十五「捉塊」條引《說文》云：「土墣也。俗曰土塊，或作凷，古字也。」所引不同，未知孰是。今二徐本同，姑從之。

塍（塍）　稻中畦也。从土，朕聲。

　　濤案：《爾雅・釋丘》釋文引「塍，稻田畦隄埒畔」，蓋古本如是。《韻會》引本尚有「埒」字。《後漢書・班固傳》注引「塍，田畦也」，《文選・西都賦》注引「塍，稻田之畦也」，皆節引，非完文。《一切經音義》卷九、卷十五，《玉篇》引同今本，疑後人據今本改。

坺（坺）　治也。一曰，臿土謂之坺。《詩》曰：「武王載坺。」一曰，塵皃。从土，犮聲。

　　濤案：《一切經音義》卷十九引云「土坺，又作坺。《說文》：以一鍤土謂之坺」，是古本上「一」下無「曰」字，今本誤衍。

　　魁案：《古本考》是。《慧琳音義》卷五十六「土坺」條轉錄《玄應音義》，引《說文》云：「一臿土謂之坺。」今檢《玄應音義》與慧琳轉錄同，沈濤引衍「以」字。

圪（圪）　牆高皃。《詩》曰：「崇墉圪圪。」从土，乞聲。

　　濤案：《一切經音義》卷十三引「圪，高大皃也」，蓋古本作「牆高大皃」。今本奪「大」字，元應所引又節去「牆」字。

　　魁案：《慧琳音義》卷五十五「圪然」條轉錄《玄應音義》，引同沈濤所引。

堂（堂）　殿也。从土，尚聲。𡊦古文堂。𡫢籀文堂从高省。

　　濤案：《玉篇》「坣臺，並古文」，疑顧氏所見本𡫢字不作籀文。

坫（坫）　屏也。从土，占聲。

　　濤案：《爾雅·釋宮》釋文云：「坫，丁念反。《說文》云：屏牆。」是古本「屏」字下尚有「牆」字，今奪。

堊（堊）　白涂也。从土，亞聲。

　　濤案：《玉篇》引有「一曰白土也」五字，蓋古本如是，今奪。

墀（墀）　涂地也。从土，犀聲。《禮》：「天子赤墀。」

　　濤案：《華嚴經音義》下引《說文》曰：「墀，謂以丹塗地，即天子丹墀也。」蓋慧苑櫽括其詞，非古本本文如是。「天子赤墀」見《禮緯含文嘉》，蓋惟天子以赤飾堂上，故漢未央殿「青瑣丹墀」，后宮則「玄墀」而已，則墀不專用丹，古本不得如慧苑所引。《文選·鮑明遠〈翫月城西詩〉》注、《劉孝標〈辨命論〉》注、《御覽》百八十五居處部所引皆同今本可證。《御覽》「禮」下

有「記曰」二字，乃傳寫誤衍。《廣韻·六胎》引「天子」下有「二」字，恐亦誤衍。

魁案：《古本考》是。《慧琳音義》卷二十三「階墀軒檻」條轉錄《慧苑音義》，引《說文》同沈濤所引。卷八十一「丹墀」條引《說文》云：「塗地也。《禮》：天子赤墀。從土犀聲。」與今二徐本同，許書原文如是。又《希麟音義》卷二「階墀」條引《說文》曰：「墀謂以丹塗地謂之丹墀。」非許書原文。

墼（墼） 瓴適也。一曰，未燒也。从土，𣪊聲。

濤案：《御覽》引作「未燒者」，是古本不作「也」字。

𡎑（𡎑） 掃除也。从土，弁聲。讀若糞。

濤案：《玉篇》引作「除掃也」，蓋古本如是。《一切經音義》卷十六「𡎑卻，府墳反，《說文》：糞，除埽棄也」，「糞」即「𡎑」字之假，「棄」字涉下字解而衍，可見古本不作「掃除」。《玉篇》又云「壤，古文」，是古本尚有重文字。

魁案：《古本考》非是。《慧琳音義》卷六十四「𡎑卻」條轉錄《玄應音義》，引《說文》云：「𡎑，除掃棄也。」與沈濤所引稍異。卷四十四「𡎑土」條引《說文》云：「棄除也。」卷七十八「𡎑堆」條引云：「棄除掃也。」諸引總有「棄」。今小徐本作「棄掃除也」，合訂之，許書原文當如是。

塤（塤） 樂器也。以土爲之，六孔。从土，熏聲。

濤案：《御覽》五百八十一樂部引曰：「塤爲樂器，亦作埍也，塤爲聲濁而喧喧然，今雅樂部用也。」蓋古本「塤」有重文作「埍」，今本奪。其「塤爲聲濁」以下云云乃庾氏注中語，非許君原文也。

璽（璽） 王者印也。所以主土。从土，爾聲。璽籀文从玉。

濤案：《唐律疏義》引「璽者，印也」，乃傳寫奪一「王」字，非古本無之。《大唐類要》一百三十一□□部、《左氏》襄二十九年正義、《御覽》六百八十二儀式部所引皆有「王」字可證。「所以主土」，《御覽》作「以守土」，蓋古本如是，「以守土」所謂「慎封璽」是也。《玉篇》引「者」下有「之」字，「以」

上無「所」字，義得兩通。

壿（埻） 射臬也。从土，臺聲。讀若準。

　　濤案：《一切經音義》卷十九引「臬」作「垜」，乃傳寫之誤，他卷皆引同今本可證。

　　魁案：《古本考》是。《慧琳音義》卷五十二、卷五十六「射埻」條，卷七十五「兩埻」條引《說文》俱同今二徐本，許書原文如是。

城（城） 以盛民也。从土，从成，成亦聲。𧉫籀文城从㐭。

　　濤案：《詩・皇矣》正義引作「所以盛民也」，蓋古本如是。《類聚》六十三，《御覽》百九十二居處部引無「所」字，皆傳寫誤奪。

　　魁案：《古本考》是。《慧琳音義》卷三十三「作城」條及《希麟音義》卷九「踰城」條並《說文》作「所以盛民也」，許書原文如是。今二徐本並奪「所」字。

堞（堞） 城上女垣也。从土，葉聲。

　　濤案：《初學記》二十四居處部引「堞，女墻也」，垣、墻義得兩通。無「城上」二字，乃節引非完文。《左氏》宣十二年正義所引有之可證。「堞」即「堞」之別。

　　魁案：《慧琳音義》卷二十「牆堞」條、卷五十三「壘堞」條並引《說文》作「城上女垣也」，同今二徐本，許書原文如是。卷四「雉堞」條引作「女垣也」，乃節引。堞同堞。

垼（坴） 以土增大道上。从土，次聲。𡎝古文坴从土、即。《虞書》曰：「龍，朕堲讒說殄行。」堲，疾惡也。

　　濤案：《玉篇》引作「以土增大道也」，蓋古本如是。今本「上」字傳寫之誤。

垠（垠） 地垠也。一曰，岸也。从土，艮聲。圻垠或从斤。

　　濤案：《文選・七發》注、《一切經音義》卷七引「圻，地圻咢也」，卷八引「垠，地垠岸也」，圻、垠同字，蓋古本「垠」下有「咢」字，今本誤奪，元應

書卷八又涉一解而誤耳。《史記‧賈誼傳》索隱引「垠，圻也」，「圻」爲「垠」之重文，此必傳寫有誤。《後漢書‧班固傳》注引「垠，界也」，疑古本又有「一曰界也」四字。

魁案：《慧琳音義》卷三十「無垠」條引《說文》云：「垠，地圻也。」卷三三「無垠」條轉錄《玄應音義》，引《說文》云：「地垠，岸也。」合沈濤所引，《玄應音義》卷七「地圻咢也」之「咢」字當是「岸」字之誤。「咢」「岸」二字上古、中古音均在疑母，聲近，且本書《叩部》「咢，譁訟也」，與「垠」義無涉。「地垠，岸也」當即「地垠也，岸也」，傳寫奪「也」字。今二徐本不誤，許書原文如是。

圛（堙） 塞也。《尚書》曰：「鯀堙洪水。」从土，西聲。𡎐古文堙。

濤案：《汗簡》卷下之二𡎐作𡎐，是今本篆體微誤。

壓（壓） 壞也。一曰，塞補。从土，厭聲。

濤案：《文選‧班叔皮〈王命論〉》注引「厭，塞也」，「厭」即「壓」字之省，葢古本無「補」字。

又案：《一切經音義》卷六引「壓，壞也，鎮也」，是古本尚有「鎮之」一訓。

魁案：《古本考》認爲有「鎮也」一訓，非是。《慧琳音義》卷十八「壓油」條云：「《廣雅》：壓，鎮也。杜注《左傳》：壓，笮也。《說文》：壞也。」則「鎮也」非出許書可知。卷四十六「搯壓」條、卷六十六「纏壓」條、卷七十六「山壓」條、卷九十八「鐵壓」條俱引《說文》作「壞也」。今二徐本同，許書原文如是。

壒（壒） 天陰塵也。《詩》曰：「壒壒其陰。」从土，壹聲。

濤案：《御覽》十五天部「曀，天陰沈也」，「曀」當作「壒」。《詩》「終風且曀」、「曀曀其陰」，毛詩皆作「曀」，而許則於「終風」句作「曀」，「壒壒」句作「壒」，葢《毛詩》古本如是。傳曰「如常陰曀曀」，然則古本《說文》「沈」不作「塵」。《後漢書‧馮衍傳》注「曀曀，陰晦皃」，「曀曀」即「壒壒」之假借，今俗猶有「天陰沈」之語。「塵」與「沈」聲相近而誤。《玉篇》作「天陰

塵起也」，是淺人以「天陰塵」爲不詞，又妄增「起」字，益見古本不作「塵」矣。

坏（坏）　丘再成者也。一曰，瓦未燒。从土，不聲。

濤案：《水經注・五河水篇》云：「《爾雅》曰：山一成謂之伾。許愼、呂忱並以爲『丘一成也』。」《御覽》三十八地部引「一成曰伾」，是古本不作「再成」，今本乃襲僞孔《尙書傳》而誤，「伾」即「坏」之假借。《初學記》卷五地部引「山再成曰坏」，《玉篇》亦作「再成」，皆淺人據今本改。

魁案：《慧琳音義》卷三「坏瓶」條、卷二十四「坏器」條並引《說文》云：「瓦未燒曰坏。」卷十三「坏成」、卷十八「陶坏器」條並引云：「瓦器未燒曰坏。」多一「器」字，當是引者所足。卷八十八「坏幻」條引云：「坏，瓦不燒也。」《希麟音義》卷四「坏瓦」條引云：「未燒瓦器也。」義皆同。今二徐本同，當是許書原文。

塋（塋）　墓也。从土，熒省聲。

濤案：《文選・謝元暉〈齊敬皇哀策文〉》注、《玉篇》皆引「塋，墓地」，蓋古本作「墓地也」，今本奪一「地」字。《漢書・楚元王傳》注引如淳曰：「塋，冢田也」，「冢田」即「墓地」之謂矣。

魁案：《古本考》是。《慧琳音義》卷八十二「塋域」條引《說文》云：「墓地曰域也。」「域」字當「塋」字之誤，本《戈部》列「域」爲「或」之重文。許書原文當作「墓地也」，今二徐本奪「地」字。

墓（墓）　丘也。从土，莫聲。

濤案：《御覽》五百五十七禮儀部引「墓，兆域也」，蓋古本如是。《方言》：「凡葬而無墳謂之墓。」《禮記》亦言「古者墓而不墳」，是「壟」可訓「丘」，「墓」不可訓「丘」。《周禮》：「墓大夫帥其屬而巡墓厲。」注曰：「墓厲謂塋限遮列之處。所謂『兆域』是也。」

壟（壟）　丘壟也。从土，龍聲。

濤案：《文選・懷舊賦》注、《御覽》五百五十七禮儀部皆引「壟，丘也」，

是古本說解中無「壠」字，壠為土之高處，丘亦土之高處，故以「丘」釋「壠」，淺人習聞「丘壠」連稱，遂妄增一「壠」字。

場（場）　祭神道也。一曰，田不耕。一曰，治穀田也。从土，易聲。

濤案：《玉篇》引「治穀田也」作「治穀處」，蓋古本如是。田中非可治穀，今人猶以「治穀處」為場。

魁案：《古本考》非是。《慧琳音義》卷八十「畺場」條引《說文》云：「治穀田也。從土易聲。」與今大本同，許書原文如是。小徐奪一「也」字。

坦（坦）　東楚謂橋為坦。从土，巳聲。

濤案：「東楚」，《初學記》卷七〔註333〕地部引作「楚人」，義得兩通。

補 塔

濤案：《玉篇》云：「塔，《說文》云：西域浮屠也。」是古本有塔篆，許君作書時佛法已入中國矣。

堇部

艱（艱）　土難治也。从堇，艮聲。𡅬籒文艱从喜。

濤案：《汗簡》卷下之二引《演說文》艱字作𡅬，菜為「堇」之古文，故庾氏書如此作。

田部

田（田）　陳也。樹穀曰田。象四口。十，阡陌之制也。凡田之屬皆从田。

濤案：《一切經音義》卷十三引「樹稻穀曰田」，「稻」字傳寫誤衍，田中不必皆樹稻也，《玉篇》引同今本可證。

又案：《齊民要術》一引作「象形，从口从十，阡陌之製也」，今本「象四口十」，義不可通。

〔註333〕「卷七」二字今補。

魁案：《慧琳音義》卷五十四「田家」條轉錄《玄應音義》，引《說文》云：「陳樹稻穀曰田也。」引《說文》同沈濤所引，「陳」下奪「也」字。「稻」涉「穀」字而衍。《古本考》是。

疇（疇）　耕治之田也。从田。象耕屈之形。疇或省。

濤案：《止觀輔行傳宏決》第四之三引「疇，田界也」，蓋古本一曰以下之奪文。

又案：《汗簡》卷上之二引作，蓋古本篆體如此，今本誤。

嫽（嫽）　燒穜也。《漢律》曰：「嫽田茠艸。」从田，翏聲。

濤案：《晉書》七十七《音義》引無「燒」字，乃傳寫偶奪。

畬（畬）　三歲治田也。《易》曰：「不菑，畬田。」从田，余聲。

濤案：《易·无妄》釋文引作「二歲治田」，蓋古本如是。《爾雅》云：「一歲曰菑，二歲曰新，三歲曰畬。」《詩》毛傳同，而虞翻注《易》、康成注《禮·坊記》皆云「二歲曰畬」，是漢時原有二說。今本乃淺人據《爾雅》以改許書也。半農惠氏曰：「田當作凶，《禮記》引《易》有『凶』字，乃王弼所刪。」

畦（畦）　田五十畝曰畦。从田，圭聲。

濤案：《玉篇》引無「田」字，乃傳寫偶奪，《一切經音義》卷十五引有之。

魁案：《古本考》是。《慧琳音義》卷八十一「禪畦」、卷八十三「稻畦」條引《說文》並云：「田五十畝也。」許書原文當如是。下字「畹」訓「田三十畝也」，與此例同。小徐本作「田五十晦」，奪「也」字，「晦」同「畝」。今大徐雖義同，非許書原文。《慧琳音義》卷五十八「畦畔」條、卷七十二「畦稻」並引作「五十畝爲畦」，亦非許書原文。

畜（畜）　田畜也。《淮南子》曰：「玄田爲畜。」《魯郊禮》畜从田从茲。茲，益也。

濤案：《玉篇》引作重文解，無「从田」二字，義得兩通。

畕部

畺（畺）　界也。从畕。三，其界畫也。疆畺或从彊、土。

濤案：《汗簡》卷下之二云「畺疆，出《演說文》」，「畺」爲許書正字，古本不應無之，殆郭氏書傳寫衍一「演」字耳。

補 畕

濤案：本書「疊」、「楊」、「勖」、「矗」、「儡」並从畕，是古本有畕篆。桂大令曰：「王莽改疊爲疊，是原有三田之畕字，故从之也。《玉篇》：『畕音雷，田間也。』音訓當本《說文》。」

黃部

補 黌

濤案：《後漢書‧儒林傳》：「乃更修黌字。」注引《說文》曰「黌，黃也」，是古本有黌篆，本書無學部，當在此部，从黃从學省，黃亦聲。

男部

男（男）　丈夫也。从田，从力。言男用力於田也。凡男之屬皆从男。

濤案：《九經字樣》云：「助男，上《說文》，下隸變。」是古本篆法左田右力，今上田下力者乃隸變也。恐「甥」「舅」二篆亦不如是。

力部

勳（勳）　能成王功也。从力，熏聲。勛古文勳从員。

濤案：《玉篇》引《說文》下有「書曰：其亢有勳」六字，是古本有偁經語而今本奪之。「亢」，偁《古文尙書》作「克」。

務（務）　趣也。从力，敄聲。

濤案：《一切經音義》卷六引「務，趣疾也」，蓋古本尙有「疾」字，今奪。

𠟖（勵）　勥也。从力，厥聲。

濤案：《玉篇》及《廣韻・十月》〔註334〕皆引作「強力也」，乃「勥」字傳寫誤分，非古本如是。

𠢶（勉）　彊也。从力，免聲。

濤案：《一切經音義》卷五引「勉，強也。謂力所不及而強行事也」，「謂力」以下十字當是庾氏注中語。

魁案：《古本考》是。《慧琳音義》卷二十八「勗勉」條、卷四十六「勉勵」條引《說文》並云：「勉，強也。」同今二徐本，許書原文如是。卷四十一「勉勵」條引云：「勉亦勵也，強也。」本部勵字訓「勉力也」，故引者謂「勉亦勵也」，蓋因「勉勵」相連而言之，非許書如是。

𠢆（勖）　《周書》曰：「勖哉，夫子！」从力，冒聲。

濤案：《一切經音義》卷五引「勖，勉強也」，是古本尚有「強」字，今奪。

𠢚（勠）　并力也。从力，翏聲。

濤案：《後漢書・劉虞傳》注引「勠力，并力也」，乃傳寫衍一「力」字，非古本有之。

𤳙（勞）　劇也。从力，熒省。熒，火燒冂，用力者勞。𤇭古文勞从悉。

濤案：《汗簡》卷下之二云：「𤇭勞，見舊《說文》。」所謂「舊《說文》」者，僅見於此，此字蓋从熒不省。《玉篇》古文作𤇭，則亦非从悉，然《玉篇》傳寫亦有譌，古本古文字體當如《汗簡》也。

𠢧（勮）　務也。从力，豦聲。

濤案：《文選・北征賦》注、《王粲〈詠史詩〉》注、《陸機〈苦寒行〉》注皆引「劇，甚也」。「劇」即「勮」之別體，蓋古本作「甚也，一曰務也」，今本爲

〔註334〕「十月」二字今據《校勘記》補。

二徐妄刪。

勇（勇）　气也。从力，甬聲。勇勇或从戈、用。恿古文勇从心。

　　濤案：《一切經音義》卷五引「勇，亦悍也」，蓋古本有「一曰悍也」四字，今奪。

　　魁案：《慧琳音義》卷三十四「勇悍」條轉錄《玄應音義》，引同沈濤所引。

勡（勡）　劫也。从力，票聲。

　　濤案：《文選・張孟陽〈七哀詩〉》注引作「劫人也」，是古本有「人」字，今奪。

　　魁案：《古本考》非是。本書《刀部》「剽」字一訓作「劫人也」，《文選》注蓋形近而混。今二徐本同，許書原文如是。

劫（劫）　人欲去，以力脅止曰劫。或曰，以力止去曰劫。

　　濤案：《史記・高祖本紀》索隱引「以力脅之云劫也」，蓋古本作「劫，以力脅之也。或曰：以力止去曰劫。」《禮記・儒行》注：「劫，脅也。」《國語・晉語》注：「脅，劫也。」脅、劫互訓，知當作「脅之」，不當作「脅止」。劫，「以力去」〔註335〕故又為「以力止去」。許偁「或曰」、「一曰」皆與正解不同，若如今本，則正解與或解又何所區別邪？且「勡」「劫」「奪」之云豈盡指「人欲去」邪！二徐之謬妄不待辨矣。

募（募）　廣求也。从力，莫聲。

　　濤案：《後漢書・光武紀》注引「募，廣求之也」，是古本有「之」字，今奪。

　　魁案：《古本考》非是。《慧琳音義》卷四十五「募求」條、卷四十六「募人」條、卷五十三「募彼」條、卷七十八「即募」條俱引《說文》作「廣求也」，同今二徐本，許書原文如是。卷二十四「募索」條引《說文》云：「廣求為募。」

〔註335〕「以」字當作「从」。

《說文古本考》第十四卷上 嘉興沈濤纂

金部

金（金） 五色金也。黃爲之長。久薶不生衣，百鍊不輕，从革不違。西方之行。生於土，从土；左右注，象金在土中形；今聲。凡金之屬皆从金。金古文金。

濤案：《初學記》二十七寶器部、《御覽》八百九珍寶部引「百鍊」皆作「百陶」，蓋古本如是。古人言「陶鑄」、「陶鈞」，則陶非僅冶土器之名，後人習聞「百鍊」，罕聞「百陶」，遂妄改之如此。「黃爲之長」，《初學記》作「黃金爲長」，義得兩通。

又案：《五行大義·釋五行名》引「金者，禁也，陰氣始起，萬物禁止也。土生於金，字从土，左右注，象金在土中之形也」，是古本「西方之行」下當有「一曰金者禁也」至「萬物禁止也」十五字，今本爲二徐妄刪。「土生於金」當作「金生於土」，乃傳寫之誤。

魁案：《古本考》「百鍊」當作「百陶」，又有「金者」云云，皆非是。(1)《慧琳音義》卷十「金剛」條引《說文》云：「五色金也，黃爲之長，久埋不生，百鍊不輕，從革不違，西方之行，生於土，左右注二點，象金在土中之形也。從土今聲也。」(2)卷二十七「金」字條引云：「五色金，黃之爲長，久埋不生，百鍊不輕，從革不違，西方之行，生於土，故從土，左右點象金在土中之形，今聲也。」(3)卷二十九「金光明」條引云：「五色之金，黃爲之長，久埋不生，百鍊不輕，從革不違，西方之行，土生金，故從土，左右點象金在土中上，今聲也。」(4)《希麟音義》卷三「金屑」條引云：「五色金也。黃爲長，久薶不生，百鍊不輕，從革不違，西方之行，生於土。從土今，左右注，像金在土中形，今聲。」諸引大同小異，排比如下：

首句：(1)五色金也；(2)五色金；(3)五色之金；(4)五色金也。當作「五色金也」。

第二句：(1)黃爲之長；(2)黃之爲長；(3)黃爲之長；(4)黃爲長。當作「黃爲之長」。

第三句：(1)(2)(3)(4)久埋不生，百鍊不輕，從革不違，西方之行。(4)

埋作薶，同。今二徐本「生」下皆有「衣」字，以諸引語例例之，此字當衍。

第四句：(1)生於土，左右注二點，象金在土中之形也；(2)生於土，故從土，左右點象金在土中之形；(3)土生金，故從土，左右點象金在土中上(4)生於土，從土今，左右注，像金在土中形。此引譌誤較多，當作「生於土，故從土，左右注點，象金在土中之形。」合訂之，許書原文當作「五色金也，黃爲之長，久薶不生，百鍊不輕，從革不違，西方之行。生於土，故從土，左右注點，象金在土中之形。今聲」。

鉛（鉛）　青金也。从金，㕣聲。

濤案：《後漢書·隗囂傳》注引曰：「鉛，青金也，似錫而色青。」是古本多此五字，今奪。又《一切經音義》卷六引曰：「鉛，青金也。《尚書》『青州貢鉛』是也。」以下文「鏤」字注「《夏書》曰：『梁州貢鏤』」例之，則古本當有「《夏書》曰：青州貢鉛」七字。元應所引乃檃括之詞，非古本如此。

魁案：《古本考》認爲有「似錫而色青」五字，非是。《慧琳音義》卷十八、二十七、三十一「鉛錫」條，卷八十八「懷鉛」條，及《希麟音義》卷十「礦鉛」俱引《說文》但云「青金也」，許書原文當如是。「似錫而色青」五字當李賢續申之辭。

鍇（鍇）　九江謂鐵曰鍇。从金，皆聲。

濤案：《文選·南都賦》注引「九江謂鐵爲鍇」，是古本「曰」字作「爲」，義得兩通。

魁案：《古本考》是。《慧琳音義》卷九十九「固鍇」條引《說文》云：「九江謂鐵爲鍇。」正與《文選》注引同。

鍊（鍊）　冶金也。从金，柬聲。

濤案：《文選·江文通〈擬古詩〉》注引「化金」，恐傳寫有誤，非古本如是。《七命》注仍引作「冶金」可證。

魁案：《古本考》是。《慧琳音義》卷八「燒鍊」條、「鎔鍊」條、「燒煉」條，卷十二「鑄鍊」條，卷三十「如鍊」條，卷三十一「融鍊」條，卷三十五

「合鍊」條，卷五十「鍊摩」條，卷七十三「鍊鐵」條俱引《說文》同今二徐本，許書原文如是。《希麟音義》卷三「鍊冶」條引作「銷金也」，本部「鑄」「鑠」二字並訓「銷金」，希麟書誤竄。

鐘（鍾）　酒器也。从金，重聲。

濤案：《後漢書・班固傳》注引「鍾，器也」，蓋傳寫奪一「酒」字，《文選・東都賦》注引有之可證。

鋞（鋞）　溫器也。圜直上。从金，巠聲。

濤案：《廣韻・十五青》引作「圜而直上」，是古本有「而」字，今本奪此一字，語頗不詞。

鍑（鍑）　釜大口者。从金，复聲。

濤案：《御覽》七百五十七器物部、《一切經音義》卷二皆引「鍑，如釜而大口」，卷十八引「鍑，如釜而口大」，蓋古本作「如釜而大口者」，今本奪「如」、「而」二字。元應書及《御覽》傳寫奪「者」字，《廣韻・一屋》有「而」字，仍奪「如」字。

魁案：《古本考》是。《慧琳音義》卷七十三「釜鍑」條轉錄《玄應音義》，引《說文》云：「鍑，如釜而口大。」同卷十八沈濤所引。又，《唐寫本唐韻・入屋》686鍑字下引《說文》云：「如釜而大口。」小徐本作「釜而大口者」，合訂之，許書原文當作「如釜而大口者」。小徐本奪「如」字。《慧琳音義》卷二十五「釜鍑」條引作「大口釜也」，乃節引。

鉹（鉹）　鍑也。从金，坐聲。

濤案：《御覽》七百五十七器物部引「鉹，鑹鍑也」，蓋古本如此，今本奪一鑹字。許書之例以篆文連注讀，下文「鑹，鉹鑹也」，書中如此例者甚多，淺人不知而妄刪之矣。

銚（銚）　溫器也。一曰，田器。从金，兆聲。

濤案：《一切經音義》卷十四引「銚，溫也。似鬲，上有鐶」，蓋古本尚有

此五字，今奪。

　　魁案：《慧琳音義》卷五十九「須銚」條轉錄《玄應音義》，引同沈濤所引。

鉉（鉉）　舉鼎具也。《易》謂之鉉，《禮》謂之鼎。从金，玄聲。〔註336〕

　　濤案：《廣韻・二十七銑》引「鉉，舉鼎也」，蓋傳寫奪一「具」字。

　　魁案：《慧琳音義》卷三十八「升鉉」云：「《周禮》：鉉，謂鼎耳。《說文》：鼎耳謂之鉉。」《匡謬正俗》云：「鉉者鼎之耳。」《玉篇》卷十八「鉉」下云「鼎耳也」，不注出處。據此，竊以為許書原文當作「鼎耳也」。「具」乃「耳」字形近而誤。又，《箋注本切韻・上銑》（伯3693）192鉉下引《說文》云：「舉鼎也。《易》謂之鉉，《禮》謂鼎。」引同今大徐本，惟「鼎」字誤。張舜徽《約注》疑此說解本作「鼎耳也，所以舉鼎」，可從。

鎣（鎣）　器也。从金，熒省聲。讀若銑。

　　濤案：《華嚴經音義》上云：「按《說文》、《字統》鎣又作鑑，訓與鎣同，然別有音余傾切，訓為光飾之義。」據此則古本《說文》「鎣」不訓「器」。《玉部》「瑩，玉色也」，慧苑云「訓與瑩同」，疑當訓為「金色」，又云「別有音余傾切，訓為先飾之義」〔註337〕，則當有「一曰光飾也」五字。《爾雅・釋器》注曰「鸕鶿，膏中鎣刀」，正「光飾」之義。今本訓「器」，誤。試問以何器當之邪？

　　魁案：《古本考》非是。「鎣」、「瑩」二字許書分別甚明，因形、音相近，唐人通用，不當以「瑩」字之訓附加於「鎣」字上。《慧琳音義》卷六十二「瑩體」條引《說文》云「玉色也。從玉熒省聲，亦從金作鎣」可證。《慧琳音義》卷九十四「鎣飾」條引《說文》云：「治器也。從金熒省聲。」許書原文當如是，今二徐本奪「治」字。

錠（錠）　鐙也。从金，定聲。

　　濤案：《藝文類聚》八十火部引「錠，謂之鐙」，蓋古本如此，今本義得

〔註336〕《古本考》從小徐本，大徐無「具」字。
〔註337〕「先飾」當作「光飾」。

兩通。

　　魁案：《慧琳音義》卷四十五「錠燎」條引《說文》云：「錠，鐙也。」卷七十五「如燈滅」條引云：「錠也。錠即燈也。」本部錠、鐙二字互訓，許書原文當從二徐本作「鐙也」。

鍱（鍱）　鍱也。从金，葉聲。齊謂之鍱。

　　濤案：《一切經音義》卷九引「齊謂鍱爲鍱」，蓋古本如此。今本義雖可通而與全書之例不合矣。

　　魁案：《慧琳音義》卷四十六「鐵鍱」條轉錄《玄應音義》，引《說文》云：「齊謂鎭爲鍱。」「鎭」字當「鍱」字之誤。卷七十九「鍱鍱」條引云：「齊人謂鍱爲鍱。」卷八十三「鍱鐵」條引云：「齊謂鍱（才入）曰鍱。」「才入」乃注音，奪「反」字。據此，許書原文當作「齊謂鍱爲鍱」。卷八十四「鍱腹」條引云：「葉薄鐵也。」當有竄誤。

釦（釦）　金飾器口。从金、口，口亦聲。

　　濤案：《文選・西都賦》注引無「口」字，乃傳寫偶奪，非古本如是。

鍼（鍼）　所以縫也。从金，咸聲。

　　濤案：《一切經音義》卷十七引「鍼，所以用縫衣者也」，蓋古本如是，文義始完。卷十八引無「用」字，衣下有「裳」字，乃傳寫譌誤，古本當如卷十七所引。

　　又案：《御覽》八百三十資產部引「鍼，綴衣也」，蓋古本一曰以下之奪文。

　　魁案：《慧琳音義》卷十九「銅鍼」條、卷二十九「鍼刺」條並引《說文》作「所以縫也」，與今二徐本同，許書原文當如此，《古本考》非是。卷八十「鍼脈」條引作「刺也」，非許書之文，卷二十四「鍼孔」條云：「《廣雅》曰：鍼，刺也。《說文》：所以用縫衣也。」由此可知。所引《說文》衍「用」「衣」二字。又，卷三十四「一鍼」條、卷六十四「鍼萡」條引作「所以縫衣也」；卷六十六「鍼筒」條轉錄《玄應音義》，引作「所以用縫衣者也」；卷七十三「如鍼」條轉錄引作「所以縫衣裳者也」，皆有衍文。引者或先增「衣」字，又增「者」字，

由「衣」又衍「裳」字，而增「用」字尤爲不辭。卷五十四「鍼鑽」條引作「縫也」，乃節引。卷七十五「鍼柴」條引作「縫刺也」，當有竄誤，不足據。

　　《古本考》認爲有「綴衣」一訓，亦非是。《慧琳音義》卷五十四「鍼鑽」條云：「《廣雅》云：鍼，刾也。顧野王云：綴衣也。《考聲》云：鍼，所以縫衣線也。《說文》：縫也。從金咸聲。」據此「綴衣」一訓非出許書可知。《慧琳音義》卷七十五「鍼風」條引云：「綴衣之具也。」《希麟音義》卷「針鋒」條云：「又作鍼，《說文》云：綴衣針也。」皆不足爲據。

鏾（鈹）　　大鍼也。一曰，劍如刀裝者。从金，皮聲。

　　濤案：《史記・高祖功臣侯年表》索隱引「鈹者，刀劍裝也」，乃傳寫譌誤，非古本如是。「劍如刀裝」猶言「劍如刀形」，《漢書・高惠功臣侯表》注：「鈹亦刀耳。」《方言》云：「鏦謂之鈹。」《文選・吳都賦》劉注云：「鈹，兩刃小刀也。」古無以「鈹」爲刀劍飾者，可見小司馬書傳寫之誤。又《左氏》昭二十七年傳釋文、正義引「鈹，劍也」，乃節引非完文。

　　魁案：《慧琳音義》卷五十九「鈹刀」條轉錄《玄應音義》，引作「大鍼也」。卷四十三「金鈹」條與卷六十「鈹決」條並引《說文》作「大針也」。「針」即「鍼」字，所引皆同今二徐本。又，小徐本「劍如刀裝者」之「如」字作「而」，《慧琳音義》卷九十八「操鈹」條引云：「劍而刀裝也。」亦作「而」與小徐同，是許書原文當作「而」，於義亦較勝。合訂之，許書原文當作「大鍼也。一曰劍而刀裝也」。

鏾（鏾）　　鈹有鐔也。从金，殺聲。〔註338〕

　　濤案：《文選・西京賦》注引尚有「一曰鏾似兩刃刀」七字，是古本尚有一訓，今奪。

鍜（銎）　　斤斧穿也。从金，巩聲。

　　濤案：《詩・七月》釋文引「銎，斧空也」，穿、空義得兩通。然《玉篇》亦云「斧空也」，是古本作「空」不作「穿」，并無「斤」字。

〔註338〕《古本考》從小徐本。大徐本「鐔」作「鐸」。

錍（錍） 鏨錍也。从金，卑聲。

濤案：《玉篇》引作「鏨斧也」，蓋古本如是。上文「鏨，錍斧也」，此云「鏨斧」正互訓之例。

魁案：《古本考》是。《慧琳音義》卷七十四「言錍」條引《説文》云：「錍，鏨斧名也。」「名」字衍，許書原文當作「鏨斧也」。今二徐本並誤。

銛（銛） 鍤屬。从金，舌聲。讀若棪。桑欽讀若鐮。

濤案：《廣韻·二十四鹽》引「鍤屬」作「臿屬」，與小徐本同，蓋古本如是。下文「銑」為「臿屬」，「鉇」為「臿屬」可證。「鍤」訓「郭衣鍼」，非此用也。

魁案：《慧琳音義》卷三十五「頭銛」條引《説文》云：「鍤屬也。」與大徐同。卷七十六「銛利」條引云：「臿屬也。」與今小徐本同。張舜徽《約注》曰：「凡訓田器者，其本字當作㙙，大徐作鍤，小徐作臿，皆借字耳。」其說是也，本書《甾部》「㙙，𣎆也，古田器也」。又「鍤」「臿」義實相因，《釋名·釋用器》：「鍤，插也。插地起土也。」《集韻·葉韻》：「臿，舂穀去皮也。或從金。」《集韻》訓釋本《説文》。「插地」與「舂穀」方式殆同。

鈕（鈕） 柤屬。从金，蟲省聲。讀若同。

濤案：《史記·高祖本紀》云：「從杜南入蝕中。」索隱云：「王劭按《説文》作：鏑，器名也，地形似器，故名之。」今本《説文》無「鏑」字，蓋「鈕」字之誤。王劭以字當作鈕，蝕為傳寫之誤。柤為農器，故曰器名，非古本《説文》有鏑義也。

鉏（鉏） 立薅所用也。从金，且聲。

濤案：《廣韻·九魚》引作「鉏，立薅斫也」，蓋古本如是。桂大令馥曰：「斫初誤為『所』，後人不解，妄加『用』字。案：《説文》：『欘，斫也，齊謂之鎡錤。』顏師古注《急就》云：『鉏，去草之器，一名茲基。』鉏、欘義同，則『斫』字是也。」盧學士文弨曰：「《爾雅·釋器》：『斫謂之鐯。』郭注：『钁也。』《説文》訓『钁』為『大鉏』。《淮南·精神訓》：『繇者揭钁臿。』《兵畧訓》：『奪儋钁以當修戟長弩。』高誘注並訓『钁』為『斫』，此皆可以為『斫』即『鉏』之

確證。」今本謁「斫」爲「所」，淺人又妄添「用」字耳。《御覽》七百六十四器物部引「鉏，薅斫也」，少一「立」字，蓋傳寫誤奪。

　　魁案：《古本考》非是。《慧琳音義》卷三十八「耘鉏」條引《說文》云：「耨斫也。」「耨」當作「薅」。合《御覽》、《廣韻》所引，許書原文當作「薅斫也」。

鍥（鍥） 鎌也。从金，契聲。

　　濤案：《六書故》引「蜀本《說文》曰：刟，鎌也。又曰：小鎌，南方用以乂穀」，許書無「刟」字，當爲「刈」字之誤。據此則古本尚有「一曰小鎌」云云。「鉊」爲「大鎌」（見本部），則「鍥」爲「小鎌」。今本乃淺人妄刪。

銍（銍） 穫禾短鎌也。从金，至聲。

　　濤案：《史記・夏本紀》索隱引「銍，穫禾短鎌之物也」，「之物」二字當傳寫誤衍，非古本有之。《詩・臣工》釋文引同今本可證。

鎮（鎮） 博壓也。从金，真聲。

　　濤案：《一切經音義》卷十、卷十一、卷十二、卷十七、卷二十四引此書云「鎮，壓也」，是古本無「博」字。「博壓」義不可曉，或解爲「博局之壓」亦於書傳無見。國語釋語注、《廣雅・釋詁》[註339]皆云「鎮，重也」，重有壓義，今時人猶言鎮壓。

　　魁案：《古本考》是。《慧琳音義》卷五十「所鎮」條引《說文》云：「鎮，厭也，亦安也。」厭當作壓。卷七十「所鎮」條、「龍鎮」條並轉錄《玄應音義》，亦引云：「鎮，壓也，亦安也。」是許書原文當有「安也」一訓。卷五十二「來鎮」條、卷七十四「鎮煞」條轉錄《玄應音義》，並引作「壓也」。合訂之，許書原文蓋作「鎮，壓也。从金，真聲。一曰安也」。

鉆（鉆） 鐵鉗也。从金，占聲。一曰，膏車鐵鉆。

　　濤案：《後漢書・章帝紀》注引「鉆，鉗也」，乃傳寫奪一「鐵」字。《陳寵

〔註339〕據《校勘記》，「國語釋語注廣雅詁皆云」抄本無「釋」字。按，「廣雅」之下「詁」字之上當有「釋」字，今補。「國語」之下「釋語」二字或衍，或其間又有脫文。

・736・

傳》注及《一切經音義》卷十、卷十三、卷十四、卷十七,《周禮・典同》釋文所引皆同今本可證。

魁案:《慧琳音義》卷十一「鉆椎」條、卷四十七「指鉆」條引《說文》作「鐵鋪也」;卷五十九「椎鉆」條轉錄《玄應音義》,與卷四十一「鉆礫」條並引作「鐵鋪也」;卷六十九「鐵鉆」條與卷八十「鐵鉆拔」條並引作「鐵鈲也」。本部「鉆」「鈲」互訓,諸引「鋪」當作「鈲」,鐵同鐵。卷五十三「鐵鉆」條引總「鋪也」,奪「鐵」字。

又,《慧琳音義》卷十六「鎚鉆」條引作「鐵鋪夾取物也」;卷四十一「鉆鈲」條引作「鐵鋪夾取物也」;卷五十六「鐵鉆」條轉錄《玄應音義》,引作「鐵鈲也。謂鋪取物也。」卷六十二「鉆拔」條引作「鐵鈲也。可以夾取物也」;卷六十三「鉆子」條引作「鐵鈲也。又云:持也」;《希麟音義》卷一「鉆鈲」條引作「鐵鈲夾取物也。」「夾取物」云云乃引者續申之辭。「持也」一訓亦非出許書,卷七十「鐵鉆」條轉錄《玄應音義》,云:「《說文》:鐵鈲也。《蒼頡篇》:鉆,持也。」可見「持也」一訓出自《蒼頡篇》。綜上所考,今二徐本當是許書原文。《古本考》是。

鉗(鉗) 以鐵有所劫束也。从金,甘聲。

濤案:《御覽》六百四十五〔註340〕刑法部引無「以」字,乃傳寫誤奪。

魁案:《慧琳音義》卷八十三「鉗鏈」條引《說文》云:「以鐵結束也。」據此,今二徐本「有所」二字蓋衍。《慧琳音義》卷五十五「髡鉗」條轉錄《玄應音義》,引《說文》云:「鉗,束鐵在頸者也。」當非許書原文。

釱(釱) 鐵鉗也。从金,大聲。

濤案:《御覽》六百四十四刑法部引作「釱,脛鉗也」,蓋古本如此。《史記・平準書》曰:「敢私鑄鐵器煮鹽者,釱左趾。」《集解》引韋昭曰:「釱,以鐵為之,著左趾以代刖也。」《索隱》曰:「《三蒼》云:『釱,踏腳鉗也。』張斐《漢晉律序》云:『狀如跟衣,著足,足下重六斤,以代刖。』」〔註341〕則「釱」為

〔註340〕「六百四十五」五字今補。

〔註341〕戴侗《六書故》引此句作「狀如跟衣,著足下,重六斤,以代刖」,較《古本考》少一「足」字。

「脛鉗」無疑。

鑽（鑽）　所以穿也。从金，贊聲。

　　濤案：《一切經音義》卷二引作「鑽，所以用穿物者也」，蓋古本如是，文義始完，今本乃二徐妄刪。《文選·長笛賦》注引同今本，乃節引，非完文。

　　魁案：《古本考》非是。《慧琳音義》卷二十六「因鑽」條轉錄《玄應音義》，引《說文》同沈濤所引。卷三十三「相鑽」條、卷四十九「鑽仰」條、卷六十二「鑽孔」條、卷一百「鑽溼木」條俱引《說文》同今二徐本，許書原文如是。卷三十一「鑽搖」條、卷八十三「鑽之」條並引作「所以穿者也」，「者」字衍。卷五十四「鍼鑽」條引作「所以穿物也」，「物」字亦衍。卷三十八「鑽火」條、卷五十「鑽燧」條、卷五十四「鑽可」條、卷六十「鑽作」皆引作「穿也」，乃節引。

銖（銖）　權十分黍之重也。从金，朱聲。

　　濤案：《禮記·儒行》釋文引作「權分十黍之重也」，與今本不同，疑皆有誤。《禾部》「稱」字解云：「其以為重十二粟〔註342〕為一分，十二分為一銖。」《玉篇》「銖，十二分也。」桂大令以為當云：「權十二分，黍之重。」然「稱」字解言粟，不言黍。《漢書·律歷志》注引應劭曰：「十黍為絫，十絫為一銖。」《漢志》又云：「一龠容千二百黍，重十二銖。」是以程徵君瑤田以為當為百黍之重。徵君又引《說苑》云：「十六黍為一豆，六豆為一銖」，則銖為九十六黍，百黍者蓋舉成數而言耳。

　　魁案：《古本考》非是。《慧琳音義》卷七十六、卷九十五「錙銖」條並引《說文》云：「銖，權分十黍六重也。」與沈濤引《釋文》同，許書原文當如是。卷四十五「三銖」條引作「十黍之重」，有奪文。

鋝（鋝）　十一銖二十五分之十三也。从金，寽聲。《周禮》曰：「重三鋝。」北方以二十兩為鋝。

鍰（鍰）　鋝也。从金，爰聲。《書》曰：「罰列百鍰。」

〔註342〕刻本作「栗」，今正。

濤案：《周禮・攷工記》注云：「鄭司農云：鋝，量名也，讀若刷。元謂許叔重《說文解字》云：『鋝，鍰也。』今東萊稱或以大半兩爲鈞，十鈞爲環，環重六兩，大半兩。鍰鋝似同矣。」康成所引《說文》實爲最古之本，許君以鍰釋鋝，以鋝釋鍰，正本書互訓之例。今本鋝下奪「鍰也」二字，誤。

又案：《書・呂刑》「其罰百鍰」，釋文云：「六兩也。鄭及《爾雅》同。《說文》云：六鋝也，鋝，十一銖二十五分銖之十三也。又云：賈逵說：俗儒以鋝重六兩。《周官》劍重九鋝，俗儒近是。」康成所引《說文》「鋝」訓爲「鍰」，則「鍰」不得訓「六鋝」。元朗《音義》所引「六」字非傳寫誤衍即「亦」字之誤，「十一銖」今本奪「一」字。《廣韻・十七薛》所引亦有「一」字。可見古本皆同賈逵。「《說文》云」亦元朗引《說文》語，今本乃爲淺人妄刪矣。《六書故》引蜀本「十」下亦有「一」字，又引蜀本李陽冰《廣說文》曰：鍰，六鋝也」，六字當亦「亦」字之誤。

又案：「北方以二十兩爲鋝」，《六書故》引作「一鋝」。戴東原氏曰：「《說文》既引《周禮》『重三鋝』，當云『北方以二十兩爲三鋝』，是以鄭注引《說文》證三鋝爲一斤四兩。」又曰：「賈逵說：『俗儒以鋝重六兩。』此俗儒相傳謬失，不能覈實，脫去太半。兩言之《說文》云『北方以二十爲鋝』正合三鋝，蓋脫去『三』字。」濤謂戴氏之說非也。《書》釋文引許書云：「俗儒近是。」是許君亦以爲鋝重六兩。鄭引《說文》以證「鍰」、「鋝」之相同，非以證輕重之相同也。許、鄭之說率多不合，故許君異義，康成駁之。今欲強改許書以合鄭說，多見其無知妄作矣。鄭云「東萊稱鍰重六兩太半兩」，他處未必然也。許云「北方以二十兩爲鋝」，他處未必然也。東萊北方其地各異，其稱不同，乃欲強而同之不可也。鄭、許皆言「鍰」「鋝」相同，而戴氏云「鍰、鋝篆體易譌，說者合爲一，恐未然」，則是并許、鄭而不信之。所謂是末師而非往古，東原之病往往在是。

魁案：《唐寫本唐韻・入薛》707鋝字下云：「十二銖二十分之十三，出《說文》。」「十二銖」，今二徐本皆作「十銖」，未知孰是。

鐲（鐲）　鉦也。从金，蜀聲。軍法：司馬執鐲。

濤案：《詩・采芑》正義引「鐲，鉦也。鐃也」，是古本尚有「鐃也」一訓，今奪。

鈴（鈴）　令丁也。从金，从令，令亦聲。

　　濤案：《御覽》三百三十八兵部引「鈴，丁也」，是古本無「令」字，「丁」下疑奪「審」字。《國語》注曰：「丁審謂鉦也。」

鉦（鉦）　鐃也。似鈴，柄中上下通。从金，正聲。

　　濤案：《御覽》五百八十四樂部引「鉦，鐃也。鈴柄中上下通鉦也」，乃傳寫有誤。《詩・采芑》正義、《一切經音義》卷四引同今本可證。

　　又案：《詩・采芑》釋文引「鐃也，又云鐲也」，是古本有「一曰鐲字」四字，今奪。

　　魁案：《古本考》認爲《御覽》傳寫有誤，是。《慧琳音義》卷三十二「雷霆」條轉錄《玄應音義》，下引《說文》：「鉦，鐃也。似鈴柄中上下通也。」與沈濤引同。卷九十二、九十三「鉦鼓」條並引作「鐃也」，乃節引。

鐃（鐃）　小鉦也。軍法：卒長執鐃。从金，堯聲。

　　濤案：《御覽》五百八十四樂部引「銚，小鐃也。軍法：卒長執銚。漢有《鼓吹曲》有《鐃歌》」。「銚小鐃」乃「鐃小鉦」之譌，「執銚」亦當作「執鐃」，漢有「有」字亦衍。葢古本有「漢《鼓吹曲》有《鐃歌》」七字。

　　魁案：《古本考》非是。「漢《鼓吹曲》有《鐃歌》」，七字乃撰述者續申，非許書之辭，今二徐本同，許書原文如是。《慧琳音義》卷八十八「鳴鐃」條引《說文》云：「小鉦也。」乃節引，同今二徐本。

鎛（鎛）　大鐘。淳于之屬，所以應鐘磬也。堵以二，金樂則鼓鎛應之。从金，薄聲。

　　濤案：《六書故》引蜀本《說文》曰：「堵以二鎛，奏大樂，則鼓鎛應之。」則部〔註343〕今本譌奪致不可通。《周禮》曰：「凡縣鐘磬半爲堵，全爲肆。」鄭注曰：「鐘磬，編縣之二八十六枚，而在一虞，謂之堵。鐘一堵，磬一堵，謂之肆。」據許君此解，則鐘磬之外尚有二鎛在堵。許、鄭所據禮家之說，不必盡同也。

〔註343〕據《校勘記》，抄本「部」字作「知」，是。

鐘（鐘）　樂鐘也。秋分之音，物種成。从金，童聲。古者垂作鐘。鏞鐘或从甬。

　　濤案：《爾雅·釋樂》釋文云：「鐘，《說文》作鐘，樂器也。」是古本作「器」不作「鐘」，許書以从「重」者訓爲酒器，从「童」者訓爲樂器，分別甚晰。二徐不知檢照輒疑二器同名，遂以「樂鐘」別之，誤矣。

鎙（鎙）　鎗鎙也。一曰，大鑿平木者。从金，悤聲。

　　濤案：《文選·長笛賦》注引作「大鑿中木也」，蓋古本如是。段先生曰：「鑿非平木之器，中讀去聲，許書正謂大鑿入木曰鎙。」

錚（錚）　金聲也。从金，爭聲。

　　濤案：《後漢書·劉盆子傳》注引「錚錚金也」，蓋古本當作「錚錚，金聲也」。許書之例以篆文連注讀，淺人疑注中「錚」字爲複衍之文而刪之。《後漢》注所引又傳寫奪一「聲」字耳。

鏜（鏜）　鐘鼓之聲。从金，堂聲。《詩》曰：「擊鼓其鏜。」

　　濤案：《廣韻·十一唐》引作「鼓鐘聲也」，蓋古本如是，鼓鐘猶言擊鐘。本書《鼓部》「鼟，鼓聲也」，引《詩》「擊鼓其鼟」，蓋許所據《毛詩》本作「鼟」，不作「鏜」。淺人見今本《毛詩》作鏜，遂於此解妄增稱《詩》語，忘其與鼓部抵牾，因又改「鼓鐘聲」爲「鐘鼓之聲」，以合《詩》中「擊鼓」字。或疑作鼟者爲《三家詩》，不知許君明云：「毛氏決不自亂其例」，兩稱互異，必有一誤。《廣韻》所引當是陸、孫之舊。

　　魁案：《慧琳音義》卷九十八「其鏜」條引《說文》云：「亦聲也。」當有奪文。

鏌（鏌）　鏌釾也。从金，莫聲。

　　濤案：《史記·賈生傳》集解、《文選·羽獵賦》注、《前漢書·賈誼傳》注、《後漢書·杜篤傳》注、《御覽》三百五十二兵部皆引「鏌釾，大戟也」，小徐本亦同，是古本有「大戟」二字。《史記·司馬相如傳》「建干將之雄戟」[註344]，

───────────

〔註344〕「建」字刻本空缺，今補。

注引張揖曰：「吳王劍師干將所造者也。」是干將、莫邪皆主戟言，大徐疑「鏌鋣」非戟而刪之，其議 [註345] 更遜於小徐矣。

鋋（鋋）　小矛也。从金，延聲。

濤案：《文選・西京賦》注引「鋋，小戈也」，乃傳寫之誤，非古本如是。《方言》曰：「矛，吳揚江淮南楚五湖之間或謂之鋋。」《漢書・司馬相如傳》、《鼂錯傳》注云：「鋋，鐵把短矛也。」則鋋實矛屬而非戈屬。《漢書・班固傳》注引同今本可證。

錞（錞）　矛戟柲下銅，鐏也。从金，臺聲。《詩》曰：「叴矛沃錞。」

濤案：《一切經音義》卷二十云「鐵鐏，徒對反。《說文》：『鐏，毛戟柲下銅也』，經文作錞，市均反。錞于，樂器也，錞非此用。」是古本篆體作「鐏」，不作「錞」。《篇》、《韻》皆以「鐏」爲正字，錞注「同上」。《曲禮》「進矛戟者前其鐏」，釋文云「又作錞」，則「錞」乃「鐏」之通假字。蓋古本以「錞」爲「錞于」字，「鐏」爲「柲下銅鐏」字，二徐誤「鐏」爲「錞」，又刪去于「錞于」正字，皆妄。元應書無「鐏」字，乃傳寫誤奪，《詩・小戎》釋文所引有之可證。釋文又奪一「柲」字。

魁案：《慧琳音義》卷三十三「鐵鐏」條轉錄《玄應音義》，引《說文》同卷二十沈濤所引。

錏（錏）　錏鍜，頸鎧也。从金，亞聲。

濤案：《一切經音義》卷十二引「錏鍜，頸飾也」，「頸飾」乃「頸鎧」傳寫之誤，然可見古本不重「錏」字。

魁案：《慧琳音義》卷七十五「錏鍜」條轉錄《玄應音義》，引《說文》云：「錏鍜，頸飾也。」與沈濤引同。

鐧（鐧）　車軸鐵也。从金，閒聲。

濤案：《一切經音義》卷十九引「鐧，車鐵」，乃傳寫奪「軸」字，「也」字，非古本如是。

〔註345〕據《校勘記》，抄本「議」字作「識」。

魁案：《古本考》是。《慧琳音義》卷五十六「軸鐗」條引《說文》云：「車軸鐵也。」同今二徐本。檢今本《玄應音義》亦與二徐本同，是沈濤所見本奪矣。

𨥑（釘）　車轂中鐵也。从金，工聲。

濤案：《一切經音義》卷四引「釘，車轂頭鐵也」，卷七引「釘，謂車轂口鐵也」，卷十一、卷十九引「釘，轂口鐵也」，《後漢書·班固傳》注、《文選·西都賦》注引「釘，轂鐵也」，蓋古本「中」字作「口」，元應書卷十一、卷十九所引節去「車」字，章懷注又節去「口」字，元應書卷四誤「口」爲「頭」，卷七又足一「謂」字，古本當作「釘，車轂口鐵也」。中、口形相近，乃傳寫致誤。釘爲轂口之裏頭鐵，不得爲「中」明矣。《御覽》七百七十七車部引同今本，疑後人據今本改。

魁案：《古本考》是。《慧琳音義》卷五十二「因釘」條轉錄《玄應音義》，引《說文》云：「釘，轂口鐵也。」鐵同鐵。卷五十六「輞釘」轉錄亦云：「轂口鐵也。」又《類聚抄》卷十一車部釘字下《說文》云：「釘，轂口鐵也。」三引同。「轂」上皆脫「車」字，以慧琳「釘」上列「鐗」訓「車軸鐵也」，下次「釳」字訓「車樘結也」例之，許書原文當有「車」字。且《慧琳音義》卷十二「車釘」條引云：「車轂口上鐵也。」「上」字衍。卷三十「車釘」條轉錄《玄應音義》，引同卷七沈濤所引，皆有「車」字。許書原文當如《古本考》所訂，作「釘，車轂口鐵也」。

𨮯（鑣）　馬銜也。从金，麃聲。𧤚鑣或从角。

濤案：《文選·劉越石〈答盧諶詩〉》注引「鑣，馬勒傍鐵也」，蓋古本一曰以下之奪文。

魁案：《慧琳音義》卷四十九、卷八十、卷八十七「分鑣」條，卷八十八、卷九十七「連鑣」條，卷八十三「楊鑣」條，卷九十二、卷九十六「齊鑣」條，卷九十九「徐鑣」條皆引《說文》作「馬銜也」，與今二徐本同，許書原文當如是。卷九十八「同鑣」引脫「馬」字，誤。

𨩀（鈇）　莝斫刀也。从金，夫聲。

濤案：《一切經音義》卷一引「銶，莝斫也。謂坐刀也」〔註346〕，卷五引「銶，莝斫也」，是古本無「刀」字。「謂坐刀也」乃注《說文》者釋「莝」字之義。《斤部》「斫」字雖訓爲「擊」，而「斧」解云「斫也」，「斨」字解云「斫也」，「斸」字解云「斫也」，「斤」字解云「斫木也」，而元應書卷一亦引作「斫也」，無「木」字，是「斫」實斤斧之屬。本部「鉏」字解云「立薅斫也（據《廣韻》引）」，今謂之「斫刀」，古止單言「斫」耳。此處「刀」字其爲二徐妄加無疑。

又案：《後漢書·獻帝紀》注引「銶，莝刃也」，《馮魴傳》注引「銶，剉刀也」，「刀」乃「刃」字之誤，蓋古本《說文》或有作「莝刃」者。傳寫誤「刃」爲「刀」，二本并合爲一作「莝斫刀」而遂不可通矣。元應書卷十二、卷十三、卷十九亦引作「莝斫刀」，疑傳寫者據今本妄改。《漢·尹翁歸傳》注作「斫莝刀」，尤誤。

魁案：《古本考》「兩案」抵牾。《慧琳音義》卷四十二「利銶」條、卷五十三「鐵銶」條、卷五十四「銶擩」條、卷五十六「銶鉞」條、卷七十五「銶質」條轉錄《玄應音義》，俱引《說文》作「莝斫也」。又《後漢書》注兩引作「莝刃也」〔註347〕，則許書原文當有兩訓，一訓作「莝刃也」，一訓作「斫也」，一爲名詞，一爲動詞。今二徐本竄誤又有奪文。《慧琳音義》卷四十一「銶鉞」條引云：「銶，剉也。」以動詞解，「剉」亦誤。

銶（鋂）　大瑣也。一環貫二者。从金，每聲。《詩》曰：「盧重鋂。」

濤案：《詩·盧令》正義引「鋂，環也。一環貫二」，乃傳寫誤「大瑣」爲「環」，非古本如是。

鋪（鋪）　箸門鋪首也。从金，甫聲。

濤案：《文選·舞賦》注引「鋪，箸門拊首」，是古本「鋪」作「拊」。《手部》「拊，揗持也」，蓋門首金鋪爲人揗持而設，故謂之「拊首」，後人又即謂之「鋪首」。鋪有「布」義（《廣雅·釋詁》），語本通行，而許氏原文則作「拊」，

〔註346〕沈濤此引有誤，當作「銶，莝斫也。謂莝刃也」。

〔註347〕從沈濤考。

不作「鋪」，故崇賢引之以證「鋪首」之即「拊首」也。又《御覽》百八十八居處部引「門扇環謂之鋪首」，當是古本尚有「一曰門扇」云云，二徐刪之，又改「拊首」爲「鋪首」耳。

　　魁案：《古本考》非是。《慧琳音義》卷四十三「牀鋪」條引《說文》云：「著門鋪首也。從金甫聲。」同今二徐本，許書原文如是。著同箸。

鍇（鍇）　以金有所冒也。从金，杏聲。

　　濤案：《一切經音義》卷十四引作「以金銀有所覆冒也」，是今本奪「銀」字、「覆」字。

　　魁案：《慧琳音義》卷五十九「作鍇」條轉錄《玄應音義》，引《說文》云：「以金銀有所覆。」慧琳書奪「冒也」二字。

鉅（鉅）　大剛也。从金，巨聲。

　　濤案：《一切經音義》卷三云「《說文》巨大作鉅，字從金」，卷十云「《說文》：巨，大。巨從金作鉅」，卷六、卷二十二云「《說文》：巨，大也，作鉅」〔註348〕，是古本無「剛」字。許君以「巨」爲規矩字，而「巨大」字從金作「鉅」，不得訓爲「大剛」，此字乃二徐妄增。

　　魁案：《古本考》非是。《慧琳音義》卷三十四「金鉅」條引《說文》云：「大鋼也。」《韻會·六語》亦引作「大鋼也」，「鋼」字後起，今二徐本作「大剛也」，當是許書原文。《慧琳音義》卷二十七「巨身」條引《說文》云：「大也。作鉅。」卷四十八「巨力」條轉錄《玄應音義》，云：「《說文》巨大作鉅。」「大」乃引申之義，皆非許書原文。

補鏗

　　濤案：本書《攴部》「攲，堅也，讀若鏗鏘之鏗」，《手部》「摼，擣頭也。讀若鏗爾舍瑟而作」，《車部》「轒，車轒釳也。讀若《論語》：鏗爾舍瑟而作。」是古本有鏗篆。

　　魁案：《慧琳音義》卷八十三「鏗鏘」條云：「《說文》並從金也。」卷八十

〔註348〕《玄應音義》卷六「巨身」條：「《說文》：巨，又作鉅。」卷二十二「巨力」條：「《說文》：巨大又作鉅。」《古本考》所引有誤。

四「鏗鎗」條云：「《說文》二字並從金，堅訇（訇同上音）並聲也。」可證許書原文有此篆。《古本考》是。

开部

开（开）　平也。象二干對構，上平也。凡开之屬皆从开。

濤案：《廣韻・一先》引作「而干對舉」，義得兩通。

勺部

勺（勺）　挹取也。象形，中有實，與包同意。凡勺之屬皆从勺。

濤案：《一切經音義》卷四引「勺，枓也」，蓋古本一曰以下之奪文。

几部

尻（尻）　處也。从尸得几而止。《孝經》曰：「仲尼尻。」尻，謂閒居如此。

濤案：曹憲注《廣雅》云：「案，《說文》从尸从几聲。」蓋古本如是。几、尻聲相近，「得几而止」乃「処」字之解，以釋从几从文之會意，與尻字無涉。

又案：《汗簡》卷下之二：「尻、居，出《孝經》，处處，古《孝經》居處二字，亦異《說文》。」今尻、處二字見爲《說文》正字，何得云異，則「異」字乃「見」字之誤。

斤部

斤（斤）　斫木也。象形。凡斤之屬皆从斤。

濤案：《一切經音義》卷一引無「木」字，蓋古本如是。說詳《金部》鈇字。《文選・長笛賦》注引「斤，斫木」，「木」乃「也」字之誤。《音義》卷十四、卷十五、卷十六引同今本，乃後人據今本改。

魁案：《古本考》非是。《慧琳音義》卷五十八「斤頭」條、卷五十九「以斤」條、卷六十四「如斤」條轉錄《玄應音義》，與《希麟音義》卷九「斤斷」

條引《說文》俱作「斫木也」，則許書原文當有「木」字，卷四十二「斤斲」條轉錄引奪「木」字，非是。合《文選》注引，今大徐本當不誤。小徐本作「斫木斧也」。

斸（斸）　斫也。从斤，屬聲〔註349〕。

濤案：《齊民要術》卷一引「斸，斫也。齊謂之鎡其，一曰斤柄，性自曲者也。」《爾雅・釋器》釋文云：「斸，《說文》云：齊謂之鎡其，一曰斤柄，性自曲。」此皆《木部》「欘」字之解，欘、斸同物，疑古本無「欘」篆，二徐妄添此篆文，又將《斤部》解語移置於彼耳。

魁案：《古本考》非是。《慧琳音義》卷二十六「斫斸」條、卷四十一「斸斫」條、及《希麟音義》卷一「斸斫」條皆引《說文》云：「斸，斫也。從斤屬聲。」與今二徐本同，則許書原文當有此篆。

釿（釿）　劑斷也。从斤、金。

濤案：《一切經音義》卷十四、十六引「釿，劑也」，蓋古本如是。《篇》《韻》皆云「劑也」，則今本「斷」字衍，小徐本亦無「斷」字。

魁案：《古本考》是。《慧琳音義》卷五十九「以斤」條與卷六十四「如斤」條並轉錄《玄應音義》，引《說文》同沈濤所引，與今小徐本同，是許書原文當如小徐。

斗部

斝（斝）　玉爵也。夏曰琖，殷曰斝，周曰爵。从吅，从斗，冂象形。與爵同意。或說，斝受六升。

濤案：《御覽》七百六十器物部引作「受十六升」，蓋傳寫之誤。

斖（斖）　抒滿也。从斗，䜌聲。

濤案：《一切經音義》卷四引作「抒漏也」，蓋古本如是。《木部》「欒，漏流也」，《說文》聲亦兼義，故从䜌者皆訓爲漏，今本「滿」字乃傳寫之誤。卷

十四、十五、十六仍引作滿，乃後人據今本改。

魁案：《古本考》是。《慧琳音義》卷五十八「䜌水」條、卷六十五「䜌取」條轉錄《玄應音義》，引《說文》並云：「抒漏也。」許書原文如是，卷五十八奪一「也」字。卷七十八「水䜌」條引云：「量也。」乃本部「料」「斞」之訓誤竄。

矛部

𫀝（矛）　酋矛也。建於兵車，長二丈。象形。凡矛之屬皆从矛。𫀝古文矛从戈。

濤案：《一切經音義》卷一引「二丈」作「一丈」，蓋傳寫之誤，卷二、卷三、卷十所引皆作「二丈」可證。

魁案：《古本考》是。《慧琳音義》卷十六「矛刺」條、卷六十九「矛𩬊」條，及《希麟音義》卷四「矛矟」條皆引《說文》作「長二丈」，與今二徐本同，許書原文如是。

𥎵（矜）　矛柄也。从矛，今聲。

濤案：《華嚴經音義》卷二十二云：「按《說文》、《字統》：『矜，憐也。』皆从矛令，若从今者音巨斤切，矛柄也。按《玉篇》二字皆从矛令，無矛今者也。」以上皆慧苑所說，蓋古本《矛部》有「从矛从令」之字訓憐者，與「矛柄」字不同。《玉篇》合二字爲一，皆从矛令，今則又皆从矛今，無从矛从令之字矣。臧明經庸曰：「據慧苑所引，知唐本《說文·矛部》『矜』下有『憐也』一訓，而今本止有『矛柄』之義。後世字書韻學混淆，致改《玉篇》誤从今，唐以來字書遂無有作矜者矣。猶幸慧苑書引，《毛詩傳》及《說文》、《字統》、《玉篇》皆可藉以攷正。而慧苑又分『矜』，『矜』〔註350〕當由習見作『矜』，故強爲區別耳。宋板《爾雅疏》、《釋言》：『矜，苦也。』釋曰：『郭云可矜憐者亦辛苦者。』《小雅·鴻雁》云：『爰及矜人。』又《釋訓》：『矜（此乃誤从今）憐，撫掩之也。』釋曰：《小雅·鴻雁》云：『爰及矜人明道。』《國語》卷七《晉語一》：『商銘曰嘖嘖之德，不足就也，不可以矜而祗取憂也。』韋解：『矜，大

〔註350〕據《校勘記》，抄本此處作「矜」。

也。』又卷八《晉語二》:『驪姬曰今矜敵之善,其志益廣。』韋解:『矜,大也。』此皆誇矜自大之意字,並从令。」鈕布衣(樹玉)曰:「婁氏《漢隸字源》二十八山「矜」字注引《唐君頌不侮寡矜詩》『至于矜寡』,《史記》『有矜在民間曰虞舜』,此采自碑板,知漢時故作『矜』字。注〔註351〕文盛本《後漢書‧史弼傳論》曰:『仁以矜物,義以退身。』亦从令。毛詩《采苓》令聲與顚、信顚〔註352〕,《車鄰》令聲與鄰、顚韻,故矜爲哀憐,或借爲鰥寡字,聲亦相近,若今聲則與顚、寡等韻相去遠矣。」濤謂二君之說甚辨,然慧苑明云:《說文》《字統》「矜憐」字从矛令,「毛柄」字从矛今,《玉篇》則皆从毛令,是當時《說文》本有矜、矜二篆,不得合而爲一,二家所引从令之字皆與「矛柄」字無涉。《漢隸字源》十六蒸載《論語》石經殘碑,矜字从令,亦爲「哀矜」之字,而非「毛柄」之字,則此部當補矜篆,不當改矜篆,至矜憐字何以从矛,則所當闕疑者也。

魁案:《古本考》認爲當時《說文》本有矜、矜二篆,是。《慧琳音義》卷十三「矜伐」云:「《說文》:從矛今聲。」

車部

車(車) 輿輪之總名。夏后時奚仲所造。象形。凡車之屬皆从車。𝌀籀文車。

濤案:「造」,《一切經音義》卷六引作「作」,義得兩通。

魁案:《慧琳音義》卷二十七「車」字下引《說文》云:「輿輪之總名也。夏后氏奚仲所作。」與今小徐本同,是許書原文作「作」,不作「造」。唐寫本《玉篇》325車下引《說文》:云:「輿輪之總名,象形也。」與今二徐本同。

軒(軒) 曲輈藩車。从車,干聲。

濤案:《史記‧留侯世家》索隱引作「曲周屛車」,屛、藩義同,「輈」作「周」蓋音近而誤。《一切經音義》卷六引作「曲周轓車也」,今本《說文》無「轓」字,《漢書》注引有之,「轓」正字,「藩」通假字。《左氏》閔二年傳

〔註351〕據《校勘記》,抄本「注」字作「汪」。

〔註352〕據《校勘記》,抄本「顚」字作「韻」。

「鶴有乘軒者」，正義引服注曰「車有藩曰軒」，《文選・西京賦》薛注曰「屬車有藩者曰軒」，皆作「藩」。《文選》孫注引韋昭曰「車有轓曰軒」，《續漢書・輿服志》注「車有轓者謂之軒」，皆作「轓」，義得兩通。《荀子・非相篇》注引「軒，曲輈也」，乃節引，非完文。《左氏》定九年正義引「輈」作「旆」，蓋傳寫之誤。

　　魁案：《慧琳音義》卷十五「輦軒」條引《說文》云：「曲輈藩車。」與今大徐同。卷二十七「軒飾」條引云：「曲輈轓車也。」與今小徐同。合訂之，許書原文當從小徐，大徐當補「也」字。

輜（輜）　軿車前，衣車後也。从車，甾聲。

　　濤案：《左氏》定九年傳釋文引「輜，衣車也」，《後漢書・袁紹傳》注引「輜車，衣車也。」《左氏》定九年正義引「輜軿，衣車也，前後有蔽」，文十二年正義引「輜，一名軿，前後蔽也」，《文選・仁彥昇〈天監三年策秀才文〉》注、《劉孝標〈廣絕交論〉》注引「輜軿，車前衣，車後爲輜」。合諸書所引攷之，古本當作「輜軿，衣車也。前後有蔽，車前爲軿，車後爲輜」。諸書非節取引即櫽括，皆非完文，而今本尤舛誤不可通。

軺（軺）　小車也。从車，召聲。

　　濤案：《御覽》七百七十二車部引同今本，又一引作「軺車，小車也」，當是傳寫誤衍一「車」字。

輣（輣）　兵車也。从車，朋聲。

　　濤案：《後漢書・光武紀》注引「輣，樓車也」，蓋古本如是。《文選・□》注亦云「輣，樓車」，則今本作「兵」者誤。《漢書敍傳》注引鄧展曰：「輣，兵車名」，《後漢書・陸康傳》注引「輣，兵車也」〔註353〕，蓋樓車用於軍陣，故或以「兵車」釋之，而許書解字之本義自當作「樓」，不作「兵」。《御覽》七百七十六車部引同今本，疑後人據今本改。

轈（轈）　兵高車加巢以望敵也。从車，巢聲。《春秋傳》曰：「楚子登

〔註353〕「陸康」二字今補，然注文並非引《說文》。

轈車。」

濤案：《左氏》成十六年正義引與今本同，而釋文引作「兵車高如巢以望敵也」，與今本異。如、加形相近，《左傳》杜注曰「巢車，車上為櫓」，蓋即所謂「高車加巢」，不得謂「車高如巢」，釋文蓋傳寫之誤，不得據此疑今本及正義所引有誤也。

轝（輿） 車輿也。从車，舁聲。

濤案：《一切經音義》卷二、卷六、卷十四所引尚有「一曰車無輪曰輿也」八字，是今本奪去一解。

魁案：《古本考》是。《慧琳音義》卷二十七「輿」字下與卷五十九「車輿」條轉錄《玄應音義》並引《說文》有「一曰車無輪曰輿」語，則許書原文當有之。卷十七、卷四十一、卷五十三「輦輿」條，卷二十六「車輿」條，卷八十三「帳輿」條皆引作「車輿也」，乃許書之一解。合訂之，許書原文當作「輿，車輿也。从車，舁聲。一曰車無輪曰輿。」

輯（輯） 車和輯也。从車，咠聲。

濤案：《列子·湯問》釋文引作「輯，車輿也」，蓋古本如是。段先生曰：「自轈篆以上皆車名，自輿篆至軜篆皆車上事件，其間不得有『車和』之訓。《太玄》：『礥上九：崇崇高山，下有川波。其人有輯航，可與過。測曰：高山大川，不輯航，不克也。』此輯謂輿，山必輿，川必航而後可過。是古義見於子雲之書，非無可徵也。」又王觀察（念孫）曰：「輿者，軫轐軨輟之總名，輯眾材而為之，故謂之輿，與輯同義，故輿或說之，《說文》輯、輿二字相承，良有以也。今本作「車和輯也」，則與輿之意，不相屬矣。」

較（較） 車騎上曲銅也。从車，爻聲。

濤案：《文選·西京賦》注引「較，車輢上曲鈎也」，《七啟》注引「較，車上曲鈎」，「較」即「較」字之別，蓋古本作「鈎」不作「銅」。然《初學記》二十五器用部 [註 354] 引作「車輢上曲銅鈎」，《廣韻·四覺》引同今本。「銅」即「鈎」，義得兩通。「騎」當从諸書所引作「輢」，今本作「騎」，乃傳寫之誤，

〔註354〕「器用」二字今補。

宋小字本亦作「輢」。

　　魁案：《古本考》非是。唐寫本《玉篇》327 較字下引《說文》云：「車倚上曲銅也。」「倚」當作「騎」，裴務齊《正字本刊謬補闕切韻·入覺》606 較下云：「《說文》作較，車騎也。」是今大徐本不誤。小徐本「騎」作「輢」，誤。

輒（輒）　車兩輢也。从車，耴聲。

　　濤案：《廣韻·二十九葉》引作「車相依也」，蓋傳寫之誤。輢爲「車旁」，車之有兩旁猶人之有兩耳，故字从耴。《穀梁》昭二十年傳：「兩足不能相過，衛謂之輒」，乃「瘈」之假借（《釋文》輒本作瘈），非此之義也。

　　魁案：《古本考》是。唐寫本《玉篇》328 輒下引《說文》：「車雨輢也。」同今二徐本，許書原文如是。

轖（轖）　車籍交錯也。从車，嗇聲。

　　濤案：《文選·七發》注、顏師古《急就篇》注引「交錯」作「交革」，蓋古本如是。段先生曰：「交革者，交猶遮也。謂以去毛獸皮鞔其外。《攷工記》：『棧車欲弇。』注曰：『爲其無革鞔不堅，易折壞也。』『飾車欲侈。』注曰：『飾車，革鞔輿也。大夫以上革鞔輿。』《巾車職》：『士乘棧車。』注曰：『棧車，不革鞔而漆之。』凡革鞔謂之轖，故《急就篇》曰：『革轖髹漆油黑蒼。』」「籍」當作「箱」。

　　魁案：《古本考》是。唐寫本《玉篇》329 轖下引《說文》云：「車藉交革也。」「藉」同「籍」。

軨（軨）　車轖間橫木。从車，令聲。轠軨或从霝，司馬相如說。

　　濤案：《後漢書·張衡傳》注、《趙壹傳》注引「轖」皆作「輻」，蓋傳寫之誤，非古本如是，《一切經音義》卷十三引同今本可證。《御覽》七百七十二車部引作「軨車前橫木」，更誤。

　　又案：《文選·思元賦》注引「無輻曰軨」，乃「無輻曰軳」之誤。賦文：「撫軨軹而還睨兮」，當亦作「軳」，軹、軨、軳字形相近也。

　　魁案：唐寫本《玉篇》329 軨下引《說文》云：「車轖間橫木也。」與小徐本同，許書原文如是，今大徐本奪一「也」字。《慧琳音義》卷五十四「車軨」

條轉錄《玄應音義》，引《說文》云：「車間橫木也。」奪「轖」字。

軔（軔）　礙車也。从車，刃聲。

　　濤案：《詩·小旻》正義引「軔，礙車木也」，是古本多一「木」字，今奪。《玉篇》云：「軔，礙車輪木。」

　　魁案：唐寫本《玉篇》332軔下引《說文》云：「擬車也。」「擬」當「礙」字之誤。又，《慧琳音義》卷七十四「為軔」條、卷八十七「撤軔」條、卷八十八「復軔」條皆引《說文》作「礙車也」，同今二徐本，許書原文如是。卷九十一「發軔」條引作「擬車木也」，「擬」亦當「礙」字之誤，又衍「木」字。

軝（軝）　長轂之軝也，以朱約之。从車，氏聲。《詩》曰：「約軝錯衡。」鞈軝或从革。

　　濤案：《詩·采芑》正義引「軝，長轂也」，蓋傳寫誤奪，非古本如是。此本《詩·斯干》傳，許君正用毛義也。

　　魁案：《古本考》是。《箋注本切韻》（斯2055）163軝字下下云：「軝，按《說文》此作。軝，長轂之軝也，以朱約之。《詩》曰：約軝錯衡。」引同今二徐本，許書原文如是。

軹（軹）　車輪小穿也。从車，只聲。

　　濤案：《詩·匏有苦葉》正義引「軹，輪小穿也」，乃傳寫奪一「車」字，非古本無之。《文選·思元賦》注、《後漢書·張衡傳》注皆引同今本可證。《玉篇》引「輪」作「軸」，軸「所以持輪」，義得兩通。

輨（輨）　轂端沓也。从車，官聲。

　　濤案：《御覽》七百七十六車部引「輨，軨轂端轄也」，「軨」字傳寫誤衍，「轄」字亦「沓」字之誤。

轝（轝）　直轅車轝也。从車，具聲。

　　濤案：《廣韻·三燭》引作「直轅車轝縛」，蓋古本如此。《革部》「鞻，車衡三束也，曲轅轝，《詩》：直轅轝縛。」則不得少「縛」字。

軝（軝）　轅前也。从車，厎聲。

　　濤案：《一切經音義》卷二十三「轅前」〔註355〕引作「車前」，葢古本或有如是作者。

　　魁案：《慧琳音義》卷六十六「無明軝」條引《說文》云：「轅前也。」與今二徐本同，許書原文如是。卷六十六「四軝」條引《說文》云：「軝者車轅前木也。」「木」字引者所足。

軥（軥）　軛下曲者。从車，句聲。

　　濤案：《左氏》襄十四年傳正義引作「車軛下曲者」，葢古本多一「車」字，襄十四年傳釋文、昭二十六年傳正義皆引同今本，非節引即奪文。

軷（軷）　出將有事於道，必先告其神，立壇四通，樹茅以依神，爲軷。既祭軷，轢於牲而行，爲範軷。《詩》曰：「取羝以軷。」从車，犮聲。

　　濤案：《詩·生民》釋文引「出必告道神，爲壇而祭爲軷」，乃元朗隱括節引，非古本如是。

轢（轢）　車所踐也。从車，樂聲。

　　濤案：《一切經音義》卷四引「轢，車有踐者」，「有」字、「者」字皆傳寫之誤，他卷引同今本可證。

　　魁案：《古本考》是。《慧琳音義》卷三十三「轢我」條，卷四十、卷四十三「轢碎」條，卷四十六「轢諸」條，卷五十二「轢其」條，卷五十七、七十七「輪轢」條，卷七十六「轢殺」條，卷八十一「轢輞」條，卷八十四「陵轢」條俱引《說文》同今二徐本，許書原文如是。卷八十「凌轢」條引作「轢謂車所踐也」，「謂」字乃引者所足。卷四十三「轢身」條引作「車踐者也」，奪「所」字，衍「者」字。卷七十三「車轢」條引作「車所踐曰轢」，非許書原文。卷九十七「轢帝王」條引作「踐也」，乃節引。

軔（軔）　車軔鈏也。从車，真聲。讀若《論語》「鏗爾，舍瑟而作」。又讀若掔。

〔註355〕「前」字今補。

濤案:《一切經音義》卷四引「軫,堅也」,蓋古本一曰以下之奪文。

魁案:《慧琳音義》卷三十四「鏗然」條轉錄《玄應音義》,條下引《說文》云:「軫,堅也。」同沈濤所引。

軻（軻）　接軸車也。从車,可聲。

濤案:《一切經音義》卷六引無「車」字。「接軸車」義不可通,《韻會》作「車接軸」,蓋古本如此,是元應所引奪一「車」字。

魁案:《古本考》非是。唐寫本《玉篇》₃₃₆軻下引《說文》:「榕軸也。」「榕」當「接」之誤。《慧琳音義》卷二十七「如珂」條下與卷七十六「轗軻」條並引《說文》作「接軸也」,則許書原文當如是。今二徐本衍「車」字。

輪（輪）　有輻曰輪,無輻曰軨。从車,侖聲。

軨（軨）　蕃車下庳輪也。一曰,無輻也。从車,全聲。讀若饌。

濤案:《儀禮·既夕記》疏引「有輪無輻曰軨」,蓋傳寫奪「輻」、「曰」二字。鄭注明引許卡重說「有輻曰輪,無輻曰軨」,賈氏引以釋注,豈轉有異文耶?

又案:《禮·雜記》:「載以輇車。」注曰:「輇讀為軨。」引《說文》:「有輻曰輪,無輻曰軨。」許書無「輇」字,故鄭引以證「輇」之當為「軨」,乃正義又別引許卡重說,「有輻曰輪,無輻曰輇」顯係傳寫之誤。

魁案:《古本考》是。唐寫本《玉篇》₃₃₁輪下引《說文》與今二徐本同,許書原文如是。《慧琳音義》卷五十七「輪轢」條引《說文》作「有輻曰輪」,乃節引。卷四十一「窩輪」條引《說文》云:「有輻曰輪,無輻曰軨。」「軨」當「軨」字傳寫之誤。

又,唐寫本《玉篇》₃₃₇軨引《說文》:「藩車下卑輪,一曰無輻。」《慧琳音義》卷八十三「輇車」條引《說文》云:「輇,藩車下卑輪也。正作軨字。」據此,許書原文當作「軨,藩車下卑輪也。一曰無輻也。」小徐本亦作「藩車」。

轒（轒）　淮陽名車穹隆轒。从車,賁聲。

濤案：《御覽》七百七十六車部引「淮陽名車穹」，蓋傳寫奪「隆轒」二字。

魁案：《慧琳音義》卷九十四「轒輼」條引《說文》云：「淮楊名車穹隆。」「楊」當作「陽」。許書原文當作「淮陽名車穹隆」，今二徐本同，皆衍「轒」字。

輦（輦） 輓車也。从車，从㚘。在車前引之。

濤案：《一切經音義》卷六引作「在車前人引之也」，蓋古本如是，今本稍有誤奪。

魁案：《慧琳音義》卷十四「輦輦」條引《說文》云：「人輓車也。從車㚘（音伴）在車前引之曰輦。」卷十七「輦輿」條引云：「從㚘從車，㚘在車前引之也。」卷二十七「輦」字下引云：「人輓車也。在前人引之。」卷三十二「彫輦」條引云：「從車㚘在車前引之也。」卷四十一「輦輿」條引云：「人軔車也。又從㚘而引車也。」「軔」當「輓」字之誤。卷五十三「輦輿」條引云：「輓車也。從㚘在車前引也。」卷七十四「擔輦」條引云：「挽車也。從㚘從車。㚘車前引也。」挽當作「輓」。諸引三引「輓」上有「人」字，許書原文當有之。又，「人輓車也」以下文字諸引義同而文異，據諸引及二徐本，依許書會意之例當作「從車從㚘在車前引也」。合訂之，許書原文當「人輓車也。從車從㚘在車前引也。」

輓（輓） 引之也。从車，免聲。

濤案：「引之」，《一切經音義》卷十四、卷二十五，《御覽》七百七十二車部引皆作「引車」，蓋古本如是，今本涉輦字解而誤。

魁案：《古本考》是。《慧琳音義》卷七十一「挽出」條轉錄《玄應音義》，云：「古文輓，同。無遠反。《說文》：輓，引車也。」卷二十「輓住」條亦引《說文》云：「輓，引車也。」與今小徐本同，小徐本不誤，當是許書原文。

轟（轟） 羣車聲也。从三車。

濤案：《一切經音義》卷十二、卷二十，《文選・王元長〈曲水詩序〉》注引

「轟轟，羣車聲」，葢古本多一「轟」字。二徐二〔註356〕知篆文連注讀之例，以爲衍字而刪之矣。

　　魁案：《古本考》非是。唐寫本《玉篇》342轟下引《說文》與今二徐本同，小徐脫「也」字。《慧琳音義》卷五十二、卷七十四「轟轟」條轉錄《玄應音義》，與卷三十七「轟磕」條皆引《說文》作「群車聲也」。卷十七「轟鬱」條引《說文》云：「亦群車聲」；又，《希麟音義》卷九「轟然」條亦引作「群車聲」，並奪「也」字。合諸引訂之，今大徐本不誤。

補 轛

　　濤案：《漢書・景帝紀》師古曰：「據許愼、李登說，『轛，車之蔽也』。」李登說謂《聲類》，許愼說謂《說文》，是古本有轛篆，今奪。

〔註356〕據《校勘記》，「二」字抄本作「不」，是。

《說文古本考》第十四卷下　嘉興沈濤纂

𨸏部

𨸏（𨸏）　大陸，山無石者。象形。凡𨸏之屬皆从𨸏。𨸏古文。

　　濤案：《初學記》卷五地部、《御覽》三十八地部引「土山曰阜」，蓋古本亦有如是作者。無石即土山，義得兩通，或諸書所引為《釋名》傳寫之誤。

　　魁案：(1)《慧琳音義》卷三「坥阜」引《說文》云：「大陸也。山無石也。象形，作𨸏。」(2)卷二十四「堆阜」條引云：「《說文》作𨸏，云：大陸，山無石也，象形也。」(3)卷三十「𨸏𨸏」條引云：「大陸曰阜，山無石也。象形。」卷「𨸏𨸏」條引云：「大陸山無石也。象形。」(4)卷三十二「堆𨸏」條引云：「大陸，山無石也。象形字也，俗通作阜。」(5)卷四十一「堆阜」條引云：「大陸也。山無石曰阜。古文作𨸏。象形字。」(6)卷七十六「𨸏𨸏」條引云：「大陸也，山無石也，象形。」(7)卷九十五「山阜」條引云：「大陸，山無石也。」茲將諸引排比如下：

　　首句：(1)大陸也；(2)大陸；(3)大陸曰阜；(4)大陸；(5)大陸也；(6)大陸也；(7)大陸。其三引「大陸」下有「也」字，當是許書原文。段注本補「也」字，云：「也字今補。《釋地》、《毛傳》皆曰：大陸曰阜。」

　　次句：(1)山無石也；(2)山無石也；(3)山無石也；(4)山無石也；(5)山無石曰阜；(6)山無石也；(7)山無石也。據諸引，許書原文當作「山無石也」。合訂之，許書原文當作「大陸也，山無石也，象形。」

陵（陵）　大𨸏也。从𨸏，夌聲。

　　濤案：《汗簡》卷下之一引《說文》陵字作𨸏，蓋古本有此重文，今奪。

阿（阿）　大陵也。一曰，曲𨸏也。从𨸏，可聲。

　　濤案：《御覽》五十一地部引作「大陵曰阿，一曰阿曲阜也」，蓋古本有如是作者。

陂（陂）　阪也。一曰，沱也。从𨸏，皮聲。

濤案：《華嚴經》卷十四《音義》引「穿地通水曰池，畜水曰陂也」，蓋古本「一曰」下如此作。「畜水曰陂」見《禮‧月令》注，二徐於《水部》妄刪「池」篆，又於此處改「池」爲「沱」，將「穿地通水」云云全行刪節，無知妄作莫此爲甚，說詳《水部》。

魁案：唐寫本《玉篇》489 陂下引《說文》云：「陂，陵也。一曰池也。」一訓與今二徐本異，本部「阪，坡者曰阪。一曰澤障。一曰山脅也。」則今二徐本當不誤。《慧琳音義》卷二十一「陂澤」條轉錄《慧苑音義》，引同沈濤所引。

隅（隅）　阪也。从𨸏，禺聲。

濤案：《文選‧笙賦》注引「隅，曲也」，蓋古本一曰以下之奪文。

魁案：《古本考》非是。唐寫本《玉篇》490 隅引《說文》與今二徐本同。又，《慧琳音義》卷十九「四隅」條、卷九十一「隅陬」條引《說文》並云：「阪也。」亦同二徐本，許書原文如是。《文選》注引蓋因文立訓而冠《說文》之名。

陋（陋）　阨陝也。从𨸏，匧聲。

濤案：《廣韻‧五十侯》引作「阨隘也」，「陝」即訓「隘」，義得兩通。

魁案：唐寫本《玉篇》492 引《說文》：「陋，隘也。」《慧琳音義》卷二「矬陋」條、卷六十二「仄陋」條、卷六十八「鄙陋」條三引《說文》云：「隘也。」段玉裁「陝」字下注云：「俗作陋，峽，狹。」又，卷五「醜陋」條、卷十五「矬陋」條並引《說文》云：「阨隘也。」據以上所引可知，慧琳書三引作「隘也」，「隘」當作「陝」，又奪「阨」字；後兩引亦當作「阨陝也」，今二徐本不誤。唐本《玉篇》所引奪「阨」字，「隘」當「陝」字之誤，亦非正體。

隤（陷）　高下也。一曰，䧢也。从𨸏，从臽，臽亦聲。

濤案：《一切經音義》卷十三引「䧢」〔註357〕作「墮」，義得兩通。

魁案：唐寫本《玉篇》492 陷下引《說文》云：「高下也。一曰隨也。」《慧琳音義》卷四十一「穽陷」條引亦云：「隨也。」而卷二「自陷」條、卷十八「陷

〔註357〕案「䧢」字當作「䧢」。

斷」條並引《說文》云:「墮也。」卷五十七「陷此」條引云:「陷,從高而下也。一曰墮也。」由是,「隨」字當是「墮」字之誤,而「墮」又「阤」之假借(見《段注》)。合訂之,今二徐本當是許書原文。

隤(隤)　下隊也。从𨸏,貴聲。

濤案:《一切經音義》卷六引「隤,墜下也」,「墜」即「隊」字之假,「隊下」、「下隊」義得兩通。《文選・寡婦賦》注引「隤,墜也」,則崇賢節去「下」字,非古本無此字也,《高唐賦》注引同今本可證。「隤」、「墜」皆假借字。

魁案:《慧琳音義》卷二十七「隤」字條與卷八十一「隤綱」條並引《說文》:「下墜也。」而唐寫本《玉篇》_493隤下引《說文》云:「墜下也。」《慧琳音義》卷四十四「隤運」條,卷六十四、卷八十八「隤綱」條,卷六十九「隤壞」條,卷八十三「隤綱」條,卷八十七「隤光」,卷九十九「隤陀」條俱引《說文》云:「墜下也。」卷八十二「隤坦」條引作「隊下也」。《古本考》認爲「《高唐賦》注引同今本」,今檢《文選》卷十九《高唐賦》:「盤石險峻,傾崎崖隤。」李善注正引《說文》作「墜下也」,《古本考》非是。據此許書原文當作「墜下也」。「墜」當「隊」之後起字。

隕(隕)　從高下也。从𨸏,員聲。《易》曰:「有隕自天。」〔註358〕

濤案:《一切經音義》卷二十二引作「從高而下也」,蓋古本多一「而」字,有此字而文義始完。

魁案:《古本考》非是。《慧琳音義》卷四十八「而隕」條轉錄《玄應音義》,引《說文》同沈濤所引。唐寫本《玉篇》_494隕下引《說文》與今二徐本同,許書原文當如是。《慧琳音義》卷十「尙殞」條引云:「高下也。《易》曰:有隕自天也。」「高」上奪「從」字。玄應書引「而」字乃引者所足。

阤(阤)　小崩也。从𨸏,也聲。

濤案:《一切經音義》卷六引「小崩曰阤」,蓋古本有如是作者。又云「阤,亦毀也」,是古本有「一曰毀也」四字。《玉篇》「阤」字注亦有「毀也」一訓,

---

〔註358〕刻本缺「《易》曰」等六字,今補。

當本許書。

　　魁案：《古本考》非是。《慧琳音義》卷二十七「陁」條云：「《說文》：「山崩也。《方言》：陁，壞也。《玉篇》：毀壞也。」《說文》《方言》《玉篇》並引，則「毀也」一訓非出許書可知，「山」在當「小」字之誤。今二徐本同，許書原文當如是。

𤳿（隤）　通溝也。从𨸏，賣聲。讀若瀆。𤳿古文隤从谷。

　　濤案：《廣韻・一屋》引作「通溝以防水」，蓋古本尚有「一防水」〔註359〕三字，小徐本作「通溝以防也」，乃傳寫奪「水」字。

　　魁案：《古本考》非是。唐寫本《玉篇》495 隤下引《說文》云：「通溝也。」與今二徐本同，許書原文如是。

陘（陘）　山絕坎也。从𨸏，巠聲。

　　濤案：《初學記》卷五引地部，《御覽》三十八地部皆引「山中絕曰陘」，古本如是，今本「坎」字誤衍，又奪「中」字，《爾雅》：「山絕，陘。」亦無「坎」字。郭注云：「連山中斷絕」，正本許說。

阺（阺）　秦謂陵阪曰阺。从𨸏，氏聲。

　　濤案：《御覽》七十一地部引「秦謂陵𨸏曰阺」，阪、𨸏義得兩通。《文選・高唐賦》注引同今本。

　　魁案：唐寫本《玉篇》496 阺下引《說文》與今二徐本同，許書原文如是。

隒（隒）　崖也。从𨸏，兼聲。讀若儼。

　　濤案：《文選・西京賦》注引「崖」作「厓」，義得兩通。

　　魁案：唐寫本《玉篇》496 隒下引《說文》云：「隒，屵也。」又《慧琳音義》卷八十一「崖隒」條引《說文》云：「隒，崖也。」與今二徐本同。卷九十四「巖隒」條引云：「厓也。」與《文選》注引同，據此，唐本《玉篇》引「屵」字當是「厓」字之形誤，顧野王與李善所見許書均作「厓也」，慧琳書一引也與

之同，則許書之舊當作「厓也」。今二徐本並作「崖也」，「崖」當「厓」之後起字。

酈（隔）　障也。从𨸏，鬲聲。

濤案：《文選・西京賦》注引「隔，塞也」，蓋古本一曰以下之奪文。本書《土部》「塞，隔也」，正互訓之例。

魁案：《古本考》是。唐寫本《玉篇》497隔下云：「隔，《說文》古文隔也。隔，塞也。」《慧琳音義》卷二「限隔」與卷九十七「鬲戾」條下並引《說文》作「障也」。據此，許書原文蓋作「隔，障也。一曰塞也。从𨸏，鬲聲。」

隈（隈）　水曲隩也。从𨸏，畏聲。

濤案：《文選・西都賦》、《海賦》、《七發》注引皆作「隈，水曲也」，《曹子建〈應詔詩〉》注引「隈，曲也」，《謝靈運〈從斤竹澗越嶺溪行〉詩》注引「隈，山曲也」，皆傳寫或奪或誤，非古本無「隩」字。《一切經音義》卷二、卷十四所引皆有「隩」字可證。《音義》卷十引「隩」作「限」，乃傳寫之誤。

魁案：《古本考》是。唐寫本《玉篇》498引《說文》：「水曲限也。」《慧琳音義》卷三十八「藏隈」條引《說文》作「水之曲也」。卷四十六「避隈」條與卷五十九「隈處」條並轉錄《玄應音義》，引作「水曲隩也」，同沈濤所言，與今二徐本同。卷四十九「曲隈」條轉錄《玄應音義》，引作「水曲限」，又與唐本《玉篇》引同。本書《水部》「澳，隈厓也。其內曰澳，其外曰隈。」此以「隈」訓「澳」，由是許書原文「隩」當訓「隈」，合互訓之例。唐本《玉篇》傳寫誤「隩」爲「限」。合訂之，今二徐本不誤，許書原文當如是。

隴（隴）　天水大阪也。从𨸏，龍聲。

濤案：《御覽》五十地部引「隴山，天水阪也」，百六十四州郡部引「隴，天水大阪名也」，五十六地部引同今本。合三處互訂，古本當作「隴山，天水阪，大阪也」。許書之例篆文連注讀，後人見解中單出一「山」字，以爲不詞而刪之矣，以下阺、碕等字例之，「名」字當誤衍。

魁案：《古本考》非是。唐寫本《玉篇》499隴下引《說文》與《慧琳音義》卷三十「崖隴」條所引並同今二徐本，許書原文如是。

陝（陝） 宏農陝也。古虢國，王季之子所封也。从𨸏，夾聲。

濤案：《一切經音義》卷三引「今宏農陝縣，古之虢國」，蓋古本亦有如是作者，義得兩通。

魁案：唐寫本《玉篇》499 陝下引《說文》云：「農陝，古虢國也。」《慧琳音義》卷十「分陝」轉錄《玄應音義》，引《說文》云：「今弘農陝縣古之虢國是也。」同沈濤所引，「今」字當衍。

陳（陳） 宛邱，舜後嬀滿之所封。从𨸏，从木，申聲。𨹫古文陳。

濤案：《汗簡》卷下之二引𪓤作𨹫，是今本篆體微誤。

魁案：唐寫本《玉篇》500 陳下引《說文》云：「陳，宛丘也。舜徵嬀蒲所封也。」云：「𨹫，《說文》古文陳字。」唐本《玉篇》引徵、蒲二字當爲後、滿之誤，𨹫字右旁當作「申」。今本「邱」下蓋有「也」字，邱同丘。

陶（陶） 再成丘也，在濟陰。从𨸏，匋聲。《夏書》曰：「東至于陶丘。」陶丘有堯城，堯嘗所居，故堯號陶唐氏。

濤案：《漢書・高帝紀》注引作「丘再成也」，蓋古本如是。「堯嘗居之，後居于唐」〔註360〕，亦當从古本如是作，今本爲二徐妄刪。

又案：《詩・緜》正義引「陶，瓦竈也」，本書《穴部》「窯，燒瓦竈也」，或疑《詩》用假借字，沖遠所引即「窯」字之訓解，然匋訓瓦器，陶字从之，則陶當有「瓦竈」一義，非「窯」字之假借耳。

魁案：今二徐本「堯嘗所居」，唐寫本《玉篇》501 陶下引《說文》有「堯之所居」，與《漢書》注亦異，未知孰是。

除（除） 殿陛也。从𨸏，余聲。

濤案：《文選・懷舊賦》注、《曹子建〈贈丁儀詩〉》注、《盧士衡〈贈顧榮詩〉》注、《謝靈運〈詠牛女〉詩》注引「陛」皆作「偕」〔註361〕，然《月賦》注、《御覽》百八十五居處部引同今本。階、陛互訓，義得兩通。

〔註360〕完文：許慎《說文解字》云：陶，丘再成也，在濟陰。《夏書》曰：「東至陶丘。」陶丘有堯城，堯嘗居之，後居於唐，故堯號陶唐氏。

〔註361〕據《校勘記》，偕當作階。

魁案：唐寫本《玉篇》502除下引《說文》云：「除，殿階也。」合《文選》注，許書原文當同唐本《玉篇》所引。階、陛二字互訓且形近，《月賦》注與《御覽》所引當形近而誤。

（隙）　**壁際孔也。从𨸏，从𡭴，𡭴亦聲。**

濤案：《文選・沈休文〈詠月詩〉》注引作「壁際也」，《江文通〈雜體詩〉》注又引作「壁縫也」，二訓不同，必有一誤。《一切經音義》各卷皆引同今本，則《選》注乃傳寫誤奪也。

魁案：《古本考》是。《慧琳音義》卷一、卷四「瑕隙」條，卷三十一、卷四十八「孔隙」條，卷四十七「過隙」條，卷六十八、卷七十二「竅隙」條，卷七十「隙中」條，卷九十四「隙氣」條俱引《說文》作「壁際孔也」，與今二徐本同，許書原文如是。卷二「空隙」條與卷十九「孔隙」條引作「壁際小孔也」，小字當引者所足。卷六十二「隙中」條奪「際」字，卷八十三「戶隙」條奪「孔」字。

（陴）　**城上女牆俾倪也。从𨸏，卑聲。籀文陴从𩫏。**

濤案：《玉篇・𩫏部》「䩾，籀文陴，女垣也」，乃馮希騕括節引，非古本如是。女垣、女墻義得兩通。

魁案：唐寫本《玉篇》504 陴下引「《說文》云：「城上女垣也。」《慧琳音義》卷九十五「哀陴」條云：「《左傳》云：守陴者皆哭。杜云：城上埤堄也。《說文》：城上垣陴倪也。」「垣」上奪「女」字。合二引訂之，許書原文當有兩訓，作「城上女垣也，俾倪也。」劉又辛認爲「城上女牆」下當有「也」字，「俾倪也」爲另一解〔註 362〕，是。

（隝）　**小障也。一曰，庳城也。从𨸏，烏聲。**

濤案：《一切經音義》卷十引「隝，小障也，亦小城也」，是元應所見本「庳城」作「小城」，「庳」、「小」義得兩通。

魁案：唐寫本《玉篇》504隝下引《說文》云：「小障。一曰，庳城也。」「障」

〔註 362〕劉又辛《〈原本玉篇〉引〈說文〉箋校補》，《劉又辛語言學論文集》，商務印書館，2005 年，第 164 頁。

下奪「也」字。《慧琳音義》卷四十九「田隖」條轉錄《玄應音義》，引《說文》同沈濤所引。卷五十三「村隖」引作「小障也」，卷八十九「餘姚塢」條云：「《說文》從㠯作隖。謂小障也。」「謂」字引者足。合訂之，今二徐本不誤，許書原文如是。

𨸏部

🔲（隘）　陋也。从𨸏，益聲。𨜱籀文隘字。𨜱籀文隘从𨸏、益。〔註363〕

濤案：《汗簡》卷下之二「🔲隘，見《說文》」，是古本尚有重文，互奪〔註364〕。

🔲（燧）　塞上亭守熢火者。从𨸏，从火，遂聲。🔲篆文省。

濤案：《廣韻‧六至》引無「火」字，蓋古本如是。熢不必時時舉火，無火亦應守也。

魁案：唐寫本《玉篇》510🔲下引《說文》：「塞上高燧。」「高」在當爲「亭」字之誤，又有奪文。

宁部

🔲（𥥍）　幡也。所以載盛米。从宁，从𤭉。𤭉，缶也。

濤案：《汗簡》卷下之二引《說文》此字作🔲，篆法微異。

又，《龍龕手鑑》作「缶盛米具也」，乃隱括節引，許書𤭉缶字作🔲，與𤭉畚字不同，此篆本誤。

又案：《廣韻‧八語》引「所以盛米也」，蓋古本無「載」字。《玉篇》亦無「載」字，今誤衍。《手鑑》亦引「盛米具也」，無「載」字。

叕部

🔲（綴）　合著也。从叕，从糸。

濤案：《一切經音義》卷二十三引「綴，令〔註365〕令著也」，乃傳寫衍一「合」字，他卷皆引同今本可證。

魁案：《古本考》是。《慧琳音義》卷四「綴以」條、卷十四「鉤綴」條、卷十五「善綴」條、卷五十九「五綴」條、卷九十一「綴比」條皆引《說文》作「合著也」，著同箸。卷五十七「鈔綴」條引作「令著也」，「令」當「合」字之形誤。《慧琳音義》卷四十七「綴緝」條轉錄《玄應音義》，引《說文》云：「綴，合令著也。」「令」字誤衍。

内部

𡕢（内） 獸足蹂地也。象形，九聲。《尔疋》曰：「狐狸貛貉醜，其足蹞，其迹厹。」凡内之屬皆从内。蹂篆文从足柔聲。

濤案：《爾雅・釋獸》釋文云「内，古文爲蹂」，是「蹂」乃古文，非篆文，今本誤。

魁案：《慧琳音義》卷六十二「蹂婦」條云：「《說文》作内，云：獸足蹂地。象形字也。」

离（离） 山神，獸也。从禽頭，从内，从屮。歐陽喬說：离，猛獸也。

濤案：《漢書・司馬相如傳》注引「离，山神也」，《文選・西京賦》注引「螭，山神獸形」，「螭」即「离」字之通假，蓋古本作「山神也，獸形」。今本「也」「獸」二字誤倒，二徐又妄刪「形」字，遂以「离」爲神獸，則與一說無別矣。此即「离魅」之「离」，「魑」乃「离」之俗字，經典每假螭爲离。《左氏》文十八年傳「以禦螭魅」，杜引賈逵注曰：「螭，山神，獸形，或曰如虎而噉虎。」正許君所本。宣三年傳：「螭魅罔兩。」正義引服虔注曰：「螭，山神，獸形。」《漢書・司馬相如傳》注引如淳曰：「螭，山神，獸形也。」《廣雅・釋天》〔註366〕：「山神謂之离。」《文選・東京賦》薛綜注曰：「魑魅，山澤之神。」是魏晉以前無不以离爲「山神」，其訓爲獸者，惟歐陽《今文尚書》

〔註365〕據《校勘記》當作「合」。

〔註366〕「釋」字今補。

說耳。《一切經音義》卷六「魖，《三蒼》作蟧，《說文》作离」，可見古無「魖」字。

𧆢（嚻）　周成王時，州靡國獻嚻。人身，反踵。自笑，笑即上脣掩其目。食人。北方謂之土螻。《尔疋》云：「嚻嚻，如人，被髮。」一名梟羊。从内，象形。

　　濤案：《爾雅·釋獸》釋文引云：「周成王時州靡國獻嚻。嚻，人身，反踵，自咲，咲則上唇弆其目，北方謂之土螻，讀若費費，一名梟陽。」《初學記》卷二十九獸部、《御覽》九百八獸部皆引「嚻，人身，反踵，自（《御覽》無此字）笑，則（《御覽》作即）上脣掩其目，一名梟羊，北方謂之土螻（《初學記》無此六字）。」雖詳畧不同，可見古本皆重「嚻」字。據元朗所引，古本葢有「讀若費費」四字，而無引《爾雅》語，今本爲二徐妄改。「羊」，釋文作「陽」，乃音近之誤。

嘼部

𤜣（嘼）　犙也。象耳、頭、足内地之形。古文嘼，下从内。凡嘼之屬皆从嘼。

　　濤案：《爾雅·釋畜》釋文引《字林》：「嘼，犙也。《說文》：嘼，牲也。」是古本作「牲」，不作「犙」。段先生謂：「今本以《字林》改《說文》」，然《匡謬正俗》二亦引作「犙」，則當時自有二本。「畜牲」、「畜犙」義得兩通。

𤜅（獸）　守備者。从嘼，从犬［註367］。

　　濤案：《爾雅·釋獸》釋文引「獸，守備也，一曰兩足曰禽，四足曰獸」，葢古本尚有「一曰」以下十字。本書以禽爲「走獸之總名」（當作鳥獸之總名），而《爾雅》云：「二足而羽謂之禽，四足而毛謂之獸。」則古訓亦有分禽獸爲二者，故許通異義。二徐但據禽字之訓解，刪此十字，誤矣。獸、守以同聲爲訓，古本亦作「也」，不作「者」，今本「者」字義不可通。

〔註367〕「犬」字今補。

乙部

乁（乙）　象春艸木冤曲而出，陰气尚彊，其出乙乙也。與丨同意。乙承甲，象人頸。凡乙之屬皆从乙。

　　濤案：《文選·文賦》注引作「其出乙乙然」，蓋古本如是，書傳中凡用疊字者皆狀其形貌，當作「然」，不當作「也」，今本誤。

己部

𢀫（丞）　謹身有所承也。从己、丞。讀若《詩》云「赤舄己己」。

　　濤案：《禮記·昏義》釋文引作「几几」，與毛詩合，蓋古本如是，今本乃傳寫之誤。

辛部

辤（辤）　不受也。从辛，从受。受辛宜辤之。𨐌籒文辤从台。

　　濤案：《易·繫辭》釋文引「辤，不受也，受辛者辤」，《左氏》哀六年傳釋文引「辤，不受也，受辛宜辤也」，皆與今本小異。蓋古本作「受辛者宜辤之」。元朗書兩引傳寫皆有譌奪，今本亦奪「者」字耳。

辭（辭）　訟也。从𤔔、辛。猶理辜也。𤔔，理也。𤔔籒文辭从司〔註368〕。

　　濤案：《廣韻·七之》：「辭，辭訟，《說文》云：說也。」似古本作「說」不作「訟」矣。然訓解中「理辜」云云，則作訟為是，蓋《廣韻》傳寫「訟」、「說」二字誤易耳。

　　魁案：《慧琳音義》卷十五「文辭」條云：「古文作𤔔。《說文》：解訟也。」小徐本作「辭訟也」，蓋許書原文本作「解訟也」，小徐誤「解」為「辭」。

子部

𣎳（孕）　裹子也。从子，从几。

〔註368〕小徐本作「訟也。从𤔔辛。𤔔猶理辜也」，大徐本作「訟也。从𤔔。𤔔猶理辜也。𤔔，理也」。《古本考》似從小徐而又有脫文。刻本無籒文，今據大徐補。

濤案：《易・漸》釋文引「懷子曰孕」，葢古本亦有如是作者。懷，褢之通。

又案：《一切經音義》卷九云：「孕，從子乃聲。」此據當時俗體，非引《說文》也。桂大令曰：「从几者乃與秀下朵上並同，象形。」

魁案：《慧琳音義》卷五、卷七「懷孕」條，卷四十三「胎孕」條引《說文》作「懷子也」。卷五十五「孕婦」條，卷六十六「不孕」條並引作「褱子也」。卷七十二「褢孕」條引作「褢子也」。褱、懷、褢三字同。本書《衣部》：「褱，俠也。」《段注》云：「今人用懷挾字，古作褱夾。」《漢書・外戚傳》：「元延二年（續美人）褱子。」顏師古注曰：「褱，本懷字。」又，《漢書・外戚傳・孝成許皇后》：「將相大臣，褢誠秉忠。」顏師古注曰：「褢，古懷字。」今二徐本同，許書原文當如是。《慧琳音義》卷四十三「孕王」條引云：「孕，包褢子也。」「包」字當衍，「褢」乃「褱」字之形誤。

（孳）　**汲汲生也。从子，茲聲。籀文孳从絲。**

濤案：《一切經音義》卷八、卷十三兩引「孳孳，汲汲也」，葢古本訓解中有一「孳」字，淺人疑爲複舉而刪之。「生」字古本當亦有之，元應乃節取「汲汲」之義耳。

魁案：《古本考》認爲復舉「孳」字，非是。《慧琳音義》卷三十八「滋味」條轉錄《玄應音義》，條下引《說文》云：「孳，汲汲也。」是許書原文單舉。卷三十九「孳生」條、卷七十八「不孳」條並引作「汲汲也」，皆無「生」字。又《慧琳音義》卷四十七「文身」條轉錄《玄應音義》，云：「案《說文》：昔蒼頡造書，依類象形，故謂之文。其後形聲相益，即謂之字。字者，孳乳浸多也。孳。生也。」據此可知今二徐本合二義爲之，「生也」爲一訓，「汲汲也」爲一訓，《音義》諸引各引其一。合訂之，許書原文當作「汲汲也，生也」。

（存）　**恤問也。从子，才聲。**

濤案：《文選・思元賦》引「存，恤也」，乃傳寫奪一「問」字。《長楊》、《長門》賦注所引有之可證。

了部

〒（了）　尥也。从子，無臂。象形。凡了之屬皆从了。

濤案：郭忠恕《答夢英書》：「了字合收子部，今目錄安有更改。」桂大令曰：「目錄者，林罕所作《偏旁小說》也，本書了爲部首，豈林罕改邪？」

孨部

𡥩（孨）　盛皃。从孨，从曰。讀若薿薿。一曰，若存。𡥩籀文孨从二子。一曰，即奇字簪。

濤案：《晉書音義》卷中引作「讀若薿」，《韻會》亦同，蓋古本不重薿字。

去部

𠫓（育）　養子使作善也。从去，肉聲。《虞書》曰：「教育子。」𣱩育或从每。

濤案：《一切經音義》卷十三引作「養子使從善也」，蓋古本如是。《玉篇》亦作「從善」，今本作「作」者誤。

魁案：《古本考》當是。《慧琳音義》卷五十七轉錄《玄應音義》，引同沈濤所引。《玉篇》云：「長也，養也，生也，養子使從善也，撫也。」「養子使從善也」當本許書。《慧琳音義》卷九十五「濩毓」條云：「《說文》正育字。云：養子使善也。」奪「從」字。

申部

曳（曳）　臾曳也。从申，丿聲。

濤案：《一切經音義》卷十九引「曳，申也，牽也」。「申」即「臾」字傳寫之誤，是古「臾」下無「曳」字，蓋「束縛捽抴」爲「臾」，抴、曳聲義相近，許君蓋以曳釋臾，以臾釋曳，正合本書互訓之例。古無「臾曳」之語，曳字爲二徐妄竄無疑。「牽也」蓋古本之一訓，今奪。

魁案：《慧琳音義》卷五十六「抴我」條轉錄《玄應音義》，云：「又作曳。

《說文》：曳，申也，牽也。」同沈濤所引。

酉部

西（酉）　就也。八月黍成，可爲酎酒。象古文酉之形。凡酉之屬皆从酉。丣古文酉。从卯，卯爲春門，萬物已出。酉爲秋門，萬物已入。一，閉門象也。

　　濤案：《汗簡》卷下之二「丣酉《說文》」，是古本尚有此重文，卯字古文作丣，則此字古文亦當如是作。

酒（酒）　就也，所就人性之善惡。从水，从酉，酉亦聲。一曰造也，吉凶所造也。古者儀狄作酒醪，禹嘗之而美，遂疏儀狄。杜康作秫酒。

　　濤案：《初學記》二十六服食部、《御覽》八百四十三飲食部引「吉凶所造也」作「吉凶所起造也」，是古本「造」字上有「起」字，今奪。

釀（釀）　醞也。作酒曰釀。从酉，襄聲。

　　濤案：《一切經音義》卷九引「醞作酒曰釀也」，是古本「也」字在「釀」字下，今誤倒。卷二十五引「醞作酒曰釀母也」，「母」字誤衍。

　　魁案：《古本考》是。《慧琳音義》卷四十六「釀酒」條轉錄《玄應音義》，引《說文》同卷九沈濤所引。卷七十一「醞釀」條轉錄引作「醞作酒曰釀。酒母也。」「酒母也」三字非出許書。卷六十二「多釀」條引作「醞得酒曰釀」，「得」字當「作」字之誤。卷七十九「無釀」條引作「作酒曰釀」，奪「醞」字。

醪（醪）　汁滓酒也。从酉，翏聲。

　　濤案：《後漢書・寇恂傳》注引「醪，兼汁滓酒」，是古本有「兼」字。《米部》「糟，酒滓也」，但有滓者爲糟，而兼汁滓者爲醪，「兼」字不可少。若如今本則與「糟」字訓無別矣。《一切經音義》卷二云「《說文》《三蒼》皆云：有滓酒也」，又與章懷所據本不同。

　　魁案：《古本考》非是。《慧琳音義》卷八十二「醇醪」條引《說文》云：「汁滓酒也。」與今二徐本同，許書原文如是。

𨠨（酎）　三重醇酒也。从酉，从時省。《明堂月令》曰：「孟秋，天子飲酎。」

　　濤案：《初學記》卷二十六服食部、《御覽》八百四十三飲食部皆引作「三重之酒也」，「之」字恐傳寫之誤，非古本如是。

　　又案：《六書故》曰「蜀本從肘省聲」，則今本「從時省」者誤。二徐誤「肘」爲「時」，以爲聲不相近故刪去「聲」字。

　　魁案：《古本考》認爲《御覽》「之」字誤，是。《類聚抄》卷十六飲食部酎字下引《說文》云：「酎，三重釀酒也。」無「之」字，「釀」字當「醇」字之誤。

𨠩（酷）　酒厚味也。从酉，告聲。

　　濤案：《一切經音義》卷四引「酷，急也，亦暴虐也」，蓋古本一曰以下之奪文。此皆酷字引申之義。

　　魁案：《古本考》非是。《音義》所引酷、嚳二字多相混。「嚳」字之訓許書原文當作「急也，告之甚也」，已見前文。《慧琳音義》卷九「酷毒」條云：「又作嚳、佶二形，《說文》：嚳，急也，甚也，亦暴虐也。」卷五十八「禍酷」條云：「古文、佶、嚳三形，同。《說文》：嚳，急也，告之甚也。謂暴虐也。」卷六十八「嚴酷」條引《說文》云：「嚳，急也，苦之甚也。」以上諸引詞頭中作「酷」字而被釋字皆爲「嚳」。所引「苦之甚」皆「告之甚」之誤。

　　又，卷四十三「禍酷」條引作「酷，急也，告之甚也。亦暴虐也。」卷四十七「酷怨」條引作「酷，急也，甚也，暴虐也」；卷四十八「酷暴」條引作「酷，急也，甚也。謂暴虐也」；卷四十九「苦酷」條引作「酷，急也，苦之甚曰酷。亦暴虐也」；卷五十二「酸酷」條云：「古文嚳、烆、佶三形。《說文》：酷，急也，甚也。謂暴虐也。」卷五十五「酷令」條引作「酷，急也，苦之甚也。暴虐也」；卷七十一「酷毒」條引作「酷，急也，甚也」。諸引詞頭與被釋字一致，然均爲「嚳」字之訓，非「酷」字之解。許書釋義，以本義爲主，慧琳書以酷、嚳爲異體而通用，於達意無妨，然沈濤據以勘訂許書古本則謬矣。以「嚳」字之訓爲「酷」之一日之辭，其誤顯然。《慧琳音義》卷七十八「酷裂」條引《說文》云：「酒厚味也。」與今二徐本同，許書原文當如是。

甜（酣）　酒樂也。从酉，从甘，甘亦聲。

　　濤案：《書・伊訓》正義、《御覽》四百九十七人事部引「酣，樂酒也」，蓋古本如是。下文「酖，樂酒也」，酣與酖聲義相近，故同訓為「樂酒」，淺人疑涉下文而誤，遂妄倒其文。《玉篇》亦云「酣，樂酒也」，當本《說文》。《書・伊訓》偽孔傳亦云「樂酒曰酣」，是古本無作「酒樂」者。

醧（醧）　私宴飲也。从酉，區聲。

　　濤案：《文選・魏都賦》舊注引「醧，酒美也」，蓋古本一曰以下之奪文。鮑明遠《翫月城西廡中詩》注引《字林》曰「醧私宴飲也」，或疑今本乃校者據《字林》改，然《字林》率本《說文》。「私宴」之訓亦許書所應有，蓋二徐妄刪一解字。

酺（酺）　王德布，大歡酒也。从酉，甫聲。

　　濤案：《史記・孝文本紀》索隱引「酺，王者布德大飲酒也，出錢為醵，出食為酺」，蓋古本如是。今本奪「出錢」二語，又「王」下奪「者」字，倒「布德」二字，皆誤。《禮記・禮器》注云「出錢合飲為醵」，正與許合。

　　魁案：《古本考》非是。《慧琳音義》卷八十七「酺醵」條引《說文》云：「酺，王德布，大飲酒已。從酉甫聲。」「已」當「也」字之形誤，飲同歡，小徐亦作飲。是今二徐本不誤，許書原文如是。

醉（醉）　卒也，卒其度量不至於亂也。一曰，潰也。从酉，卒聲。

　　濤案：《御覽》四百九十七人事部引作「酒卒曰醉」，蓋古本作「酒卒也」。今本奪一「酒」字，《御覽》、《廣韻・六至》引「各卒其度量」，是今本又奪一「各」字。

醬（醬）　酭也。从酉，將省聲。

　　濤案：《書・微子》釋文引作「酭酒也」，是古本有「酒」字，今奪。

　　魁案：《古本考》非是。《慧琳音義》卷九十七「醯醬」條引《說文》云：「醬，酭也。」與今二徐本同，許書原文如是。《釋文》衍「酒」字。

酶（酶）　醉酱也。从酉，句聲。

　　濤案：《書・微子》釋文引作「酒酱」，則今本作「醉」者誤，古本疑當作「酱酒也」。「酱」爲「酶酒」，則「酶」爲「酱酒」，元朗書亦傳寫誤倒耳。正義作「酶（即酶字之別），酱也」，乃傳寫奪一「酒」字。

　　魁案：《慧琳音義》卷九十七「酶酱」條下引《説文》云：「酶，酱醉也。」與今二徐本字同，惟倒耳，則許書原文當無「酒」字。許書「酱」字訓「酶也」，亦無「酒」字，詳見上文。又，《慧琳音義》卷五十二「酶酱」條引云：「酶，酱也。」與《書・微子》正義引同，《正義》當有奪文。今以二徐本同，竊以爲當許書原文。

醒（醒）　病酒也。一曰，醉而覺也。从酉，星聲。

　　濤案：《詩・節南山》正義引無「一曰」，蓋傳寫仍奪，非古本如是。

醫（醫）　治病工也。殹，惡姿也；醫之性然得酒而使，从酉。王育説。一曰，殹，病聲。酒所以治病也。《周禮》有醫酒。古者巫彭初作醫。

　　濤案：《一切經音義》卷六引「殹，亦病人聲也（古本當作：一曰殹病人聲也），酒所以治病者，藥非酒不散也」，卷二十四引「醫，治病工也，醫之性得酒而使藥，非酒不散，故字从酉。殹，病人聲」，蓋古本如是，今本多誤奪。

　　魁案：《慧琳音義》所引《説文》如下：（一）節引。《慧琳音義》卷一、卷四、卷二十、卷三十二「醫藥」條皆引《説文》作「治病工也」，乃節引，非完文。卷四十五「良醫」條引作「治病工人」，「人」字當「也」字之形誤。據節引許書首句當作「治病工也」無疑。

　　（二）完引。(1)卷二十七「醫」字條引云：「治病工也。醫之爲性得酒而使藥，故醫字從酉殹聲，殹亦病人聲也。酒所以治病者，藥非酒不散。殹（音於奚反）有作殹。古者巫彭初作毉，從巫。」(2)卷二十九「醫王」條云：「《周禮》：醫師掌醫之政，令聚藥以療萬民之病。古者巫彭初作醫，毉字本從酉，或從巫作毉亦通。《説文》云：治病工也。毉人以酒使藥，故從酉。」(3)卷三十「醫者」引云：「治病功也。醫，意也。醫之爲姓然得酒而使藥，故醫字從酉，是古酒字也。《周禮》：古者巫彭初作醫從巫。」「功」當作「工」，「姓」當作「性」。(4)卷六十「女醫」條云：「《集訓》云：醫，意也。以巧慧智思使藥消病也。《説

文》：治病工也。用藥必以酒行藥，故醫字從酉。酉者古文酒字也。昔巫彭初作醫或從巫作毉。」(5)卷七十「醫者」條轉錄《玄應音義》，引云：「治病工也。醫之性得酒而使藥，非酒不散，故字從酉，殹病人聲也。」諸引不一，難以論定，竊以為(1)較勝。

醆（酸） 酢也。从酉，夋聲。關東謂酢曰酸。**醙** 籀文酸从畯。

濤案：《玉篇》云：「醙，古文酸」，則今本作籀文者誤。

魁案：《慧琳音義》卷三「辛酸」條、卷二十一「酸楚」條、卷三十一「酸鹹」條、卷三十五「酸酢」條俱引《說文》作「酢也」，同今二徐本。

醬（醬） 鹽也。从肉，从酉，酒以和醬也；爿聲。**𤖕** 古文。**𤘦** 籀文。

濤案：《廣韻·四十一漾》引作「醢也」，蓋古本如是。今本「鹽」字義不可通。

醢（醢） 肉醬也。从酉、盍。**𤖓** 籀文。

濤案：《大唐類要》一百四十六□□部引「肥乾肉醬」，是古本尚有「肥乾」二字。

酋部

尊（尊） 酒器也。从酋，廾以奉之。《周禮》六尊：犧尊、象尊、著尊、壺尊、太尊、山尊，以待祭祀賓客之禮。**尊** 尊或从寸。

濤案：《爾雅·釋器》釋文引「字從酋寸，酒官法度也，今之尊卑從此得名，故尊亦為君父之偁。」蓋古本重文下有此數語，故知今本《說文》為二徐所刊削者不少矣。

魁案：《慧琳音義》卷五十九「得尊」條轉錄《玄應音義》，引《說文》云：「酒器也。尊以奉之。」「尊」當作「廾」。

戌部

戌（戌） 滅也。九月。陽气微，萬物畢成，陽下入地也。五行，土生於戊，盛於戌。从戊含一。凡戌之屬皆从戌。

濤案：徐鍇《祛妄》有「从戊一聲」四字，又引李陽冰曰：「戊，土也，一，陽也。陽氣入地，一固非聲。」又曰：「鍇以爲一自與戊爲聲，不勞入地也。」是古本皆有此四字。

丏（亥）　荄也。十月。微陽起，接盛陰。从二，二，古文上字。一人男，一人女也。从乙，象褱子咳咳之形。《春秋傳》曰：「亥有二首六身。」凡亥之屬皆从亥。丏古文亥。爲豕，與豕同，亥而生子，復從一起。

濤案：《玉篇》云：「丏，《說文》亥，與豕同意」，葢古本「同」下有「意」字，今奪。

補丬部

濤案：《六書故》云：「唐本《說文》有丬部。」本書牂、壯、狀、將、牀、戕、牆皆从丬聲，則《說文》有丬字也。徐鍇曰：「《左傳》『蘧子馮詐病，掘地下冰而牀焉』，至於〔註369〕恭坐則席也，故从丬。丬則爿之省，象人褱身有所倚箸，至於牆、壯、戕、狀之屬竝當从牀省聲。李陽冰言：『木右爲片，左爲丬，音牆，且《說文》無丬字，其書亦異，故知其妄』」云云。案《五經文字》有《丬部》，音牆，則古本有丬部。《九經字樣》亦云：「析木向左爲丬，音牆。」當塗非妄也。二徐所見《說文》偶奪此部而見訓解中有「丬」聲之字，求之不得其故而爲此曲說耳。

又案：桂大令云：「本書無丬字，而有從丬得聲諸字，馥謂丬當屬片部，與反正爲乏同例。」然《五經文字》既有《丬部》，則唐本自有此部，正不必附于《片部》也。

〔註369〕「於」字小徐本作「今」，是。

第三章 《說文古本考》校勘義例分析

　　古人著述通常都有一定的體例，體例又叫義例，或稱條例，「是一部著作講解、表達、敘述的條例」〔註1〕，在一定程度上反映作者的著作意圖和學術思想。在古籍校勘中，當一部古籍存有明顯的譌誤卻無資比勘時，通過其義例勘正謬誤就不失爲有效的校勘手段。有清一代學者於此法體悟很多，如阮元（1764～1849）說：「經有經之例，傳有傳之例，箋有箋之例，疏有疏之例。通乎諸例而折中於孟子『不以辭害』，而後諸家之本可以知其分，亦可知其一定不可易者矣。」朱一新（1846～1894）也說：「古書各有體例，……但古人著書，其例散見書中，非若後人自作凡例冠於簡端之陋而無當也。經傳不必言，即史部、子部諸書之古雅者，莫不如是。不通其書之體例，不能讀其書，此即大義之所存，昔人所謂義例也。校勘字句，雖亦要事，尚在其後，此其大綱，校勘其細目，不通此則愈校愈誤。」〔註2〕江藩亦言：「凡一書必有本書之大例，有句例，有字例。學者讀時，必先知其例之所存，斯解時不失其書之文體。」〔註3〕清人治書，莫不從義例入手，如戴震校勘《水經注》、段玉裁改訂《說文》都是先發明義例，

〔註1〕余國慶《說文學導論》，安徽教育出版社，1995年，第44頁。

〔註2〕朱一新《無邪堂答問》，中華書局，2000年，第183頁。

〔註3〕江藩《經解入門》，華東師範大學出版社，2010年，第125頁。

然後施於校勘，成就顯著。近世以來，凡學問大家，莫不重視古書義例的，余嘉錫（1883～1955）說：「一時有一時之文體，一代有一代之通例。參互考校，可以得其精；排比鉤稽，可以知其意。」〔註4〕呂思勉（1884～1957）視「求條例」為「學問之始」〔註5〕，黃侃（1886～1935）則強調：「治小學不可講無條例之言、與無證據之言。」〔註6〕

　　《說文》是一部經心用意之作，對體例的要求自然非常嚴格，顏之推說：此書「隱括有條例，剖析窮根源」。〔註7〕段玉裁說：「此前古未有之書，許君之所獨創，若網在綱，如裘挈領，討原以納流，執要以說詳，與《史籀篇》、《倉頡篇》、《凡將篇》雜亂無章之體例，不可以道里計。」〔註8〕二家對《說文》體例給予了很高的評價。而對於許書體例的闡發在段玉裁之前少有發明，段氏認識到「通乎《說文》之條理次第，斯可以治小學」〔註9〕，因此花費很大精力創通許書義例。沈濤曾師事段玉裁治小學，他的《古本考》是一部《說文》考訂的專門之作，其間據義例為事者不少，如「連篆讀」例、「互訓」例、「一曰」例等等。對此張舜徽認為「凡所考訂，多違於許書義例」〔註10〕，這個評價值得重視，一方面這關係到對《古本考》學術價值的評定，另一方面關係到對《說文》義例本身的認識與評價。鑒於此，本章擬在前第二章考證的基礎上，分數端對《古本考》主要義例與例語進行探討，分析《古本考》的得失，歸納義例之不足，為《說文》考訂提供理論借鑒。

〔註 4〕 余嘉錫《古書通例》，《中國現代學術經典》（余嘉錫、楊樹達卷），河北教育出版社，1996 年，第 159 頁。

〔註 5〕 呂思勉《字例略說・說字例》，《文字學四種》，上海古籍出版社，2009 年，第 107 頁。

〔註 6〕 黃侃《黃侃國學講義錄》，中華書局，2006 年，第 50 頁。

〔註 7〕 顏之推《顏氏家訓》卷六《書證篇》，王利器《顏氏家訓集解》（增補本），中華書局，1993 年，第 510 頁。

〔註 8〕 段玉裁《說文解字注》卷十五上，上海古籍出版社，1988 年，第 764 頁。

〔註 9〕 段玉裁《說文解字注》卷一下，上海古籍出版社，1988 年，第 19 頁。

〔註10〕 張舜徽《清人文集別錄》，華中師範大學出版社，2005 年，第 212 頁。

第一節　篆文連注讀

一、沈濤對「連篆文爲句」說的接受

　　學界一般認爲「連篆文爲句說」是清代學者錢大昕在《十駕齋養新錄》裏針對顧炎武在《日知錄》中批評許愼訓「參」爲「商星」於天文不合而明確提出的。其文曰：

> 許氏《説文》，唐以前本不傳，今所見者唯二徐本。而大徐本宋槧猶存，凡五百四十部，部首一字解義即承，正文之下，但以篆隸別之，蓋古本如此，大徐存以見例，其實九千餘文皆同此式也。小徐本并部首解義亦改爲分注，益非其舊，或後人轉寫以意更易故耳。許君因文解義，或當迭正文者即承上篆文連讀，如「昧爽旦明也」、「肸響布也」、「湫隘下也」、「腬嘉善肉也」、「燧候表也」、「詁訓故言也」、「癡不聰明也」、「參商星也」、「離黃倉庚也」、「䴏周燕也」，皆承篆文爲句；諸山水名云「山在某郡」「水出某郡」者皆當連上篆讀；《艸部》「䕫」、「藍」、「茵」、「鞣」諸字但云「艸也」，亦承上爲句，謂䕫即䕫艸、藍即藍艸耳，非艸之通稱也。「芺」、「葵」、「䔄」、「蒙」、「薇」、「蓶」諸字但云「菜也」，亦承上讀，謂芺即芺菜、葵即葵菜也。今本《説文》「莧」字下云「莧菜也」，此校書者所添，非許意也。古人著書簡而有法，好學深思之士當尋其義例所在，不可輕下雌黃。以亭林之博物，乃譏許氏訓「參」爲「商星」，以爲「昧于天象」，豈其然乎？《人部》「佺」字下云：「偓佺，仙人也。」「偓」字下云：「佺也。」亦承上讀，宋槧本不迭「偓」字，汲古閣本初印猶仍其舊，而毛斧季輒增入「偓」字，雖於義未乖，而古書之真面目失矣。〔註11〕

錢大昕把篆文連注讀視爲許書的舊有體例，發明義例，具有開創之功。從舉例看，可以分爲兩類，即連綿字的連篆讀與「專名+類名」的連篆讀。〔註12〕前者

〔註11〕錢大昕《十駕齋養新錄》，江蘇古籍出版社，2000年，第63～64頁。

〔註12〕李英《〈説文解字〉連篆讀考》，《説文學研究》（第一輯），崇文書局，2004年，第280頁。

如「離黃」「湫隘」，後者即錢大昕所云：「諸山水名云『山在某郡』『水出某郡』者。」

錢大昕的「連篆為句」之說出來後，孫星衍致信與段玉裁討論，他在《與段大令若膺書》中說：「據《說文》參商為句，以注字連篆字讀之，下云：『星也』，蓋言參商俱星名，《說文》此例甚多。」〔註 13〕孫氏顯然贊同錢大昕的觀點，而從《說文解字注》來看段氏並不贊同此說，如錢氏《說文》：「巂周，燕也。」注云：「各本『周』上無『巂』，此淺人不得其句讀，刪複舉之字也。」在「河」字下注云：「各本『水』上無『河』字。由盡刪篆下複舉隸字，因并不可刪者而刪之也。許君原本當作『河水也』三字。」沈濤接受了其師「複舉之字」的觀點，在《古本考》中沈濤以此校勘者不下二十餘處。對於錢大昕的觀點沈濤也是甚為支持的，這一點與其師不同，他用「篆文連注讀」的例語凡二十七次，分隸於藕、茈、趚、彶、衕、蹢、胅、薯、習、焉、劀、籑、尢、枎、窽、忼、慨、愊、憧、惆、溓、誾、蚅、銼、錚、轟、隴諸字之下。

二、「連篆文為句」例在《古本考》中的運用

在《古本考》中，沈濤多次以「篆文連注讀」與「複舉」作為例語進行校勘，有時二語連用。如「蹢」字，沈濤云：

> 《文選·別賦》、《古詩十九首》注引「蹢躅，住足也」，是古本有「躅」字。許書之例，以篆文連注讀，淺人以為「躅」字單文不詞而刪之，又妄添「或曰蹢躅」四字，「足垢」之訓疑專指蹢字。

此例沈濤從《文選注》注引《說文》認為許書原文作「蹢躅，住足也」，非是，詳見前文。這裏再補充一點，《文選注》二引，一在陸士衡《招隱詩》下，云：「明發心不夷，振衣聊躑躅。」一為《古詩十九首》之一，詩云：「馳情整中帶，沈吟聊躑躅。」二詩中均有「躑躅」二字，李善因文立訓，而沈濤以此為據，誤。再如「彶」字，沈濤云：

> 《一切經音義》卷五、卷十三引作「彶彶，急行也」，蓋古本重一「彶」字。許書之例以篆文連注讀，淺人不知，疑注中「彶」字為複舉而刪之。諸書多言「汲汲」即「彶彶」之假借字。《廣雅·釋詁》：「彶

〔註13〕孫星衍《問字堂集》，中華書局，1996 年，第 96 頁。

彶，遽也。」「遽」即「急行」之義，元應書作「彶彶」蓋从人从彳每多相亂。元應又云：「今皆从水作汲。」十七卷引傳寫誤作「汲汲」。

此例「篆文連注讀」與「複舉」例語並用，說明「彶」字複舉，從《音義》所引看，是符合許書原文的。又「窈」「窱」二字，沈濤云：

> 《文選・魏都賦》注引「窈窕，深遠也」，蓋古本如是。窕乃窱字之假，此文當云：「窈窱，深遠也。窱，窈窱也。」二徐不知篆文連注讀之例，刪去窱字，又誤窈爲杳，後人遂不知窈窱爲雙聲字矣。他書諸言「窈窕」，言「杳窱」者皆「窈窱」之假借。《長門賦》注引無窱字，乃節取窈字之義，崇賢引書之例往往如此。

沈濤以「窈窱」爲雙聲連綿字，所訂亦誤。就本文考證而言，以「篆文連注讀」爲例語 18 條考證結果中只有 4 條是基本可信的，這說明利用「篆文連注讀」義例進行《說文》校勘是很有局限性。張涌泉先生《〈說文〉連篆讀發覆》指出「字頭在注解中重出用省書符號是古代寫本的通例」，並據以推闡：「錢（大昕）說和段（玉裁）、王（筠）說都有一定的道理。但傳本《說文》當『連篆讀』的既非許氏原書如此，亦非如段、王所言爲淺人妄刪說解字，而可能是古鈔本字頭在注解中重出時用省書符號，傳寫者抄脫或省略了省書符號。」[註 14] 這個說法也可能更接近於《說文》流傳的實際，在新的材料沒有發現之前，錢氏之說仍可作爲解讀與校勘的義例，雖然這個條例並不能在實踐中完全湊效。

第二節 互 訓

一、「互訓」例釋名

互訓就是互爲訓釋，「即選擇兩個或兩個以上意義和用法相同或相近的詞、字彼此互爲訓釋」[註 15]。由於這種釋義方式是從「實際的語言中把語言環境（上下文）相同、意義相同或相近而用字、用詞不同的句子加以比較，然

[註 14] 張涌泉《〈說文〉連篆讀發覆》，《文史》，2002 年第 3 期（總第 60 期），第 248～253 頁。

[註 15] 陸宗達《說文解字通論》，北京出版社，1981 年，第 90 頁。

後用這些不同的字和詞互爲訓釋」〔註16〕，這就爲從事校勘提供了依據。互訓又有狹義與廣義之分，狹義的互訓是指「甲，乙也」「乙，甲也」類的訓釋方式，比較嚴格；廣義的互訓則包括「直訓」、「同訓」、「遞訓」等釋義方式。《古本考》所言互訓，狹義、廣義兼指，如《口部》「喉」下沈濤云：「《御覽》三百六十八人事部引『喉，嚨也』，蓋古本如是。上文『嚨，喉也』，正許書互訓之例。」「祏」下云：「《宀部》宔字解曰：『宗廟宔祏。』此解曰『宗廟木主也』，蓋宔、祏互訓，言以木別於大夫之石主。今本少一『木』字，乃淺人所刪。」

二、「互訓」在《古本考》中的運用

「互訓」是沈濤從事《說文》校勘的重要方法之一，繼承段玉裁《說文解字注》而來。在《古本考》中，沈濤用「互訓」例語凡 65 次，用以考訂許書之誤和他書援引許書之誤。在我們考查的 46 條中，有 28 條證明是正確的，18 條是錯誤的。其分屬以下諸字：

考訂許書（正）：祏腄訥故薑鵁齎筝棧麎贄尻灼憒浮滲挑姁銲隔
　　　　　　　　（20 字）

考訂許書（誤）：迫言謅取剝舳饟饒睒𧵽僵崖庖恚儒零閃失
　　　　　　　　（18 字）

考訂他書（正）：躓腄籓栩橋欄補倚欸（8 字）

沈濤在「凵」字下解釋云：「解字之例有彼此互訓者，則其義皆易曉，其義之難明者則先以此字釋彼字，而再解此字則彼字之義亦明。」這說明他對「互訓」義例是有一定認識的，但從《古本考》的考訂來看，沈濤運用此體例校勘又不能完全湊效。沈濤利用此例校正他書援引《說文》之誤往往是正確的；而以此校正二徐本之誤確往往出錯，原因在於校正他書之誤是以許書互訓爲前提的，而校二徐本之誤首先必須判定許書原文是否符合互訓之例。這個判斷的標準是難以把握的。如「饒」字下沈濤云：

《文選·王粲從軍詩》注引作「餘也」，蓋古本如是。下文「餘，饒也」，饒、餘互訓，足證今本作飽之誤。

〔註16〕陸宗達《說文解字通論》，北京出版社，1981 年，第 90 頁。

此例沈濤根據《文選注》斷定饒、餘二字互訓，並由此確定今二徐本訓作「飽也」是錯誤的。這條考訂所以致誤，原因就在於以他書之訓爲標準確定許書互訓義例。我們據唐本《玉篇》以及《慧琳音義》所引《說文》加以勘正。《古本考》的失誤很多屬於這種情況，利用他書之訓作爲判斷許書互訓的根據具有任意性，這是利用互訓義例從事許書校勘自身存在的局限性。考訂的基礎有誤，考訂的結果就難以正確。《古本考》還有據他書誤引而以爲互訓之例的，如「崖」下沈濤云：

> 《一切經音義》卷十六引「崖，岸高邊也」，是古本有「岸」字，今奪。水崖高者爲岸，岸之高邊爲崖，正合互訓之義。《厂部》「崖，山邊也」，此則爲岸邊，二字之義同，微別。

此例沈濤據《玄應音義》所引《說文》認爲許書原文有「岸」字，又以互訓之例作爲補充。實則是《音義》衍「岸」字，唐本《玉篇》及《慧琳音義》諸引皆與今二徐本同可證。

綜合以上分析，我們認爲「互訓」作爲《說文》的訓釋方式之一用此法進行校勘在理論上是可行的，但在實踐中其局限性又是顯而易見的，用此法勘正許書必須與文獻印證相結合，在文獻印證不能進行時只能推測或存疑。另外要限定「互訓」的使用的範圍，不能當作「萬能」條例。

第三節　一　曰

一、「一曰」釋名

「一曰」是《說文》的解說義例之一，有時又作「或曰」「又曰」，在《說文》中數量甚多。段玉裁在「禋」下注云：「凡義有兩歧者，出一曰之例。《山海經》、《韓非子》、《故訓傳》皆然，但《說文》多有淺人疑其不備而竄入者。」於「祝」字下注云：「凡一曰，有言義者，有言形者，有言聲者。」「楚」字下云：「許書之一曰，有謂別一義者，有謂別一名者。」據段氏所言，《說文》在釋義中，凡形、音、義有兩種以上的說解時便出「一曰」之例。「一曰」的作用大體有三種情形：一是同一對象存在不同的解釋，許愼「博采通人」，採納了不同的觀點；其二是同一個詞存在另一個不同的義項，或有另一個讀音；其三是同一事物有異名。對於「一曰」有學者認爲它不是許愼原書所有，王筠在《說

文釋例》中就力主此說，段玉裁承認「一曰」是許慎原文義例，但又指出「淺人疑其不備而竄入」的情形，顯得比較謹慎。我們認爲唐寫本《說文解字木部殘卷》以及《慧琳音義》所引《說文》中均有「一曰」用例，則當屬許慎義例無疑，當然也不排除後來人添加。在《古本考》中沈濤沒有關於「一曰」的論述，他對「一曰」的理解當不出其師段玉裁所論。

二、「一曰」在《古本考》中的運用

「一曰」例在《古本考》中運用廣泛，沈濤所用的例有「是古本有一曰某某」「疑古本有一曰某某」「蓋古本一曰以下之奪文」「是古本尚有一曰某某」等。以沈濤例語爲標誌，我們從眾多的考訂中抽取明確是非者得 119 條，其中只有 25 條（包括《木部》所補欄字）符合許書原文，其餘 94 條被沈濤懷疑、推測或認定爲許書原文，實則非許書原文。其分屬如下〔註 17〕：

用「一曰」例考訂正確的字條

字條	出　　處	字條	出　　處	字條	出　　處
祖	卷一上	岔	卷一下	薺	卷一下
蓮	卷一下	芮	卷一下	唫	卷二上
吟	卷二上	唌	卷二上	徯	卷二下
友	卷三下	赦	卷三下	膌	卷四下
棧	卷六上	贅	卷六下	宋	卷七下
袤	卷八上	愚	卷十下	湍	卷十一上
漉	卷十一上	擢	卷十二上	擾	卷十二上
佞	卷十二下	輿	卷十四上	隔	卷十四下

用「一曰」例有誤的字條

字條	出　　處	字條	出　　處	字條	出　　處
瑱	卷一上	芧	卷一下	苦	卷一下
芒	卷一下	蕢	卷一下	苛	卷一下
茸	卷一下	嚳	卷二上	吸	卷二上

〔註 17〕《木部》所補「欄」字未列表中。

呭	卷二上	啁	卷二上	咆	卷二上
啄	卷二上	遺	卷二下	逐	卷二下
逞	卷二下	跖	卷二下	躡	卷二下
踵	卷二下	訾	卷三上	詭	卷三上
誅	卷三上	謀	卷三上	興	卷三上
鬻	卷三下	睽	卷四上	眺	卷四上
翁	卷四上	雕	卷四上	鶩	卷四上
肪	卷四下	肴	卷四下	切	卷四下
角	卷四下	箭	卷五上	寧	卷五上
齜	卷五上	飧	卷五下	飻	卷五下
罅	卷五下	樗	卷六上	樵	卷六上
榦	卷六上	蘗	卷六上	樂	卷六上
梁	卷六上	校	卷六上	橫	卷六上
櫳	卷六上	槽	卷六上	曄	卷七上
冥	卷七下	痏	卷七下	保	卷八上
仆	卷八上	襲	卷八上	褐	卷八上
屖	卷八上	歡	卷八下	鎮	卷九上
印	卷九上	厂	卷九下	驥	卷十上
驤	卷十上	駢	卷十上	騷	卷十上
麤	卷十上	獄	卷十上	混	卷十一上
溓	卷十一上	汏	卷十一上	澆	卷十一上
冶	卷十一下	霝	卷十一下	零	卷十一下
闌	卷十二上	拉	卷十二上	拚	卷十二上
摹	卷十二上	綈	卷十三上	纁	卷十三上
縫	卷十三上	蚩	卷十三上	蝸	卷十三上
垠	卷十三下	金	卷十四上	鑒	卷十四上
鍼	卷十四上	鑢	卷十四上	鋪	卷十四上
陂	卷十四下	隅	卷十四下	陁	卷十四下
酷	卷十四下				

　　《古本考》搜集《說文》異文材料豐富，然這些材料時有竄誤，不皆是許書之文。有一些是他書訓解冠以許書之名，有一些是許書之名後有兩訓，其一訓省去書名，沈濤往往誤以爲許書有兩訓而推測有「一曰」之文，這種情況在援引《玄應音義》一書時多有發生，而其考訂十之八九是錯誤的。本文考訂一方面利用更多的材料斷定《古本考》的是非，另一方面找出沈濤援引文獻的全文作比勘。《古本考》所以致誤，主要是對他書援引的材料缺乏客觀分析，援引材料本身有誤，沈濤不加辨析，徑以爲許書「一曰」之辭。茲將其誤分析如下：

　　（一）他書誤引而據以爲許書「一曰」之奪文，如：

　　《口部》：啁啁，嘐也。从口，周聲。

　　濤案：《御覽》四百六十六人事部引「嘲相調戲相弄也」，嘲即啁字之別體。是古本此注尚有「一曰相調戲相弄也」八字，今奪。《一切經音義》引《蒼頡篇》云：「啁，調也。謂相戲調也。」可證「啁」爲「嘲戲」正字。徐鉉另增嘲字入《新附》，妄矣。

　　魁案：《古本考》非是。《慧琳音義》卷七十四「啁調」條、卷九十五引《說文》皆同今二徐本，許書原文如是。

此例沈濤以《御覽》所引《說文》，斷定許書原文有「一曰」之辭，我們根據成書早於《御覽》的《慧琳音義》與今傳二徐本相同的事實，證明《古本考》是錯誤的。又如：

　　《言部》：誅，討也。从言，朱聲。

　　濤案：《一切經音義》卷二十三引「誅，討也，亦責也」，疑古本有「一曰責也」四字。

　　魁案：《古本考》非是。唐寫本《玉篇》31誅下引《說文》云：「誅，討。」脫也字，許書原文當只此一訓，今二徐本同，許書原文如是。

此引以唐本《玉篇》援引《說文》爲據證明《古本考》之誤。古書援引《說文》往往有竄誤，他書冠以《說文》者不少。如：

　　《辵部》：逞，通也。从辵，呈聲。

濤案：《文選・張衡〈思元賦〉》注引「逞，極也」，蓋古本尚有「一曰極也」四字，今奪。

魁案：《古本考》認爲有「極也」一解，非是。《慧琳音義》卷三十「志逞」條云：「逞，極也。快也。亦疾也。《說文》：逞，通也。」據此許書原文當無「極也」一訓。《慧琳音義》卷七十一「逞已」條、卷七十六「逞情」條、卷九十四「逞衒」條皆引《說文》作「通也」，與今二徐本同，許書原文當如是。「極也」實出《毛傳》，慧琳書多處援引。

此例《古本考》據《文選注》引《說文》認爲許書有「一曰」之辭。我們據《慧琳音義》引出「逞，極也。快也。亦疾也。《說文》：逞，通也」，旨在說明如果許書若眞有「一曰」之辭必當在「說文」二字之下，反之則否。然後再引慧琳書證明今二徐本即許書原文，最後指出「極也」之訓出自《毛傳》，《文選注》所引實誤。這就從根本上否定了《古本考》。

（二）援引《說文》名下有兩訓，其一訓非出許書。如：

《木部》：樵，散木也。从木，焦聲。

濤案：《一切經音義》卷十五引作「樵，木也，亦薪也。字从木從焦。」《華嚴經》卷十三音義引「樵，薪也」，疑古本作「樵，木也，一曰薪也」，二徐妄刪一解，又涉柴字下「小木散材」之訓誤於木上加散字。《廣韻・四宵》亦引《說文》「木也」，可證古本原無散字。

魁案：《古本考》認爲有「薪也」一訓，非是。《慧琳音義》卷六十二「樵木」條云：「杜注《左傳》云：樵，薪也。何休注《公羊》云：以樵薪燒之故因謂之樵。《說文》：木也。從木焦聲。」據此「薪也」一訓非出許書可知。《慧琳音義》卷二十一「樵淫」條轉錄《慧苑音義》，引《說文》曰：「樵，薪也」。卷五十八「樵薪」條轉錄《玄應音義》，引《說文》同卷十五沈濤所引。卷六十一「販樵」條引《說文》作：「採柴薪也」。此非樵之本義，「採柴」當是引者所足。合訂之，許書原文當作「木也」。

此例《古本考》據《玄應音義》認爲許書有兩解。我們引出《慧琳音義》「樵木」條旨在說明「薪也」一訓非出許書，《玄應音義》引作「樵，木也，亦薪也。字

从木從焦」，帶有很大的迷惑性，《說文》書名之下有兩訓，其一訓出自《說文》，另一訓沒有書名出處。

第四節　逸　字

一、《說文》逸字研究簡述

《說文》收字 9353 個，規模空前，但並不能備收當時所有的字，即便是經籍中的字，也有一些未被收入。五代宋初，二徐匡訂《說文》，已經開始補訂逸字。清代《說文》之學昌盛，段玉裁（1735～1815）《說文解字注》、桂馥（1736～1805）《說文義證》均有對《說文》逸字的考訂，雖所論零散，然風氣已開。王筠（1784～1854）《說文釋例》列「補篆」一篇，已具條例。風氣所使，其間著述涉及逸字研究的達十幾部之多。鄭珍（1806～1864）的《說文逸字》後出轉精，儼然集其大成，影響甚大。就方法而言，段、桂諸家主要是從《說文》本身出發以「內證法」進行考辨。鄭珍的《說文逸字》已經注意搜羅外證材料，但其徵引的材料還比較有限。《古本考》不是研究《說文》逸字的專門之作，但在每部之末集中補充本部失收之字，又於各部行文中零散補充《說文》失收之字，其援引資料豐富，考證翔實，有理有據，有其蹊徑獨辟之處。

二、《古本考》考訂逸字的方法與條例

《古本考》補充《說文》失收的逸字凡 141 個，包括正篆 96 個，重文 45 個。前者主要集中於每部之末的「補篆」中，後者散見於各部行文中。以下從兩個方面加以探討。

《古本考》賴以補訂《說文》逸字，主要依據歷代的徵引文獻和典籍中有關《說文》的表述。爲了便於說明這裏姑且將其方法與條例歸納爲二：（一）據《說文》本書和他書說解補例；（二）據古籍徵引的《說文》材料補例。

（一）據《說文》本書和他書說解補例

《說文》在釋義析字過程中，往往提供了其他一些字的相關信息，可以作爲補充逸字的憑據。另外，一些典籍、字書在釋義時經常參考《說文》，有對《說文》的相關說解，據此也可以訂補《說文》逸字。下面以例說明。

1. 據《說文》本書說解補例

（1）補跢

　　濤案：《言部》諊讀若《論語》「跢予之足」，是古本有跢篆。《玉篇》：「跢，倒也。」《廣韻》：「跢，倒跢也。」

（2）補鑋

　　濤案：《金部》鑋讀若《春秋傳》「鑋而乘他車」，是古本有鑋篆。桂大令曰：「昭二十六年《左傳》作鑋，杜預本作鑋，故訓一足行，後轉寫變爲鑋，《玉篇》：鑋一足行皃，《廣韻》鑋一足挑行，《五經文字》鑋金聲，又一足行皃，一文二義，是唐本已脫鑋字矣。

以上兩例，沈濤先據《說文》部中說解來判定所逸之字，再以字書訓解加以補充說明。

（3）補叔

　　濤案：本書艸部「蔽，从艸。叔聲」，目部「瞶或从叔」，邑部「郰，从蔽省」，是古本有叔篆，今奪。《玉篇》：「叔叔息也，苦壞切。」《廣韻·十六怪》：「叔，太息，苦怪切。」《音義》當如《篇》、《韻》所列。

（4）補妥

　　濤案：此字通用，本書偏旁亦屢見，則不得無此字。大徐概以爲「綏省」，非也。段先生曰：「當從爪女，與安同意。」

以上兩例沈濤主要依據許書說解中所用偏旁，斷定許書原文當有此偏旁字。

2. 據他書說解補例

（1）補琖

　　濤案：《玉篇》云：「琖，側簡切，《說文》曰：『玉爵也。夏曰琖，殷曰斝，周曰爵。』」是古本有琖字。斗部斝字解亦有「夏曰琖」云云，則許書之有琖字無疑。二徐所見本偶奪此字，大徐轉加入《新附》，誤矣。

　　又案：鈕布衣（樹玉）曰：「《周禮·量人》注引《明堂位》：『夏后氏以琖』。」釋文云：「琖，劉本作滻，音同。」是古有作滻者，不

知湔與瑳聲相近，故古相通假，湔乃瑳之假字，不得疑爲瑳之正字
也。錢詹事（大昕）以爲當用淺深之淺，亦非。

此例沈濤先據宋本《玉篇》所說，斷定《說文》古本有瑳字，進而舉《斗部》
「斞」字說解加以印證，從而證明二徐疏漏。又以「湔乃瑳之假字」否定了鈕
氏「古有作湔者」說。最後指明錢氏之說亦非。

（2）補譝

> 濤案：《左氏》莊十四年傳：「繩息嬀以語楚子。」注云：「繩，譽也。」
> 釋文云：「繩，《說文》作譝。」是古本有「譝」篆，並有偁經語，
> 今本奪。正義曰：「《字書》繩作譝，从言訓爲譽。」

此例中沈濤先引出《左傳》原文與杜預注，用陸德明《經典釋文》的說法證明
許書原本有「譝」篆，再用《正義》引《字書》之說證明繩與譝爲異體關係，
結合杜注說明繩與譝義同，由此反證《說文》確有其字。

（二）據古籍徵引補例

《說文》在問世不久後就得到當時注疏家們的推崇，鄭玄注《周禮》、《禮
記》，應劭作《風俗通義》都曾援引《說文》以解釋詞義。唐代訓詁之學振興，
一些著名訓詁學家，如顏師古、孔穎達、賈公彥等都曾稱引《說文》注經詮史。
陸德明《經典釋文》音義群經，李善《文選注》開徵引注釋之先河，其中援引
《說文》尤多。後來的很多韻書、字書援引《說文》的也不少。這些異文材料
是沈濤考訂《說文》的資糧，自然也是補訂《說文》逸字的資糧。這裏分兩類
舉例以說明。

1. 補正篆例

（1）補咬

> 濤案：《文選·傅毅〈舞賦〉》、潘岳《笙賦》注兩引《說文》：「咬，
> 淫聲也。」今本無咬篆，以本部「哇，諂聲也」、「呶，讙聲也」例
> 之，則古本當有此字。《廣韻·五肴》咬字注云：「淫聲。」正本《說
> 文》。

（2）補蹝

> 濤案：《文選·長門賦》云：「蹝履起而彷徨。」注引《說文》曰：「蹝，

蹮也。」是古本有蹸篆。《選》注又引「一曰蹸鞙屬」，鞙爲鞙屬，
見本書革部，初不作蹸，據崇賢所引似爲蹸之一解。蓋古本鞙爲蹸
之重文，在足部不在革部，猶躍字重文作鞲也，《玉篇》又以蹸爲
躍之重文，似所據本部同而皆有蹸篆。

這兩個例子是沈濤利用文獻援引《說文》的資料從事逸字補訂的，在《古本考》
增補的 141 個逸字中，這種情況占多數。從這裏我們也能看到，沈濤的考訂並
非單純用引文，在方法上也不是單一的。如，例(1)中他還用《口部》字「哇」
訓「諂聲也」、「呶」訓「讙聲也」作爲旁證進行證明。例(2)則先引《文選》注，
判斷「古本有蹸篆」。然後利用《選》注所引「一曰」，結合大徐本《說文》說
明鞙與蹸之關係，最後再用許書之例和宋本《玉篇》作爲佐證。

2. 補重文例

如，《說文·疒部》：瘇，脛气足腫。从疒，童聲。《詩》曰：「既微且瘇。」
𧱜籀文从尢。

　　濤案：《爾雅·釋訓》釋文云：「尰本或作尰，同，並籀文瘇字也。」
　　是古本尚有重文尰篆，《玉篇》亦云籀文作尰，或作尰。

　　又案：《汗簡》卷中之一引《說文》瘇字作𤺄。是古本尚有重文，
　　古文尰字，今奪。

沈濤補訂《說文》重文，除用上述的方法外，還運用《汗簡》中的材料進行考
訂。據蔣冀騁先生考察：「《汗簡》引《說文》共二百一十三字，不同於今本者
共六十四字，除去字體變異和以通用字標目者，則不同於今本者只十七字，占
總數的百分之八，可信度相當高。」〔註 18〕在清代《汗簡》爲多數學者不齒，
沈濤能自覺運用這些材料，顯得尤爲可貴。

　　從以上分析可以看出，沈濤補訂《說文》逸字的方法與條例是具有文獻校
勘依據的，也符合一般的文字學理論。從我們的考證可以看出，沈濤所運用的
考訂方法與條例是可行的，結果也是公允可靠的。當然由於材料所限，我們所
考訂的只是其中的一部分，以管窺豹，沈濤對《說文》逸字的研究與補訂做出
了應有的貢獻，它的學術價值與意義當是不容忽視的。他的研究方法將爲今後

─────────────

〔註 18〕蔣冀騁《說文段注改篆評議》，湖南教育出版社，1993 年，第 77 頁。

的《說文》逸字研究提供有益的借鑒，他的研究成果是校訂《說文》的重要參考資料，也是編纂大型辭書的重要依據。當然，沈濤的考訂也並非無瑕疵，尤其是在主觀上他還存有「有意補字」的潛念，因而把本非逸字的字也補了進來；有時考訂也欠嚴謹，有臆斷之嫌，這些都會影響考訂結果的可信度。總而言之，沈濤對《說文》逸字的研究做了不遺餘力的努力，雖白璧有瑕，但終是瑕不掩瑜。

鍾哲宇《沈濤〈說文古本考〉研究》對《古本考》所補正篆、重文做過詳細統計，今轉錄列表如下：

《古本考》所補正篆表（96 字）

正　篆	出　　處	正　篆	出　　處
1. 禚	卷一上	2. 祽	卷一上
3. 璵	卷一上	4. 璲	卷一上
5. 瑍	卷一上	6. 瓀	卷一上
7. 茢	卷一上	8. 莘	卷一下
9. 犢	卷二上	10. 牰	卷二上
11. 嚙	卷二上	12. 咬	卷二上
13. 蹤	卷二下	14. 跻	卷二下
15. 纞	卷二下	16. 冊	卷三上
17. 弇	卷三上	18. 譚	卷三上
19. 諤	卷三上	20. 詙	卷三上
21. 叔	卷三下	22. 瞁	卷四上
23. 睅	卷四上	24. 旒	卷四下
25. 腠	卷四下	26. 劇	卷四下
27. 第	卷五上	28. 笒	卷五上
29. 叵	卷五上	30. 餞	卷五下
31. 瓯	卷五下	32. 麩	卷五下
33. 欄	卷六上	34. 櫃	卷六上
35. 郔	卷六下	36. 幹	卷七上
37. 穭	卷七上	38. 稊	卷七上

39. 醃	卷七上	40. 餲	卷七上
41. 瓸	卷七下	42. 痩	卷七下
43. 痟	卷七下	44. 瘷	卷七下
45. 痠	卷七下	46. 痎	卷七下
47. 𪏻	卷七下	48. 倒	卷八上
49. 俊	卷八上	50. 伥	卷八上
51. 袀	卷八上	52. 軀	卷八下
53. 亮	卷八下	54. 覓	卷八下
55. 頎	卷九上	56. 鬐	卷九上
57. 巇	卷九上	58. 礪	卷九下
59. 磧	卷九下	60. 磎	卷九下
61. 磾	卷九下	62. 碟	卷九下
63. 豥	卷九下	64. 驪	卷十上
65. 犓	卷十上	66. 駣	卷十上
67. 爍	卷十上	68. 忕	卷十下
69. 懂	卷十下	70. 燰	卷十下
71. 澠	卷十一上	72. 池	卷十一上
73. 鯖	卷十一下	74. 鰈	卷十一下
75. 闚	卷十二上	76. 聯	卷十二上
77. 揩	卷十二上	78. 摻	卷十二上
79. 押	卷十二上	80. 捷	卷十二上
81. 嬉	卷十二下	82. 妥	卷十二下
83. 彎	卷十二下	84. 綷	卷十三上
85. 蛤	卷十三上	86. 蝣	卷十三上
87. 蜓	卷十三上	88. 蠿	卷十三下
89. 虿	卷十三下	90. 塔	卷十三下
91. 晶	卷十三下	92. 鼜	卷十三下
93. 鏗	卷十四上	94. 羚	卷十四上
95. 轓	卷十四上	96. 丬	卷十四下

《古本考》所補重文表（45字）

正篆	重文	出　處	正篆	重文	出　處
1. 裖	脤	卷一上	2. 㺭	瑾	卷一上
3. 唐	敭	卷二上	4. 唸	嗲	卷二上
5. 嚣	跋	卷二上	6. 趣	躍	卷二上
7. 詩	𡔛	卷三上	8. 闇	訔	卷三上
9. 譈	訞	卷三上	10. 豊	鬻	卷三下
11. 簡	柬	卷五上	12. 箇	个	卷五上
13. 築	楄	卷五上	14. 巫	𢍮	卷五上
15. 曹	曺	卷五上	16. 盌	𥂲	卷五上
17. 倉	仺	卷五下	18. 施	𣃘	卷七上
19. 寢	㝱	卷七下	20. 寱	𡩋	卷七下
21. 广	庁	卷七下	22. 癱	癲	卷七下
23. 瘇	尰　𤺄	卷七下	24. 痁	痗	卷七下
25. 敝	𢼃	卷七下	26. 黹	希	卷七下
27. 何	抲	卷八上	28. 彣	𣱷	卷九上
29. 詞	嗣	卷九上	30. 威	𢼌	卷九上
31. 嶷	𡴎	卷九下	32. 燊	燐	卷十上
33. 朦	黱	卷十上	34. 溓	濂	卷十一上
35. 沫	頮	卷十一上	36. 乙	𠃉	卷十二上
37. 脊	𦟔	卷十二上	38. 琴	鑒	卷十二下
39. 瑟	𤨝	卷十二上	40. 紵	緒	卷十三上
41. 蚳	𧕍	卷十三上	42. 壎	塤	卷十三下
43. 陵	𨼷	卷十四下	44. 釄	𧞋	卷十四下

第五節　形聲兼會意與聲符兼義

　　王寧先生說：「六書」是中國傳統文字學的靈魂，自從許慎《說文解字》爲「六書」下了定義并用它窮盡地分析了九千多個小篆後，它便成爲任何文字學

流派無法迴避的永久性課題。〔註19〕沈濤的《說文古本考》是一部考訂之作，其中也滲透著他的「六書」觀，只不過為考證體例所限未能述詳。散見於《古本考》中能反映沈濤「六書」思想的主要是形聲兼會意。

一、沈濤對「形聲兼會意」的理解

「形聲兼會意」是針對形聲字的聲符兼義而言的，許慎《說文》分析字形時所謂「亦聲字」即對這一現象的公開承認。此外，《說文》「𣥠部」、「句部」、「庍部」、「丩部」等部在後人看來，實際上是以聲符為部目，而所收之字，既有會意字，又有亦聲字。〔註20〕這一觀念在後代發展為所謂「右文說」。與「形聲兼會意」相對舉而言的還有「會意兼形聲」。在清代，段玉裁在《說文解字注》中提出「會意兼形聲」、「會意包形聲」、「會意亦形聲」等說法，又有「形聲兼會意」的主張，段氏有意區別二者關係，說明二者側重不同。從形聲字產生的途徑而言，「如果在某個字上加注意符分化出一個字來表示這個字的引申義，分化出來的字一般都是形聲兼會意字。有意的聲旁主要就是指這種字的聲旁而言的」〔註21〕；而會意字是「會合兩個以上意符來表示一個跟這些意符本身的意義都不相同的意義的字」〔註22〕，從這個角度講，「形聲兼會意」提法更為合理一些。而究其實質統而言之就是聲符兼義的形聲字。

沈濤的「形聲兼會意」思想受其師段玉裁影響很大。如「吏」字下段玉裁《說文解字注》云：「凡言亦聲者，會意兼形聲也。凡字有用六書之一者，有兼六書之二者。」《古本考》在「威」在下注云：

《說文·火部》：「威，滅也。从火、戌。火死於戌，陽氣至戌而盡。」

《詩》曰：「赫赫宗周，褒姒威之。」

濤案：《詩·正月》釋文引「从火戌聲」，是古本有「聲」字。凡字有具六書之二者，此會意兼形聲字，二徐不知此理，遂刪去聲字，誤矣。

〔註19〕 黨懷興《宋元明六書學研究》序，中國社會科學出版社，2003年。

〔註20〕 黨懷興《宋元明六書學研究》，中國社會科學出版社，2003年，第134頁。

〔註21〕 裘錫圭《文字學概要》，商務印書館，1988年，第175頁。

〔註22〕 裘錫圭《文字學概要》，商務印書館，1988年，第122頁。

此例所言「凡字有具六書之二者」云云正與段注如出一轍，足見沈濤是秉承師說。但把一字說成「具六書之二」是不妥的，這在一定程度上模糊了形聲與會意的界限，有違於許書條例，而從本質上看這其實就是形聲字「聲符兼義」。在段注中有以此從事校勘的例子，如，《石部》「碫」下云：「从石段，段亦聲。」注云：「各本作『从石段聲』四字，今正，會意兼形聲也。」在《古本考》中沈濤也嘗以此爲事。

二、「聲符兼義」在《古本考》中的運用

段玉裁「聲符兼義」的觀念對沈濤影響很深。在《古本考》中，沈濤主要利用「聲符兼義」爲其《說文》校勘服務。如：

> 《說文·言部》：「詁，訓故言也。从言，古聲。《詩》曰詁訓。」
>
> 濤案：《後漢書·桓譚鄭興二傳》注、《一切經音義》卷二十二皆引云：「詁，訓古言也。」蓋古本如此。故即詁字之假借，不得以「故」釋「詁」，詁訓二字連文。《毛詩》云《詁訓傳》，《詩·大雅》「古訓是式」，猶言「詁訓是式」。詁从古聲，許書聲亦兼義，故以古釋詁。《詩·關雎》正義曰：「詁者，古也。」《詩·抑》《爾雅·釋詁》釋文皆引「詁，故言也」，疑後人據今本改，而傳寫又奪「訓」字。

此例中，沈濤據《後漢書》注與《玄應音義》所引《說文》認爲許書原文當作「訓古言也」，當是，因爲「詁从古聲，許書聲亦兼義，故以古釋詁」。又如：

> 《說文·木部》：「梏，手械也。从木，告聲。」
>
> 濤案：《周禮·掌囚》釋文引「梏，手械也。所以告天；桎，足械也，所以質地。」《御覽》六百四十四刑法部引同。是古本有「所以告天，所以質地」八字，此蓋申明从告从至之意，所謂聲亦兼義也。二徐不知而妄刪之，誤矣。

此例沈濤據「聲符兼義」以及《周禮釋文》、《御覽》所引認爲許書原文有「所以告天，所以質地」八字也爲唐本《木部殘卷》所證實。當然《古本考》據「聲符兼義」分析也有疏失，如「橪」字下所訂。總的來講，據「聲符兼義」進行《說文》校勘必須與文獻異文材料「互證」，否則必然影響考訂結果的可靠性。

第六節 義得兩通

　　清代文獻學家章學誠在其《校讎通義》中說：「古人校讎，於書有譌誤，更定其文者，必注原文於其下；其兩說可通者，亦兩存其說。」〔註23〕前者貴於保存古籍原文，後者貴於兩說並存。許書在流傳中譌誤日滋，典籍援引異文甲乙不同而兩者皆可通者不少，《古本考》難以斷定孰是許書之舊，於是兩說並存而以「義得兩通」的例語加以說明。如《示部》：「祂，以豚祠司命。从示，比聲。《漢律》曰：祠祂司命。」沈濤云：「《藝文類聚》三十八禮部引作『祭司命曰祂』，《初學記》（卷十三）禮部引作『祭司命為祂』，乃節引之例，非古本無『以豚』二字也。祠、祭義得兩通。」《藝文類聚》引《說文》與今二徐本不同，沈濤認為「以豚祠司命」與「以豚祭司命」義可兩通，故而說「祠、祭義得兩通」。這樣靈活處理文獻其利在於兩說並存，不至有所遺漏；其弊在於不能確定典籍本真，因為從理論上講一部典籍的原始面目是唯一的。但話還得說回來，我國古代典籍流傳久遠，經歷代傳抄摹寫譌誤漸多，要完全恢復典籍本來面目在實踐中又是難以辦到的，因而存兩說又不失為一種很好的保存古籍的辦法。因而通過校勘無限接近於文獻的本來面目是從事這項工作的最終目的。

　　《古本考》凡用「義得兩通」例辭 148 次，實際上比這個數字還要多一些。這些兩存之說有一些是可以確定為唯一的，有一些因文獻不足尚無法確定。本文在考證中視所據文獻，有所選擇、定奪。如：

　　《玉部》：玓，玓瓅，明珠色。从玉，勺聲。

　　濤案：《文選·上林賦》注引「玓瓅，明珠光也。」又《舞賦》注引「的瓅，珠光也。」是崇賢所據本「色」字作「光」。《廣韻·二十三錫》、《初學記》寶器部珠第三（《初學記》所引珠瓅璣三條實係《說文》，今各本皆作《後漢書》，其誤與玉類所引瑂字十句改作《逸論語》者同）、《龍龕手鑑》引皆同今本。《玉篇》亦作色字，光與色義得兩通。

　　魁案：《慧琳音義》卷十「玓瓅」條引《說文》作「玓瓅，明珠色」。

〔註23〕 王重民《校讎通義通解》，上海古籍出版社，2009 年，第 38 頁。

卷九十九「旳皪」條引《説文》作「玓瓅，明珠色也。」據此，許書原文當如「旳皪」條所引。

此例「色」字《文選注》兩引作「光」，《古本考》其餘所引與今二徐本同，爲兩説，故沈濤云「光與色義得兩通」，我們根據《慧琳音義》所引《説文》認爲當作「色」字。有時所據文獻與《古本考》所訂同，則只能兩存，如：

《艸部》：芌，大葉實根，駭人，故謂之芌也。从艸，亏聲。

濤案：《一切經音義》卷十五引「駭」作「驚」，義得兩通，其下又有「蜀多此物，可食，其大者謂之蹲鴟也」十四字，當是庾氏注中語。

魁案：《慧琳音義》卷八「或芋」條引《説文》云：「大葉實根，驚人，故謂之芌也。」卷五十八「芋根」條轉錄《玄應音義》，引同沈濤所引，唯「大」字誤作「本」字。據此二引，是玄應、慧琳所見許書作「驚人」。「蜀多此物」以下當爲後人續申之辭，非許書原文，《古本考》所言是。

此例今二徐本「駭人」二字玄應、慧琳所見《説文》均作「驚人」，較難確定許書原文，故兩存。

「兩説可通者，亦兩存其説」是古典文獻校勘的重要原則，是在原稿文字不能確定時所採用的一種穩妥的處理方式，文獻流傳中異文的產生是兩説存生的本質原因。具體到《古本考》而言，其所謂「義得兩通」實質就是同義詞、近義詞的互換，兩通的兩個字（詞）在意義上相同相近是產生這類異文的客觀原因。一般講「義通」的兩個字或者詞不會影響到對《説文》的解讀。

第七節　後人（淺人）據今本改

「後人據今本改」一語是《古本考》遇見甲書所引《説文》與今二徐本不同而以此爲是，乙書所引雖與今二徐本同而以之爲非時所用例語。如：

《示部》：「禬，會福祭也。从示，从會，會亦聲。《周禮》曰：禬之祝號。」

沈濤云：《藝文類聚》三十八禮部引「除惡之祭曰禬」，是古本「會

福」作「除惡」。《周禮》：「女祝掌以時招梗禬禳之事」，注云：「除災害曰禬，禬猶刮去也。」「凡以神仕者」，注引杜子春云：「禬，除也。」「庶民以攻說禬之」，注引鄭司農云：「禬，除也。」是古訓「禬」字皆爲除惡，無言「會福」者，今本之謬誤顯然。《初學記》十三禮部引「會福之祭曰禬」，疑後人據今本改。

此例沈濤認爲《類聚》所引是許書原文，《初學記》所引雖與今二徐本殆同，而懷疑是後人根據今二徐本篡改。在《古本考》中明確用此例語者凡126條次，從我們考證的情況看，只有少數是符合實際的。如：

《說文・艸部》：蔣，苽蔣也。从艸，將聲。

濤案：《藝文類聚》八十二艸部、《御覽》九百九十九百卉部皆引「蔣，苽也」，蓋古本無「蔣」字，菰當作苽，下文「苽，雕苽，一名蔣」，可見蔣當訓苽。後人習見苽蔣連舉，妄增一蔣字，誤。《文選・南都賦》注亦引作「菰，蔣」，當是後人據今本改。

魁案：《古本考》認爲許書原文無「蔣「字，「菰」當作「苽」，是。《慧琳音義》卷九十九「菀蔣」引《說文》云：「蔣，苽也。」許書原文當如是。

此例我們根據《慧琳音義》所引《說文》認爲《古本考》考訂是正確的。再如：

《說文・辵部》：遁，遷也。一曰，逃也。从辵，盾聲。

濤案：《一切經音義》卷十三引作「遷也，亦退還也，逃也」，卷二十引同，惟「逃」字作隱字。《玉篇》亦云：「逃也，退還也，隱也。」蓋古本尚有「退還也」三字。下文「遯，逃也」，遁、遯古字通用，而許君分爲二字，遯既訓逃，則遁當訓隱，一爲隱遁正字，一爲逃遯正字。元應書卷十三逃字乃後人據今本改，《玉篇》「逃也」當爲「遷也」之誤。

魁案：《古本考》認爲許書原文尚有「退還也」三字，非是。《慧琳音義》卷八十七「肥遁」引《說文》云：「僊也。一云巡也。從辵盾聲。」此許書之完引，僊當作遷，巡當爲逃字之誤。卷九十九「遙遯」條引《說文》：「遁，遷也，或作遁。」《希麟音義》卷十「流

遁」條:「下又作遯,《說文》:逃也。」所引與今二徐本同,許書原
文當如是。《慧琳音義》卷三十三「遁邁」條轉錄《玄應音義》卷二
十,卷五十五「隱遁」條轉錄《玄應音義》卷十三,所引皆同沈濤
所引。

此例沈濤認爲《玄應音義》卷十三「逃」字乃後人據今本改,誤。

　　古代文獻在流傳中被篡改是常有的事。如顏師古在《漢書敘例》中說:「《漢
書》舊文多有古字,解說之後,屢經遷易。後人習讀,以意刊改,傳寫既多,
彌更淺俗。」蘇軾《東坡志林》云:「近世人輕以意改書,鄙淺之人,好惡多同,
從而和之者眾,遂使古書日就謬舛,深可忿疾。」顧千里題跋《文苑英華辨證》
亦云:「予性素好鉛槧,從事稍久,始誤書籍之謬,實由於校。據其所知,改所
不知,通人類然,流俗無論矣。」〔註24〕以上所論皆是以意改書,與《古本考》
所言「後人據今本改」尚有不同。沈濤是謂後人以今傳二徐本改典籍所引許書
之文,從文獻校勘而言即使存在這種情況也應不具有普遍性,何況《說文》自
問世以來四部典籍均有援引,如果以今傳二徐本改之有違常理。再者,今二徐
本自宋以來也多有謬誤,以之改書也不合校書之理。「後人據今本改」的例語是
沈濤面對不同的《說文》異文時使用的,因爲在此情形下,要確定《說文》古
本就必須做出唯一選擇,爲了能自圓其說,沈濤也就只好如此了。而如此選擇,
臆斷的成份必然很大。事實上,他書援引許書與今二徐本同,在很大程度上正
說明了許書的本來面目。如:

　　《艸部》:「蔚,牡蒿也。从艸,尉聲。」

　　沈濤云:《御覽》九百九十七百卉部引「蔚,牡蒿牡菣也,似蒿」,
　　既云「牡蒿」,即不應又云「似蒿」。葢古本作「牡菣」,不作「牡
　　蒿」。《爾雅·釋艸》「蔚,牡菣」,《詩·蓼莪》傳云:「蔚,牡菣
　　也。」許解正合。《御覽》「牡蒿」二字乃後人據今本竄入,而更不
　　可通。

此例《古本考》認爲許書原文作「牡菣」,不作「牡蒿」,我們根據《慧琳音義》
卷二十四「森蔚」條引《說文》與今二徐本同,認爲今二徐本不誤,許書原文
如是。

――――――――――

〔註24〕顧廣圻《思適齋書跋》卷四,上海古籍出版社,2007年,第99頁。

第八節　其他語例

一、一聲之轉

「一聲之轉」這個術語較早地見於宋末元初戴侗所撰《六書故》中，所謂「一聲之轉」多指「同一詞因古今或方雅不同造成的語音轉變，書面上表現為同詞異字，或為同源分化字，這些字在語音上是相通的」〔註 25〕，即它們的聲母相同或相近，只是韻母發生了變化。「一聲之轉」本是訓詁學術語，由於其說涉及漢語語音與語義的關係，所以又被運用於文獻校勘之中。段玉裁認為「一聲之轉，其義一也」〔註 26〕，如他在《人部》但字下注云「凡曰但，曰徒，曰唐皆一聲之轉，空也」，在《水部》灅字下注云「灅、黎一聲之轉，灅水俗呼黎河」，「濛」字下注云「溦、溟、濛三字，一聲之轉」，在《虫部》蚰字下云「母猴、獼猴、沐猴一聲之轉」，主要是用以疏通音義。沈濤使用這一術語也是如此，《古本考》運用「一聲之轉」共有 6 處，分隸於「蓈」「賄」「俚」「默」「搯」與「薑蠪蚅」諸字之下。如《艸部》：「蓈，禾粟之采，生而不成者謂之童蓈。从艸，郎聲。稂，蓈或从禾。」沈濤云：

> 《詩‧大田》釋文引「禾粟之莠，生而不成者謂之童蓈也」，《爾雅‧釋艸》釋文亦引「禾粟之莠生而不成者」，蓋古本采作莠，童作童。
>
> 《爾雅‧釋艸》、毛詩傳皆云：「稂，童梁也。」童梁即童蓈，梁、蓈一聲之轉。

此例沈濤用「一聲之轉」說明了「梁」與「蓈」的語音關係，「童梁」即「童蓈」，同詞異字。《古本考》中有時也用「一聲之轉」說明異文之間的音義關係。如《人部》：「俚，聊也。」沈濤云：

> 《漢書‧季布傳贊》注晉灼引許慎云：「俚，賴也。」蓋古本如是。
>
> 《孟子‧盡心篇》：「稽大不理於口。」注云：「理，賴也。」理即俚之假借字，聊、賴一聲之轉。《方言》云：「俚，聊也。」今本蓋用《方言》改許書耳。《玉篇》既以賴訓俚而又引《說文》作聊，恐非

〔註25〕黨懷興《聲紐：漢語「音轉」問題的關鍵》，《陝西師範大學學報》，2002 年第 6 期。

〔註26〕段玉裁《說文解字注》標字注，上海古籍出版社，1988 年，第 267 頁。

顧氏原文。

二、言「某某」不必更言「某某」

沈濤校勘《說文》，對於說解之字病其重複累贅，往往據而改之，出例語「言某某不必更言某某」。如「禷」字下《古本考》云：

《示部》：「禷，以事類祭天神。从示，類聲。」

濤案：《藝文類聚》三禮部引作「以事類祭神曰禷」，《初學記》十三禮部又引作「以類祭神爲禷」，蓋古本無「天」字。本部「神，天神，引出萬物者也」，則言神即天神，不必更言天矣。

沈濤認爲「神」即「天神」，許書原文當據《藝文類聚》和《初學記》所引改訂。本文則認爲今傳二徐本與他書所引同，許書原文當如是。有一些我們認爲是可從的，如「噪」字：

《口部》：「噪，食辛噪也。从口，樂聲。」

濤案：《一切經音義》卷十二引「食辛」下無「噪」字，蓋古本如是。《火部》引《周書》「味辛而不爇」，《呂氏春秋》‧本味篇》作「味辛而不烈」，與爇烈同義，食辛罕有不噪者，言食辛不必更言噪矣。

此例《古本考》認爲「言食辛不必更言噪」，「噪」字爲衍文，言之有據。也有無據者，如：

《牛部》：「牽，引前也。从牛，象引牛之縻也。玄聲。」

沈濤云：《一切經音義》卷八引「牽，引也」，蓋古本如是。《廣韻》、《釋詁》云「牽引也」，當本《說文》。言引即有「前」意，不必更加前字。

此例前文據《慧琳音義》《希麟音義》所引《說文》正明今二徐本是許書原文，《古本考》非是。

三、凡器物、艸木諸引作「名」者皆當作「也」

沈濤歸納《說文》全書所得的語例，認爲凡器物、艸木諸引作「名」者皆當作「也」字。如：

《說文‧水部》：「瀶，谷也。从水，臨聲。讀若林。一曰，寒也。」

濤案：《一切經音義》卷二十引「瀶，谷名」，許書之例當作「也」，不當作「名」。凡器物、艸木諸引作「名」者皆引書者以意改之，非古本如是。

沈濤認爲他書援引許書，凡於解釋器物、艸木等訓釋中凡言「×名」者，皆是引書者妄改。又如：

《說文‧艸部》：「萰，鹿藿之實名也。从艸，狃聲。」

濤案：《御覽》九百九十四百卉部引「萰，鹿藿之實也」，蓋古本無「名」字，以全書釋解例之，今本「名」字衍。

此例沈濤據《御覽》所引認爲「名」字爲衍文。《古本考》的識斷尚需要更多的文獻資料支撐。上例沈濤認爲玄應《一切經音義》所引當作「瀶，谷也」，以此推演，則今大徐本《說文‧車部》「轇，車名」，《阜部》「䧢，丘名」、「隤，丘名」、「阠，丘名」、「阫，陵名」凡「名」皆當作「也」，則沈氏之說似乎難以成立。

四、許書訓解中每用「亦」字，大半爲二徐所刪

沈濤認爲《說文》說解中有用「亦」字的情形，今二徐本無，大半爲二徐所刪。如《口部》：「吝，恨惜也。从口，文聲。《易》曰：以往吝。」沈濤云：

《文選‧嵇康〈琴賦〉》注引作「恡，亦貪惜也」，蓋古本如是，今本恨字誤。「吝作恡」乃依賦中字體，許書訓解中每用「亦」字，大半爲二徐所刪。

《古本考》所言這種情況需要進一步證實。如《攴部》：「敂，擊也。从攴，句聲。讀若扣。」沈濤云：

《一切經音義》卷二十五引「敂，亦擊也」，蓋古本有亦字，今本爲後人妄刪。

此例我們據《慧琳音義》卷三十七「扣擊」條所引《說文》證明《古本考》所言是正確的。其他用例是否正確則需要更多異文材料印證。

五、凡作「曰某」者皆他書檃括節引

　　沈濤認爲說解中出現「曰某」二字，皆他書檃括節引，後人以之竄入。
如：

> 《說文·水部》：「澑，小水入大水曰澑。从水，从眾。《詩》曰：「鳧
> 鷖在澑。」

> 濤案：《玉篇》、《詩·鳧》釋文正義、《一切經音義》卷七、《文選·
> 江賦》注皆引作「小水入大水也」，蓋古本如是。許書凡作「曰某」
> 者皆他書檃括節引，後人以之竄入本書，許君訓解之例不如是也。

此例語所言未必是事實，還需要進一步考查。再如《說文·水部》：「泣，無聲
出涕曰泣。从水，立聲。」沈濤云：

> 《藝文類聚》三十五人部、《御覽》四百八十八人事部引作「無聲涕
> 也」，蓋古本如是。今本「曰泣」云云非許書之例，說詳上。《詩·
> 雨無正》正義引「涕」作「淚」，乃傳寫之誤。

沈濤認爲今本「曰泣」云云不合許書之例，我們根據《慧琳音義》卷二十七「涕
泣」條引《說文》認爲今大徐本不誤。

六、許君解字多用緯書說

　　沈濤認爲許書解字多用緯書之說，如《晶部》：「曐，萬物之精，上爲列星。
从晶，生聲。一曰象形。从口，古口復注中，故與日同。」沈濤云：

> 《五行大義論·七政》引云：「星者，萬物之精。或曰：日分爲星，
> 故其字日下生。」此釋重文星字之義，本《春秋說》題辭，許君解
> 字多用緯書說，今本爲二徐所妄刪。

在《古本考》中這樣的說法雖只有五處，但很能說明沈濤對於《說文》訓釋來
源的看法。認爲解字多用緯書之說，似與許書本旨相忤，許慎在《說文序》中
批評世人、諸生「猥曰馬頭人爲長，人持十爲斗，虫者屈中」之類，「皆不合孔
氏古文，謬於史籀」，若他在書中用緯書解字就難於理解了。段玉裁認爲許書是
不用緯書解字的，如在《玉部》珡字下注云：「緯書荒繆，正屈中、止句、馬
頭人、人持十之類，許所不信也。」在《舄部》易字下注云：「緯書說字多言
形而非其義。此雖近理，要非六書之本。」可見，段氏非但相信許書不用緯書

解字，他自己也認爲用緯書解字違背「六書之本」。在這一點上沈濤沒有墨守師說，而持與其師截然不同觀點，似乎走得遠了一些。「五經無雙」的許慎「多用」緯書解字是很難想像的，而沈濤以此責難「二徐」似乎不近情理。當然，文獻考證需要的是證據，由於文獻不足以上所論也只是依理推闡。

第四章　《說文古本考》對《說文》異文字際關係的探討

　　「異文」既是一個校勘學術語，也是一個文字學術語。如陸宗達、王寧先生所說：「異文指同一文獻的不同版本以及同一文獻的本文與在別處的引文用字的差異。異文的情況十分複雜，一般包括：(1)同源通用字；(2)同音借用字；(3)傳抄中的譌字；(4)異體字；(5)可以互換的同義詞。」〔註1〕倪其心先生說：「異文的意思是不同的文字，其實質是原稿文字和各種錯誤文字。一種古籍在傳播過程中所產生的異文現象是錯綜複雜的，有字體演變而造成的古今字、異體字、錯別字，有傳抄刻印中產生的俗字、簡字、錯別字，有抄寫的脫漏，有無意的增添，也有臆斷的刪改，還有無知的忘改。總之，凡誤、漏、增添、顛倒、次序錯亂者，統稱異文。」〔註2〕這兩個界定雖各有側重，但有一點是相同的，即都是從文字學與文獻學兩個方面定義的，這說明異文不是一個單純的概念，異文研究也不能執其一端，當然對於具體的研究應該有所側重。《古本考》是一部考訂之作，它所使用的材料主要見於典籍援引的《說文》異文以及其他文獻的異文，這些異文有文獻傳抄的譌誤，但更多地表現出漢語文字使用的各種現象，即表現為豐富的字際關係。所以本章揭櫫沈濤對《說文》異文字際關

〔註 1〕 陸宗達、王寧《訓詁方法論》，中國社會科學出版社，1983 年，第 188 頁。

〔註 2〕 倪其心《校勘學大綱》，北京大學出版社，2004 年，第 147 頁。

係的探討主要從文字學角度出發。

從整體上看，漢字的字際關係實際包括兩個方面的內容：一是指處於漢字構形系統中的單個漢字之間形體結構上的關係，即漢字的構形關係；二是指作爲漢語的書寫符號在使用中由於記詞功能發生變化而導致的字與字之間的關係，即漢字的使用關係。〔註3〕《古本考》所關注的是後者，即文字歷時使用的差異。在《古本考》中，沈濤所用的文字學術語主要有正字、俗體、通假（假借）字、古今字、通用字、別體等涉及各種字際關係，對這些字際關係進行歸納、剖析和總結，對於我們認識《説文》異文大有裨益，也可從側面揭示沈濤的文字學思想。

第一節　正　字

「正字」是同異體字、俗字、別字、借字相對而言的文字學術語。正字既指結構和筆劃正確、符合規範的字；也指寫法被字典、字書認可的字。舊時曾以收入《説文解字》的字爲正字，其餘爲俗字。〔註4〕《古本考》所謂正字也主要是針對別體、俗體和借字而言的。如：

《説文・艸部》：蕁，芜藩也。从艸，尋聲。薚，蕁或从爻。

濤案：《爾雅・釋艸》釋文「薚，孫云：『古藫字，徒南反。』《説文》云：『或作蕁字。』」疑元朗所見本薚爲正字，蕁爲或體，今本傳寫互易耳。

此例「正字」與「或體」相對，或體即異體。又如：

《艸部》：蔆，芰也。从艸，淩聲。楚謂之芰，秦謂之薢茩。遴，司馬相如説：从遴。《艸部》：芰，蔆也。从艸，支聲。茤，杜林説芰从多。

濤案：《齊民要術》卷十引云：「薐，茨也。」《埶文類聚》八十二艸部引云「菱，薐也」，二書傳寫皆有誤字，《要術》「茨」字，《埶文》「菱」字皆芰字之誤。據此二引則古本「薐」字从陵不从淩。《爾雅・

〔註3〕鄭振峰等《漢字學》，語文出版社，2005年，第111頁。

〔註4〕李國英、章瓊《〈説文〉學名詞簡釋》，河南人民出版社，1994年，第75頁。

釋艸》云「菠攎」，釋文作薩，云：「字又作菠。今本作菠。」《釋艸》

云「薜荅英光」，注云：「或曰薩也。」釋文云：「字又作菠，音陵。」

蓋元朗之意以薩爲正字，菠爲別字，菠乃當時俗字。

此例「正字」與「別字」、「俗字」相對而言。正字與借字相對的如：

　　《說文·木部》：欒木。似欄。从木，䜌聲。《禮》：天子樹松，諸侯

　　柏，大夫欒，士楊。

　　濤案：《御覽》九百六十木部引「欒，木也。似木蘭」。《止觀輔行傳》

　　九之三引「欒，似木欄」，蓋古本如是。今本「木似」二字誤倒，又

　　刪「木也」二字。本部無欄而《華嚴經音義》所引有之，木欄即木

　　蘭。《文選·子虛賦》注郭璞曰「木蘭皮辛，可食。」欄正字，蘭假

　　借字，《廣韻·二十六桓》引同今本，蓋後人所改。

　　《說文·車部》：軒，曲輈藩車。从車，干聲。

　　濤案：《史記·留侯世家》索隱引作「曲周屏」，屏、藩義同，輈作

　　周蓋音近而誤。《一切經音義》卷六引作「曲周轓車也」〔註5〕，今

　　本《說文》無「轓」字，《漢書》注引有之，「轓」正字，「藩」通假

　　字。

以上所舉之例都是正字與別體、借字相對而言的。其實在沈濤的心目中「正字」
就是收入《說文》的小篆，這從《古本考》的表述中不難看到。如在《玉部》
所補「瑑」字下沈濤云：「湍乃瑑之假字，不得疑爲瑑之正字也。」所補之字爲
「瑑」，即認爲許書原文有此篆文，又認爲「湍」乃「瑑」之借字，則「瑑」當
然是正字了；又如在《攴部》「啓」下云：「凡傳注訓開者皆爲启之假字，惟《論
語·述而》篇乃啓迪正字，故許引以明之。」

　　有時候《古本考》所言正字實際指表示本義的「本字」，《木部》：「棟，極
也。从木，東聲。」沈濤云：「《一切經音義》卷六、卷十四、卷十五皆引『棟，
屋極也。』是古本有『屋』字，下文『極，棟也』，《漢書·行志》注引李奇、《文
選·西京賦》薛綜注皆曰『三輔名梁爲極』，是極爲棟梁正字，而經典皆用爲極
至之義，故許君加『屋』字以明之。」至於與「正字」相對的「借字」實涉及

〔註 5〕「周」字，徐時儀《一切經音義三種校本合刊》作「輈」。

文字使用中的通假，本文將在「通假字」一節中加以論述。

沈濤「正字」的觀念肩承其師段玉裁衣缽，段氏在《說文解字注》中常將或體、俗字、假借字與正字對舉而言。如《艸部》「藉」下注云：「按班、蔡作苴，假借字。許作藉，正字也。」又如在《甘部》「猒」下注云：「猒、饜正俗字。」茲將《古本考》所言正字表列如下：

《古本考》正字表

正字	異體〔註6〕	出　處	正字	借字	出　處
蘱	蕁	《艸部》蘱字下	瑑	湔	《玉部》瑑字下
薩	菱、薐	《艸部》薐字下	諦	諟	《釆部》宋字下
茠	薅	《艸部》薅字下	巡	循	《彳部》徼字下
貄	綄〔註7〕	《聿部》綄字下	詟	絫	《言部》詟字下
皷	鼓	《鼓部》鼓字下	謠	詟	《言部》詟字下
樽	橜	《木部》櫨字下	欄	蘭	《木部》欒字下
幹	澣	《倝部》補幹字	樽	薄	《木部》櫨字下
覓	覍	《見部》補覓字	籤	捶	《木部》楄字下
魃	勉	《鬼部》魃字下	幹	乾、干	《倝部》補幹字
冋	坰	《馬部》驍字下	窳	愉	《宀部》窳字下
璽	壐	《犬部》玃字下	瘙	搔	《疒部》疥字下
黝	黥	《黑部》黥字下	涅	泥	《水部》涅字下
瀕	濱	《瀕部》顰字下	洒	洗	《水部》滌字下
零	落	《雨部》霖字下	盪	蕩	《水部》漱字下
翼	𩙿〔註8〕	《飛部》𩙿字下	霖	淫	《雨部》霖字下
撇	戟	《手部》批字下	負	婦	《虫部》蚄字下
甄	瓨	《瓦部》瓨字下	鏃	鐏	《金部》鐏字下
蠶	蚊、蚉	《䖵部》蠶字下	輻	藩	《車部》軒字下

〔註6〕 包括或體、別字、俗字。

〔註7〕 《古本考》認爲籀體。

〔註8〕 𩙿字，《古本考》認爲是籀文。

第二節　俗字與別體字

「所謂俗字，是區別於正字而言的一種通俗字體」〔註9〕，「俗字相對於正字而言，沒有正字，也就無所謂俗字」〔註10〕。篤信《説文》的人把《説文》所收之字視爲正字，而把《説文》未收之字稱作「俗體」或「俗字」，其實就是今天所説的異體字。

《古本考》表述俗字的例語有「某即某之俗體」、「某即某字之俗」等；表述別體字的例語有「某即某字之別體也」、「某即某之別」等。在拿沈濤所謂俗字與別體和《説文》正篆比較後可以看到，沈濤所謂俗字、別體主要是對《説文》以外字而言的，二者並沒有本質區別，只是稱謂不同而已，可以統稱作異體字。一般説來，《古本考》所言正字與俗體、別體是和《説文》與其以外的這個字的異體相對而言的，而有時卻有例外。比如：

　　《骨部》：髆，肩甲也。

　　濤案：《御覽》三百六十九人事部引作「膊，肩胛也」，膊、胛皆俗

　　體字。《靈樞經》亦作肩胛。

此例沈濤以「膊」爲「髆」字之俗，是以「髆」爲「肩甲」之正字，因爲在《説文》中「膊」並不訓爲「肩甲」；「胛」字爲「甲」字之俗字與「膊」字道理一樣。進一步而論，沈濤以《説文》正篆爲他字之俗體是從字用角度出發的。不過在今天，「胛」字已是「肩胛」正字，因爲「正俗之間的關係並不是一成不變的，它們往往隨著時間的推移而不斷發生變化」。〔註11〕再如：

　　《匚部》：匱，匣也。

　　濤案：《御覽》七百十三服用部引「匱，櫝也」，蓋古本尚有「匱也」

　　一訓。「櫝」即「匱」字之別，「匣」、「匱」皆訓爲「匱」，故「匱」

　　兼二義也。

此例沈濤認爲許書原文有尚有「匱也」一訓不可據，前文已有考訂，但認爲「櫝」爲「匱」字之別體則在字書中可以找到依據。《古本考》所言正字也有不見於

〔註 9〕 張涌泉《漢語俗字研究》（增訂本），商務印書館，2010 年，第 1 頁。

〔註10〕 張涌泉《漢語俗字研究》（增訂本），商務印書館，2010 年，第 5 頁。

〔註11〕 張涌泉《漢語俗字研究》（增訂本），商務印書館，2010 年，第 5 頁。

《說文》正篆的，如：

　　《韋部》：韠，靺也。

　　濤案：《廣韻·五質》引靺作紱，紱即靺字之俗。

此例以紱爲靺字之俗，而二字均不見《說文》正篆。由以上所舉可見，在沈濤的正俗字觀念中，他並非強調一定要嚴格恪守《說文》，這是具有進步意義的。因爲《說文》作爲一部字書它所收文字是以靜態儲存的方式存在的，因而它只能在一定程度上反映漢代以前的文字使用情況，而漢字經過後世發展又有很大變化，如果以此格律後世文字則其局限猶如削足適履。沈濤能顧及文獻用字的實際而不墨守《說文》，這是值得稱道的。俗字與別體字關係的溝通作用在於理清文字字際關係。

《古本考》俗字表

正字	俗字	出　處	正字	俗字	出　處
躇	蹃	《止部》踌字下	疟	疼	《广部》疟字下
髆	膊	《骨部》髆字下	何	荷	《人部》何字下
肓	膈	《肉部》肓字下	才	纔	《人部》僅字下
樘	掌	《木部》樘字下	結	髻	《髟部》鬢字下
虛	墟	《丘部》虛字下	鬄	剃	《髟部》髢字下
頯	疣	《頁部》頯字下	斥	坼	《广部》庍字下
清	圊	《广部》廁字下	豚	肫	《豕部》豯字下
飆	颴	《風部》飆字下	辰	派	《辰部》辰字下
樣	橡	《艸部》草字下	向	嚮	《門部》闞字下
攸	滺	《攴部》攸字下	摡	批	《手部》摡字下
匡	眶	《目部》眥字下	捭	擺	《手部》捭字下
鵻	鶉	《隹部》鵻字下	瓮	甕	《瓦部》瓴字下
飤	飼	《竹部》篆字下	蜀	蠋	《虫部》蜀字下
靺	紱	《韋部》韠字下	蚩	嗤	《虫部》蚩字下
櫨	鑪	《木部》櫨字下	蠃	螺	《虫部》蝸字下
稬	糯	《禾部》稌字下	禼	魑	《内部》禼字下
莫	寞	《宀部》宋字下	甲	胛	《骨部》髆字下

《古本考》別體字表

別體	正體	出　　處	別體	正體	出　　處
撼	摵	《手部》摵字下	彍	彊	《弓部》彊字下
劇	勮	《力部》勮字下	睌	瞁	《目部》瞁字下
訑	訑	《言部》謯字下	揳	瘱	《手部》瘱字下
柎（掆）	柎	《手部》抍字下	搴	攓	《手部》攓字下
扗	叔	《手部》擎字下	懸	縣	《手部》挂字下
捍	扞	《手部》扞字下	櫝	匵	《匚部》匵字下
妷	媟	《女部》媟字下	蜿	虒	《虫部》蝸字下
螳	蟷	《虫部》蜋字下	墣	壞	《土部》壞字下
猨	蝯	《虫部》蝯字下	隅	墺	《土部》墺字下
較	較	《車部》較字下	摘	擿	《支部》敲字下
酗	酌	《酉部》酌字下	貯（紵）苧	芧	《艸部》芧字下
稱	夢	《玉部》璊字下			

第三節　通假字

「假借」是六書之一，學界一般分爲「本無其字的假借」與「本有其字的假借」兩類。在《古本考》中「假借」與「通假字」這兩個術語並用，前者居多，它們所指的主要是本有其字的假借，即習慣上所說的通假字。沈濤運用這兩個術語主要是爲了解釋援引文獻中異文之間的字際關係，從而判定許書原文。如：

《説文・宀部》：「宷，悉也。知宷諦也。从宀，从釆。」

　濤案：《廣韻・四十七寑》引「諦」字作「諟」，蓋古本或有如是作

　者，諦正字，諟假借字，《玉篇》亦云：「宷，知諟也。」

此例中沈濤認爲「諦」爲正字，「諟」爲假借字，以此解釋《廣韻》、《玉篇》所引《説文》與今二徐本用字的不同。又如：

《説文・目部》：「睼，迎視也。从目，是聲。讀若珥瑱之瑱。」

　濤案：《文選・東都賦》注引「睼，視也」，蓋古本如是。《詩・小雅》：

　「題彼脊令。」傳云：「題，視也。」題即睼字之假借，許書正用毛

傳，可證古本無迎字。

此例沈濤欲證明《說文》所訓來自《毛傳》，認爲《毛傳》「題」字即「睼」字之假借，而「睼」爲本字，可從。「睼」字古音在支部透紐，而「題」字在支部定紐，〔註12〕支部疊韻，透定旁紐，可以通假。又如：

> 《說文・女部》：「嫻，雅也。从女，閒聲。」

> 濤案：《文選・曹子建〈姜女詩〉》注皆引「閑，雅也」，「閑」即「嫻」字之假借。

此例以「閑」爲「嫻」之借字，可從。《慧琳音義》卷十九「嫻睒」所引《說文》證明今二徐本不誤。當然，在《古本考》所言約 80 餘處假借（通假）中，有一些也並不可靠。如：

> 《說文・木部》：「欘，斫也，齊謂之鎡鎮。一曰斤柄，性自曲者。从木，屬聲。

> 濤案：鎡鎮俗字，《爾雅・釋器》釋文引作茲箕，《御覽》八百二十三資產部引作「茲基」，是古本皆不作鎡鎮。《說文》無鎮字，箕即其字之重文。《國語・周語》注云：「耨，茲其也。」是正當作茲其，《孟子》作「茲基」，乃其之假借。《御覽》引作基字，亦涉《孟子》而誤也。《齊民要術》引作「鎡其」，亦係傳寫之誤，非古本如是。

此例沈濤認爲「鎡鎮」正體當作「茲其」，《孟子》作「茲基」，「基」乃「其」字之假借，這是不妥的。「鎡鎮」「茲箕」「茲其」實爲疊韻連綿詞，古韻在之部，字無定寫。從形體上看，從「金」的「鎡鎮」爲「茲其」的後起加形字。又如：

> 《說文・皿部》：盂，飯器也。从皿，亏聲。

> 濤案：《後漢書・明帝》注、《御覽》七百六十器物部皆引作「飲器」，蓋古本如是。《儀禮・既夕禮》注：「杅盛湯漿。」《公羊》宣公十二年傳注：「杅，飲水器。」杅即盂字之假借。

此例《古本考》認爲「杅」即「盂」字之假借，「杅」與「盂」其實是異體關係，

和「槃——盤」是異體同例，在類型上屬於換旁字，沈濤的說法是錯誤的。《古本考》還有本字與借字誤倒、以異體爲假借、古今字爲假借、引申假借等情形。茲例舉如下：

一、本字與借字誤倒

在假借字中，本字與借字的可以是互通關係，甲可以通乙，乙也可以通甲，比如辨與辯、功與攻，有的只能甲通乙，而乙不能通甲，如蚤通早、罷通疲，而早不能通蚤，疲不能通罷。《古本考》中本字與借字誤倒即屬於後者。《象部》豫字下沈濤云：

> 《禮記·曲禮》曰：「定猶與也。」正義云：「《說文》云：猶，獸，玃屬。與，亦是獸名，象屬，此二獸皆進退多疑，人多疑惑者似之也。」與即豫字之假借，「此二獸」以下乃孔氏語或沖遠引《說文》注中語也。

沈濤以與爲豫字之假借實是顛倒，今《漢語大字典》〔註13〕（以下稱《大字典》）以「與」爲本字，「豫」爲借字。

二、以異體爲假借

「研究通假，是爲了通讀，假如意義已明，則不必費心去推求其通假」〔註14〕，異體字是指同音同義而不同形的字，因爲記錄的是同一個詞，不存在意義不明的問題，以異體爲假借解釋古文獻中的用字現象在實踐中沒有不要，在理論上是錯誤的。比如《釆部》宷子下沈濤云：

> 《廣韻·四十七寢》引「諦」字作「諟」，蓋古本或有如是作者，諦正字，諟假借字，《玉篇》亦云：「宷，知諟也。」

「諦」與「諟」是異體關係，《大字典》《言部》「諟」下云：「同諦」。

三、以古今字爲假借

古今字是記錄同一個詞的字由於時代先後用字不同而形成的，它與假借字看問題的角度不同。古今字著眼于出現的先後，而假借字著眼於文獻中字所表

〔註13〕《漢語大字典》（八卷本），四川辭書出版社，湖北辭書出版社，1986～1990年。
〔註14〕王輝《古文字通假字典》自序，中華書局，2008年，第15頁。

達的意義與本義之間的關係，但是，古今字與假借字卻有交叉現象。如「罷」與「疲」、「蚤」與「早」既是通假字，又是古今字。洪成玉先生在《古今字》一書中爲把握古今字的表意特點與通假字的表音特點，從字形、意義和時間三個方面分析了古今字與通假字的區別〔註 15〕，具有指導意義。同時，洪先生也表明區別古今字與通假字並非易事。這裡只根據前人研究研究成果，主要以《大字典》爲依據對《古本考》中的假借問題加以探討。如，《自部》：「隤，下隊也。」沈濤云：

> 《一切經音義》卷六引「隤，墜下也」，「墜」即「隊」字之假。

此例沈濤以「墜」爲「隊」的借字，《大字典》在「隊」字下云「後作墜」，而在「墜」字下不云通「隊」，可見它們只是古今字的關係，《古本考》有誤。

四、引申假借

在《古本考》中，有引申與假借並稱的，沈濤的這一稱謂實源於其師段玉裁，段氏在《說文》注中每每引申假借連稱。《走部》「止」下段云「此引伸假借之法」，《羽部》「翔」下云「此引伸假借也」等等，其內涵有的是以引申爲假借，有的只是假借。《古本考》也有以引申爲假借的，如《犬部》：「默，犬暫逐人也。」沈濤云：

> 《六書故》引《說文》曰：「犬潛逐人也。」是今本「暫」字乃「潛」
> 字之誤，默有潛義，故假借爲「靜默」之默。

這表明沈濤對引申、假借的認識還沒有完全走出師說。

前人對假借的論述很多的，如陸宗達、王寧先生指出，「亂講假借，比之亂系同源危害更加嚴重。所以，講假借就務需慎重，核證於文獻語言就更爲重要」，「從文獻語言中核證假借字，不能只憑片面的材料，要全面看問題」，「有些在文獻中常常構成異文的字，卻並不一定是互相假借」。〔註 16〕王輝先生在《古文字通假字典》自序中總結了研究古文字通假應該遵循的七條原則。這些宏論無疑爲我們指示了研究通假字的門徑與方法，他們的忠告也足以引以爲戒。下面主要根據《大字典》以及學界已有的成果對《古本考》中的通假字做一些判斷

〔註 15〕 洪成玉《古今字》，語文出版社，1995 年，第 143～145 頁。

〔註 16〕 陸宗達、王寧《訓詁方法論》，中國社會科學出版社，1983 年，第 126～128 頁。

和說明,無法判斷的暫闕。

《古本考》通假字字表 (註17)

本　字	借　字	說　明	出　處
苓（來母耕部）	零（來母耕部）	《大字典》以零為本字,苓為借字	《艸部》落字下
諦（端母錫部）	諟（禪母支部）	《大字典》諟下云:同諦	《釆部》宋字下
嚳（溪母覺部）	酷（溪母覺部）		《告部》嚳字下
嚛（曉母藥部）	烈（來母月部）	《段注》嚛下云:辛而不嚛,即本味之辛而不烈也	《口部》嚛字下
吸（曉母緝部）	翕（曉母緝部）	同《大字典》	《口部》吸字下
訶（曉母歌部）	苛（匣母歌部）	同《大字典》	《口部》呰字下
嗛（溪母談部）	銜（匣母談部）	《大字典》嗛下云:後作銜。王筠《句讀》:銜乃馬口所嗛之物,且與嗛同音,故以況之,今即借銜為嗛	《口部》嗛字下
巡（邪母文部）	循（邪母文部）	同《大字典》	《彳部》徇字下
伋伋（見母緝部）	汲汲（見母緝部）		《彳部》伋字下
躓（端母質部）	疐（端母質部）	同《大字典》	《足部》躓字下
詁（見母魚部）	故（見母魚部）	同《大字典》	《言部》詁字下
誂（定母宵部）	挑（透母宵部）	《段注》誂下案語:後人多用挑字	《言部》誂字下
敀（幫母鐸部）	迫（幫母鐸部）	《大字典》敀下云:同迫	《攴部》敀字下
捨（書母魚部）	舍（書母魚部）	同《大字典》	《攴部》赦字下
泌（幫母質部）	怭（幫母質部）	同《大字典》	《目部》䀼字下
睼（透母支部）	題（定母支部）	朱駿聲《定聲》認為題借為睼	《目部》睼字下
簾（見母魚部）	筥（見母魚部）	王念孫《疏證》:簾與筥通,義亦與筐筥之筥同	《竹部》簾字下
筒（定母東部）	洞（定母東部）	《段注》云:所謂洞簫也。《韻會舉要・送韻》:筒,通作洞	《竹部》筒字下

〔註17〕本字表所言古音皆以郭錫良《漢字古音手冊》(增訂本)為準,闕字據其聲符定。

盂（匣母魚部）	杅（匣母魚部）	《後漢書》李賢注：杅，盂也	《皿部》盂字下
粢（精母脂部）	齎（精母脂部）	《大字典》粢下云：通齊。齎下云：後作粢。《段注》齎下云：齎粢爲古今字	《皿部》齎字下
昷（影母文部）	温（影母文部）	《大字典》昷下云：同温	《皿部》昷字下
盡[註18]（精母眞部）	津（精母眞部）		《血部》盡字下
恤（心母質部）	卹（心母質部）	同《大字典》	《血部》卹字下
饑（見母微部）	嗛（溪母談部）		《食部》饜字下
亲（莊母眞部）	榛（莊母眞部）	《大字典》亲下云：同榛	《木部》亲字下
欄（來母元部）	蘭（來母元部）	《後漢書》注：蘭即欄也	《木部》欒字下
榦（見目元部）	干、幹（見目元部）	《匯釋》[註19] 以干爲榦之借字。《大字典》幹下云：同榦	《木部》榦字下
欂（並母鐸部）	薄（並母鐸部）	同《大字典》	《木部》櫨字下
其（見母之部）	基（見母之部）	《大字典》其下云：同基	《木部》欘字下
箠（章母歌部）	捶（章母歌部）	同《大字典》	《木部》楈字下
枹（並母幽部）	桴（並母幽部）	《段注》引玄應云：枹桴二字同體。《約注》：古包聲字，孚聲字多通	《木部》枹字下
幹（見目元部）	乾、干（見目元部）	《匯釋》以乾、干爲本字，幹爲借字	《倝部》補幹字下
窈（影母幽部）窱	杳（影母宵部）窱		《穴部》窈窱下
瘙（心母幽部）	搔（心母幽部）	同《大字典》	《广部》疥字下
冡（明母東部）	蒙（明母東部）	《大字典》冡下云：後作蒙	《冂部》冡字下
俚（來母之部）	理（來母之部）		《人部》俚字下
才（從母之部）	裁、財（從母之部）	同《匯釋》	《人部》僅字下
慓（滂母宵部）	僄（滂母宵部）		《人部》僄字下
唱（昌母陽部）	倡（昌母陽部）	同《大字典》	《人部》倡字下

〔註18〕 據聲符「聿」。

〔註19〕 馮其庸《通假字匯釋》，北京大學出版社，2006年。

黎（來母脂部）	棃（來母脂部）	《匯釋》以棃爲本字，黎爲借字	《老部》耆字下
方（幫母陽部）	舫（幫母陽部）		《舟部》舫字下
酺（並母魚部）	輔（並母魚部）	《大字典》酺下云：後作輔	《面部》酺字之下
羑（餘母之部）	誘（餘母幽部）	《說文》重文	《厶部》羑字下
芨（並母月部）	拔（並母月部）	同《匯釋》	《广部》废字下
貉（明母鐸部）	貊（明母鐸部）	《大字典》貊下云：同貉	《豸部》貉字下
豫（餘母魚部）	與（餘母魚部）	《大字典》《匯釋》皆以與爲本字，豫爲借字	《象部》豫字下
綦（群母之部）	騏（群母之部）	同《大字典》	《馬部》騏字下
麐（來母文部）	麟（來母真部）	《大字典》麐下云：同麟	《鹿部》麐字下
默（犬暫逐人）（明母職部）	嘿（靜默）（明母職部）	引申假借	《犬部》默字下
狙（清母魚部）	驟（崇母侯部）		《犬部》默字下
熯（曉母元部）	暵（曉母元部）	《段注》熯下云：此與《日部》暵同音同義，從火猶從日也	《火部》熯字下
吳（疑母魚部）	娛、虞（疑母魚部）	《大字典》虞通娛；吳通虞	《矢部》吳字下
巤巤（來母葉部）	獵獵（來母葉部）	同《大字典》	《凵部》巤字下
愾（溪母物部）	慨（溪母物部）	《大字典》慨爲本字，愾爲借字	《心部》慨字下
憺（定母談部）	淡（定母談部）	同《匯釋》	《心部》憺字下
恑（見母之部）	詭（見母之部）		《心部》恑字下
蒽 〔註20〕（明母文部）	萌（明母陽部）	《大字典》蒽下云：也作萌萌	《心部》蕑字下
忥（疑母月部）	乂（疑母月部）	《大字典》忥下云：也作乂	《心部》忥字下
滕（定母蒸部）	騰（定母蒸部）	同《匯釋》	《水部》滕字下
涅（泥母質部）	泥（泥母脂部）	同《匯釋》	《水部》涅字下
盡（精母真部）	津（精母真部）		《水部》液字下 〔註21〕

〔註20〕 據聲符。

〔註21〕 《血部》盡字下同出。

瀩（定母陽部）	蕩（定母陽部）		《水部》漱字下
霝（來母耕部）	靈（來母耕部）	互爲通假	《雨部》零字下
霖〔註22〕（疑母侵部）	淫（餘母侵部）		《雨部》霖字下
嫺（匣母元部）	閑（匣母元部）	同《匯釋》	《女部》嫺字下
婑（來母屋部）	錄（來母屋部）	同《匯釋》	《女部》婑字下
嬻（定母屋部）	黷（定母屋部）		《女部》媟字下
坴（幫母元部）	糞（幫母文部）	《大字典》坴下云：也作糞	《土部》坴字下
壒壒（影母質部）	曀曀（影母質部）		《土部》壒字下
坏（滂母之部）	任（滂母之部）		《土部》坏字下
墊（端母緝部）	輒（端母葉部）		《車部》輒字下
隊（定母物部）	墜（定母物部）	《大字典》隊下云：後作墜	《𨸏部》隤字下
璇（莊母元部）	湔（精母元部）	《大字典》湔下云：同璇	《玉部》璇字下
蔓（影母耕部）	櫻（影母耕部）		《艸部》蔓字下
譣（曉母談部）	驗（疑母談部）	《段注》譣下云：驗本馬名，蓋即譣之假借	《言部》譣字下
殨（精母物部）	卒（精母物部）		《死部》薨字下
窰（餘母幽部）	陶（餘母幽部）	同《大字典》	《缶部》匋字下
楗（群母元部）	鍵（群母元部）	同《匯釋》	《木部》楗字下
杙（餘母職部）	弋（餘母職部）	《大字典》弋下云：後作杙	《木部》櫫字下
菊（並母職部）	備（並母職部）		《人部》備字下
憭（來母宵部）	了（來母宵部）	《段注》憭下云：蓋今字段了爲憭	《心部》憭字下
負（並母之部）	婦（並母之部）	《大字典》婦本字，負借字	《虫部》蚚字下
鏚（定母微部）	錞（定母微部）	《大字典》鏚下云：同錞	《金部》錞字下
轓（幫母元部）	藩（幫母元部）	《大字典》藩本字，轓借字	《車部》軒字下
离（透母歌部）	螭（透母歌部）	《大字典》离下云：後作魑。螭下云：同魑	《内部》离字下
褱（匣母微部）	懷（匣母微部）	《大字典》褱下云：同懷	《子部》孕字下

〔註22〕據聲符。

第四節 古今字

段玉裁在《說文解字注》「詞」字下說：「凡讀經傳者，不可不知古今字。古今無定時，周爲古則漢爲今，漢爲古則晉宋爲今，隨時異用者謂之古今字，非如今人所言古文籀文爲古字，小篆隸書爲今字也。」這個表述表明古今字是一個相對的概念，是「隨時異用」造成的。用今天的話說，古今字同一個詞在不同的歷史階段用不同的字來表示，時代在前叫「古字」，在後的叫「今字」。

《古本考》中沈濤沒有對古今字加以闡述，從《古本考》所見 12 對（見下表）看，其見解當與其師段玉裁沒有多大差別。只是到具體問題，對於哪些是古今字關係，哪些不是，沈濤又與段氏不盡相同。比如沈濤認爲「脡」與「挺」是一對古今字，而段氏只把「脡」視作「挺」之俗字，而不言是古今字，這說明沈氏並非一味墨守師說。另外，沈濤所言古今字也不皆可信，比如他認爲「渤」與「勃」是古今字，這需要斟酌。

古今字的形成的主要途徑有兩條，即詞義的分化與同音假借分化。詞義引申分化是指當一個詞的意義有了引申，記錄它的字就會身兼數職，爲了使詞的表達準確明晰，人們便會在書寫形式上對它們進行分化，加以區別。分化字與原字之間便形成古今字的關係。詞義引申分化有時是將詞的本義分化出來，再造新字；有時是將詞的引申義分化出來，再造新字。〔註 23〕「渤」與「勃」屬於詞義引申分化，但是從本義分化抑或引申義分化尚需考查文獻。《說文·力部》有「勃」字，訓作「排也」，而《水部》無「渤」字，「渤」字則當是新造，由是可見《古本考》誤，當以「勃」爲古字，「渤」爲今字。《廣韻·沒韻》：「渤，水皃。」當由「排」義引申而來。《莊子·說劍》有「繞以渤海，帶以常山」，「渤」字當作「勃」。裘錫圭先生說：「研究古今字，不能完全依賴傳世古書。因爲在古代著作流傳的過程裡，作者原來所用的字往往會被傳抄刊刻的人改成今字。」〔註 24〕

在《古本考》中，沈濤常用例語「某某古今字」表明字際關係，主要用以說明《說文》異文因時代不同造成的用字的差異，爲考訂《說文》服務。

〔註 23〕 李國英、李運富《古代漢語教程》，北京師範大學出版社，2007 年，第 25 頁。

〔註 24〕 裘錫圭《文字學概要》，商務印書館，1988 年，第 272 頁。

《古本考》古今字表

古字	今字	《古本考》出處	備　　注
1. 或	惑	《死部》「㱦」字下	同《段注》
2. 覈	核	《骨部》「骨」字下	同《段注》
3. 脡	挺	《肉部》「朐」字下	《段注》「朐」字下云：「挺作脡，樴作膱皆俗字。」
4. 耎	輭	《木部》「楢」字下	
5. 鄦	許	《邑部》「鄦」字下	同《段注》
6. 申	伸	《人部》「㑛」字下	同《段注》
7. 卪	節	《卪部》「卪」字下	同《段注》
8. 獑胡	斬䶅	《部鼠》「䶅」字下	《段注》「䶅」字下云：「其字或作蟖胡，或作獑胡，或作獑猢，或作鼶鶘。」「蟖」字下云：「斬䶅字或作蟖胡，非也。」
9. 渤	勃	《水部》「澥」字下	
10. 薉	穢	《水部》「汙」字下	《段注》「薉」字下云：「今作穢。」
11. 陰	霒	《雲部》「黔」字下	《段注》「黔」字下云：「今人陰陽字小篆作黔易。」
12. 氏	阺	《氏部》「氏」字下	《段注》「氏」字下云：「阺與氏音義皆同。」

第五節　通用字

「通用字」的稱謂見於古人對典籍的註釋中，顏師古注《漢書》十餘處使用通用字的名稱，這是明確用「通用字」這一術語解釋文獻用字的較早記載。人們關注文字通用現象當更早，鄭玄注經，李善注《文選》以至後世的文獻註釋都有對文字通用現象的解釋。在文字學專書中，南宋婁機《班馬字類》中已經用過這一術語。至於清代，段玉裁《說文解字注》在解釋文獻用字中的通用現象時多用「通用」一詞，只在「跜」字下用了「通用字」的術語，僅此一例。「通用字」作爲術語「在民國時期的漢字學著作中也很少使用」〔註25〕，就目前掌握的資料來看從理論上對「通用字」進行的研究開始於上個世紀八十年代，而後來的各種「通用字」的論述都又沿襲這些論述。主要有三家，分述

〔註25〕蘇培成《二十世紀的現代漢字研究》，書海出版社，2001年，第126頁。

如下。

一、陸宗達、王寧

陸、王二先生在《訓詁方法論》（1983）中提出「同源通用字」術語，釋義云：

> 新詞因詞義引申而派生後，便孳乳出相應的新字，即孳乳字。孳乳
> 字已經承擔了發源字分化出的新義，與發源字有了新的分工，但是
> 由於過去長期的習慣，在孳乳字尚未被完全習用的過渡階段，仍有
> 與發源字通用的情況。如「風」與「諷」通用，「正」與「政」通用
> 等。這類字叫同源通用字。〔註26〕

在《訓詁方法論》中陸、王二先生是把傳統訓詁學中的「通假字」區別爲「同源通用字」和「同音借用字」，而「同源通用字」是從詞義引申的角度提出來的，顧名思義，同源通用字的發源字與孳乳字之間是同源關係。

二、曹先擢

曹先生爲《中國大百科全書・語言文字卷》（1988）「通用字」條寫的釋義云：

> 指在使用中可相通換用的漢字，包括同音通用、同義通用和古今通
> 用。
>
> 同音通用指用一個同音字（或音近字）去替代另一個字，這種替代
> 具有一定的常用性。例如《管子・入國》：「聾盲喑啞……不耐自生
> 者，上收而養之疾。」《禮記・樂記》：「故人不耐無樂。」《論衡・
> 無形》：「試令人損益苞瓜之汁，令其形如故，耐爲之乎？」「耐」是
> 通用字，「能」是被換用的本字。古同音通用反映的是古音系統，如
> 「耐」、「能」二字在古代分屬之部蒸部，陰陽對轉，韻母相近，在
> 後代變得很不相同了。
>
> 同義通用指同義字之間的通用。例如「才」、「材」二字，在一般
> 情況下，不可混用，但在指「有才能的人」這個意義上是同義字，

〔註26〕陸宗達、王寧《訓詁方法論》，中國社會科學出版社，1983年，第184頁。

可通用。《論語・子路》:「赦小過,舉賢才。」《僞古文尚書・咸有一德》:「任官惟賢材。」又如「輯」、「集」在表示「安」、「安定」的意義上是同義字,可通用。《戰國策・趙一》:「此先聖之所以集國家、安社稷乎?」《漢書・西域傳》:「可安輯,安輯之;可擊,擊之。」

古今通用指古今字之間通用,也就是用古字代今字。例如表示擒獲的意思,「禽」是古字,「擒」是今字。在唐代杜甫詩中用「擒」字,而宋代司馬光等編的《資治通鑑》常用「禽」字。如:「將軍禽操,宜在今日」(卷六十五),「禽其司馬而反千里之齊,安平君之功也」(卷四)。又如表示價值的意思,「直」是古字,「值」是今字。唐以前作「直」,唐以後作「值」。清代蒲松齡《聊齋志異》有用古字「直」的:「市中遊俠兒,待佳者籠養之,昂其直。」

通用字與被換用字,二字字義不相同,只是在一定條件下在某個意義上可相通換用。如果二字字義完全相同,則屬異體字。異體字間是「同」的關係,而不是「通」的關係。〔註27〕

曹先生把通用字分爲同音通用、同義通用和古今通用三類,古今通用比較明確,同音通用與同義通用需要一些說明。在同音通用所舉例子中,曹先生認爲「耐」是通用字,「能」是被換用的本字,二者之間其實就是通假關係,馮其庸《通假字匯釋》正以「能」爲本字,「耐」爲借字,《匯釋》用例與曹先生同。在同義通用下例舉的「才」與「材」也是通假關係,《匯釋》中作互爲通假,案語云「『才』、『材』同源字,古多通借」;集與輯也通假,「輯」爲本字。從分析可以看出,曹先生是以通假字和古今字爲通用字的。

三、裘錫圭

裘先生在《文字學概要》(1988)中對「通用字」有專門論述,他說:

文字學上所說的「通用」,指不同的字在某種或某些用法上可以相替代的現象。可以通用的字就是通用字。文字學者講通用,往往著眼於漢字從古到今的全部使用情況。所以他們所說的通用字並

〔註27〕《中國大百科全書・語言文字卷》,中國大百科全書出版社,1995年,第383頁。

不限於現在可以相通用的字。過去曾經相通用的字，以至雖然具有某種或某些共同用法，但並未同時使用的字，也可以稱為通用字。如果要跟現行的通用字相區別，可以把它們稱為歷史通用字。

在現在的規範的漢字裡，通用字使用得不多。大部分通用字只是在讀古書的時候才會遇到。

同一個詞的不同書寫形式可以分為兩類。一類是同一個字的異體，一類是用來表示同一個詞的不同的字。後一類基本上相當於通用字，只有少數始終分別用來表示同一個詞的不同用法的字，如「她」和「牠」（它），不能包括在通用字里。

通用字之間的關係大體上可以分成下列四類：本字跟假借字，假借字跟假借字，母字跟分化字，同義換讀字或其他性質的字。由於字形譌變、文字本義失傳以及引申跟假借不易區分等原因，往往很難確定通用字之間的具體關係。〔註28〕

裘先生從文字學角度深入分析了通用字的各種情形，把通用字分成四類，另外，他還指出「把假借字排斥在通用字之外，這跟前人使用通用字這個術語的情況是不相合的」，「把所謂同源字全部看作通用字，也是不妥的」，這些見解對於認識通用字及其字際關係具有指導性作用。比如，「爭」「諍」即母字與分化字關係，「魄」「霸」為借字與本字關係等。

除此三家外，還有如李新魁先生（1987）認為「通用字包括繁簡字、異體字、古今字、通假字等幾種」〔註29〕，所涉及的內容更廣。總而言之各家是從不同角度對「通用字」進行界定，對通用字之間的各種關係尚未有完全一致的意見。沈濤在《古本考》明確運用了「通用字」的術語，一般例語為「某即某之通用字」、「某某通用字」、「以通用字易古字」，他對通用字的看法是直接秉承其師段玉裁而來的。結合諸家所言，試把《古本考》中的通用字字際關係歸納為通假字，古今字，分化字。下面以例見之。

〔註28〕裘錫圭《文字學概要》，商務印書館，1988年，第264〜266頁。

〔註29〕李新魁《古代漢語自學讀本》，語文出版社，1987年，第44頁。

（一）通假字

《人部》：倡，樂也。从人，昌聲。

濤案：《史記・陳涉世家》索隱引作「倡，首也」，乃導字之誤。《口部》「唱，導也」，唱倡二字皆从昌聲，故經典每通用。《史記》倡字乃唱字之假借，小司馬涉正文而誤。

此例唱與倡爲通假關係，「唱」爲本字，「倡」借字，「吸」與「翕」與此同。

（二）古今字

在《古本考》中，沈濤嘗言「以通用字易古字」，在他看來，通用字即今字，被易者爲古字，二者是古今字關係。如：

《言部》：諧，詥也。从言，皆聲。

濤案：《一切經音義》卷十引作「合也」，下文「詥，諧也」。古諧詥字如此，合行而詥廢。元應書蓋以通用字易古字，非古本如是也。

（三）母字與分化字

通用字的兩個字之間可以是母子與分化字關係，如，如爭與諍、底與派《古本考》皆人認爲是通用字，它們之間實爲母子與分化字關係。

《古本考》中所言及的通用字並不是很多，但正如裘錫圭先生所言，「由於字形譌變、文字本義失傳以及引申跟假借不易區分等原因，往往很難確定通用字之間的具體關係」。對沈濤而言，他也並非要去分析「通用字」中的各種用字現象，而是用「通用字」解釋疏通了歷代《說文》異文間的字用關係，這個概念在他那裡是很有用的，因爲「只要講文字之間的通用關係就能解決的問題，根本沒有必要自找麻煩去講通用字之間的具體關係」。[註30]

《古本考》通用字表

通用字	沈濤案語	出處	通用字	沈濤案語	出處
1. 璿、琔	古璿、琔通用	瓊字下	2. 澱、渴	澱、渴古字通用	喝字下
3. 疏、氈	疏即氈之通用字	氈字下	4. 遁、邅	遁、邅古字通用	遁字下
5. 迤、佗	透迤作透佗，古字通用	透字下	6. 爭、諍	爭、諍通用字	閭字下

〔註30〕裘錫圭《文字學概要》，商務印書館，1988 年，第 267 頁。

7. 詥、合	古諧詥字如此，合行而詥廢。元應書葢以通用字易古字	諧字下	8. 童、僮	古僮僕字作童，僮冠字作僮，後人傳寫互易元應書作僮，乃用當時通用字	童字下
9. 启、啓	經典皆通用啓，慧苑以通用字易本字	啓字下	10. 祥、詳	古祥、詳二字通用	羊字下
11. 鸚鵡、鸚䳇	《初學記》鳥部、《御覽》九百羽族部引作「鸚䳇」，乃用當時通用字	鸚鵡條下	12. 亲、榛	即亲字之假借，經典通用榛字	亲字下
13. 枱、耜	即枱之別，經典通用耜字	枱字下	14. 櫨、斸	乃後人以通用字傳寫	櫨字下
15. 幹	幹為經典通用字	補幹字	16. 魄、霸	霸然作魄然，葢古本以通用字代正字，自當以作霸為是	霸字下
17. 葡、備	《用部》：葡，具也。經典皆假備字為之，慧苑當就經文通用字釋之	備字下	18. 已以似	古已、以、似三字相通用	似字下
19. 唱、倡	唱、倡二字皆從昌聲，故經典每通用	倡字下	20. 棃、黎	棃、黎古通用字	耆字下
21. 辰、派	此乃辰字之訓，經典皆通用派	派字下	22. 汓、游	經典皆假游為汓，慧苑葢從俗通用字	汓字下
23. 霝、落	霝乃雨霝正字，而世俗通用落，許書注中往往用通用字者	霝字下	24. 鄉、向	本書無䣀字，葢即向字之俗，古本當作鄉字。後人用通用字作向，又或從俗為䣀	闞字下
25. 承、拯	《五經文字》「從手從丞」，不云《說文》則經典相承通用字如此，許書不如此也	承字下	26. 補妥	此字通用，本書偏旁亦屢見，則不得無此字	《女部》
27. 綺、絢	是古本作綺，不作絢，俙《詩》亦當作綺。今本乃後人以經典通用字易之	絢字下	28. 系、繫系、係	《左氏》僖二十四年釋文、《詩·小戎》正義引系作繫，僖二十四年正義引系作係，皆通用字	紲字下

29. 蝍蛆、 蛣蜋	是古本渠蝍作蝍 蛆，《御覽》作蛣蜋 者，以通用字易古 字也。	蝍字下	30. 翕、吸	翕、吸古通字	呷字下
31. 恤、謐	《左傳》引作「何 以恤我」，與謐古通 字	謐字下	32. 虞、吳	古虞、吳通字	吳字下
33. 邦、封	邦、封古通字	或字下	34. 勻、旬	是古本作徇不作徇 也。勻、旬古通	徇字下

第六節　繁簡字

　　繁簡字是繁體字與簡體字的合稱，自從文字產生以後，漢字字形的簡化就一直沒有間斷過，而繁體與簡體共存是從商周以來文字使用的普遍現象。在《古本考》中，沈濤為了說明文獻引文用字的差異，用「某即某字之省」的例語表述簡體與繁體之間的關係，如《艸部》芮下云「芮乃蟎字之省」，《歺部》殰下云「救即瞀字之省也」等。

《古本考》繁簡字表

簡體字	繁體字	出　　處	簡體字	繁體字	出　　處
芮	蟎	《艸部》芮字下	勻	均	《言部》調字下
龠	蕭	《鳥部》鷄字下	嬰母	鸚鵡	《鳥部》鸚鵡字下
救	瞀	《歺部》殰字下	部	箈	《竹部》籍字下
辰	曆	《會部》曆字下	厥	橛	《木部》㮢字下
巢	轈	《木部》櫓字下	闌	欄	《木部》補欄字下
斿	游	《㫃部》游字下	繭	襺	《衣部》襺字下
旱	悍	《厂部》厲字下	焰	爓	《火部》爓字下
箴、箴	矙	《黑部》矙字下	胡	湖	《水部》菏字下
簡	澗	《水部》汱字下	頻	瀕	《頻部》顰字下
戟	撽	《手部》批字下	娩	嬎	《女部》嬎字下
厭	壓	《土部》壓字下	爿	牀	補《爿部》

　　以上我們從正字、俗字與別體、通假字、古今字、通用字、繁簡字等六個方面分析了沈濤《古本考》所涉及的各種字際關係。前面說過，《古本考》是

一部《說文》的考訂之作，其間異文層出，有文獻傳播的譌誤，也有文獻用字的差異，作爲考訂者只有撥開異文的迷霧才能看到《說文》的本來面目。而作爲研究者，只有從他的考訂中總結歸納它的用字條例，從理論上揭示《說文》異文的各種用字現象才能指導今後的《說文》校勘。需要說明的是，在我們分析的異文中並不都是《說文》異文，從這裡也能管窺到其他文獻用字的一些情況。

第五章　餘　論

第一節　對《說文古本考》的總體評價

　　前文已經述及沈濤的《說文古本考》是一部很有爭議的書，如潘鐘瑞、李慈銘、胡玉縉、丁福保、周雲青以及今人趙振鐸等學者均給予很高的評價，而胡樸安、張舜徽二氏則幾於否定了其價值。我們認爲評價一部學術著首先應該立足於事實，看看它在解決什麼問題，其結論能不能在學理上講得通或在實踐中行得通，任何簡單的是與否的評價都是片面的、不能令人信服的。因此，在考證分析的基礎上，有必要對《古本考》做以較爲公允的評價。

一、《說文古本考》的成就

（一）徵引宏富

　　文獻資料是從事考證的關鍵。沒有資料，考證將會成爲無源之水、無本之木。沈濤的《說文古本考》徵引文獻宏富，值得稱道。《古本考》所徵引書目達一百種之多 [註1]，它們是：《易經》、《尚書》、《詩經》、《周禮》、《禮記》、《左傳》、《公羊傳》、《穀梁傳》、《論語》、《孟子》、《爾雅》、《經典釋文》、《大戴禮

〔註 1〕鍾哲宇《沈濤〈說文古本考〉研究》，臺灣國立中央大學中國文學研究所，2009 年碩士論文。

記》、《夏小正》、毛氏本《說文》、宋小字本《說文》、《五經文字》、《九經字樣》、
《佩觿》、《汗簡》、《釋名》、《廣韻》、《玉篇》、《集韻》、《韻會》、《六書故》、曹
憲注《廣雅》、《龍龕手鑑》、顏師古注《急就篇》、《匡謬正俗》、《小爾雅》、《類
篇》、《方言》、《字林》、《干祿字書》、《史記》三家注、《漢書注》、《後漢書注》、
《三國志》、《晉書音義》、《隋書》、《唐書》、《戰國策》、《國語》、《列女傳》、《資
治通鑑》、薛尚功《歷代鐘鼎器款識法帖》、吾丘衍《學古編》、《唐石經》、《三
墳記》、《衡方碑》、《徐整碑》、《韓勑碑》、《華嶽廟碑》、《嶺表錄異》、《山海經》、
《水經注》、《通典》、《史通》、《齊民要術》、《淮南子》、《列子》、高誘注《呂覽》、
《老子》、《莊子》、楊倞注《荀子》、《商子》、《鹽鐵論》、《論衡》、《法言》、《春
秋繁露》、《風俗通》、《顏氏家訓》、《春秋元命包》、《穆天子傳》、《詩童子問》、
《止觀輔行傳宏決》、玄應《一切經音義》、《華嚴經音義》、《法苑珠林》、《太平
御覽》、《初學記》、《藝文類聚》、白居易《白帖》、《事類賦》、《北堂書鈔》、《五
行大義》、《開元占經》、《太元經》、《文選》、《楚辭章句》、《古文苑》、《芥隱筆
記》、《樓攻媿集》、《歐陽詹集》、《陶淵明集》、《決疑要注》、《北戶錄》、張彥遠
《法書名畫記》。有的書還用了不同的版本，比如《大唐類要》是《北堂書鈔》
的另外一個版本〔註2〕，在《古本考》中沈濤二書並用，若不計版本則實際引用
書目當為 101 種。

　　雖然《古本考》所用的每一條材料未必都來自他第一手的挖掘，但在眾多
文獻中查尋《說文》異文且排比梳理即使是在今天也是一件很不容易的事。沈
濤與《古本考》用力之勤由此可見一斑，如果只從文獻看，《古本考》無疑是一
部《說文》異文的資料長編，它的文獻價值是不言而喻的。不僅如此，《古本考》
還廣泛引用的清代學者的研究成果，凡三十一家，他們是：段玉裁、桂馥、嚴
可均、陳奐、錢大昕、盧文弨、孫星衍、陳潮、姚文田、臧庸、戴震、王念孫、
汪獻玕、錢大昭、鈕樹玉、陳詩庭、莊炘、程瑤田、惠棟、邵晉涵、任大椿、
瞿樹寶、馬瑞辰、洪亮吉、吳穎芳、阮元、張惠言、臧琳、祁寯藻、錢源、孔
廣森。需要指出的是對於當代人的研究成果，沈濤並不是直接「拿來」，而是有
所選擇不圃成說的，這從他引用師說可以看到。比如在「珛」字下《古本考》
引段玉裁《說文解字注》云：

〔註2〕楊琳《〈大唐類要〉失傳了嗎》，《中國典籍與文化》，2005 年第 1 期。

段先生曰：「後人有以朽玉字爲玉石字，以別於帝王字，復高其點
爲王姓氏，以別於玉石字，又或改《說文》从王加點爲从王有聲作
『珛』，亦別於玉石字也。」又曰：「《廣韻·一屋》云：『玉音肅，
朽玉。』此《說文》本字。《四十九宥》云：『珛音齅。』此从俗字。
《玉篇》玉，欣救、思六二切。此《說文》本字。『珛，許救切。』
引《說文》『朽玉也』，此後人據俗本《說文》增。」

對於段玉裁的這個觀點沈濤是贊同的。而在「嚖」在下沈濤云：「段先生曰：『元
應書三引皆云「嚖嚖，嚌兒也。」今檢本書不如是，恐是先生誤記。」此則直
接指出段氏之誤。

（二）考證有條例

在清代的《說文》研究中，段玉裁是極其注重條例的，他曾有「通乎《說
文》之條理次第，斯可以治小學」〔註3〕的經典論述。沈濤秉承師說，並貫穿於
考訂《說文》的實踐中。在《古本考》中沈濤言及《說文》條例的用語有「通
例」、「許書通例」、「本部通例」等；而在具體考訂中作者使用的條例有「篆文
連注讀」例、「互訓」例、「一曰」例、「逸字」例、「聲符兼義」例、「義得兩通」
例、「後人據今本改」例等。這些條例有的源自前人的發明，有的則是沈濤總結
前人的研究成果而推陳出新。《說文》是一部精心用力之作，其間蘊含著作者的
著作意圖，這是毋庸置疑的。因此，後世學者利用其義例從事校勘與研究在方
法上是有依據的。這裡姑且不論《古本考》運用條例校勘的得失，僅就注重條
例這一點而言，它也是有其特色與價值的。

（三）考證循學理

《古本考》用以考訂的資料是不同時代的《說文》異文。由於是不同時代
的異文，語言文字都有一定的變化，留有時代的印記，所以必須對這些異文材
料做一番梳理，方能選擇比較符合《說文》用字實際的文字。在《古本考》中
作者運用文字學理論從紛繁的異文資料中總結歸納出《說文》異文的各種字際
關係，如正字、俗字與別體字、通假字、古今字、通用字、繁簡字等其目的在
於撥開《說文》異文的迷霧，還原《說文》本眞。而他所運用的文字學理論基

〔註 3〕段玉裁《說文解字注》靈字注，上海古籍出版社，1988 年，第 19 頁。

本上是符合現代文字學學理的，這也在理論上確保了《古本考》考訂成果的可靠性。

二、《説文古本考》的不足

毋庸諱言，《古本考》也存在著嚴重的不足，主要表現在以下幾個方面：

（一）引文失察

古人引書往往有本爲甲書而冠以乙書之名者，有一書名之下出兩書內容而後者不具書名者，此若不察則易造成謬誤。在《古本考》中這種情形不少，主要見於徵引玄應《一切經音義》時。比如：

> 《説文・辵部》：逝，往也。从辵，折聲。讀若誓。
>
> 濤案：《一切經音義》卷六引「往」作「行」，蓋古本如是。《廣雅・釋詁》：「逝，行也」，當本許書。《詩・碩鼠》「逝將去汝」猶言「行將去汝」耳，逝之訓「往」訓「去」皆與「行」義相近，而非字之本義也（《廣韻・十二祭》：逝，往也，行也，去也）。
>
> 魁案：檢玄應《一切經音義》卷六「逃逝」條：「《説文》：『逝，往也。』《廣雅》：『逝，行也。』」不知沈濤所據何本，或以《廣雅》爲《説文》。小徐本亦作「往也」，當是許書原文無疑。

此例《古本考》認爲許書原文當作「行也」，實際是誤以《廣雅》爲《説文》。又如：

> 《説文・口部》：啄，鳥食也。从口，豕聲。
>
> 濤案：《一切經音義》卷二十二引作「鳥食也。啄，齧也」，是古本尚有「一曰齧也」四字。
>
> 魁案：《古本考》非是。《慧琳音義》卷四十八「探啄」轉錄《玄應音義》，引《説文》同沈濤所同。卷一「啄嗽」條云：「《廣雅》：啄，齧也。《説文》鳥食也。」此《廣雅》《説文》並舉，則「齧也」一訓非出許書可知。卷二、卷五「或啄」，卷六十二「觜啄」條，卷六十七「啄啖」條，卷七十二「探啄」，卷七十五「啄木」，卷七十六「啄心」皆引《説文》作「鳥食也」。

此例沈濤所引玄應《一切經音義》，《説文》書名之下有兩訓，一訓（鳥食也）

出自《說文》，而另一訓（啄，齧也）也在《說文》書名之下，然實非《說文》之文，引者略去書名而容易誤認作《說文》之文，經考實出《廣雅》。再如：

> 《足部》：跖，足下也。从足，石聲。

> 濤案：《一切經音義》卷五引「跖，足下也，躡也」，是古本有「一曰躡也」四字。跖，蹠《說文》爲二字，經典皆假蹠爲跖。《廣雅·釋詁》訓蹠爲履。《漢書·楊雄傳》注訓蹠爲蹈。《文選·舞賦》注引《淮南》許注訓蹠爲踏，《楚辭·哀郢》注訓蹠爲踐，皆與躡義相近，自不得少此解。元應又引《蒼頡篇》云：「蹠，跖也。」

> 魁案：《古本考》認爲有「躡也」一訓，非是。沈濤所引《說文》在玄應《一切經音義》卷五《菩薩投身餓虎起塔因緣經》「蹠踐」條，原文作「又作跖，同。之石反。《說文》：足下也。躡也。踐，履也。《蒼頡篇》：蹠，躡也。」此引《說文》與《蒼頡篇》並舉，則「躡也」一訓非出許書可知。又，《慧琳音義》卷十二「雙跖」條、卷三十三「非跖」、卷八十五「盜跖」條及《類聚抄》卷三形體部「蹠」字下皆引《說文》訓「跖」爲「足下也」，與今二徐本同，許書原文當如是。

此例《古本考》認爲許書原文有「躡也」，於文獻失察，「躡也」一訓實出自《蒼頡篇》。由此也可見，沈濤在利用《玄應音義》的材料時，未必都是挖掘了第一手的材料，如果他是親眼見到了「蹠踐」條這條材料，就一定能看到《說文》與《蒼頡篇》並舉的事實，也就不會認爲「躡也」一訓出自《說文》。

（二）拘泥於條例

前面我們曾論及運用條例校勘是《古本考》的特色與成就之一，這是毋庸置疑的。然而任何事物都具有兩面性，當一種校勘條例被奉爲「放之四海而皆準」的萬能法則時，它作爲條例的功能便大打折扣而不能奏效了。比如沈濤篤信「篆文連注讀」的法則，而在我們考證的 18 條考證結果中只有 4 條是基本可信的，這說明這個條例是有一定使用範圍的。再如，沈濤篤信「一曰」義例，而十之八九是靠不住的，除了於文獻失察之外，由於對條例深信不已而失斷於主觀則是主要原因。在「逸字」例中，沈濤有「有意增字」的嫌疑。而當遇到甲書所引《說文》與今二徐本不同，乙書所引與今二徐本相同時，作者爲了

解釋這對矛盾便認爲乙書是「後人據今本改」，甲書是許書原文。沈濤把「改書」視爲一種普遍現象這是有違常理的。總之，在運用《說文》條例校勘的過程中，沈濤有固而不通、死守法則的傾向，這些必然影響到《古本考》的校勘成就。

前文已經說過，《古本考》是一部極有爭議的書，褒貶實分兩極，在本文考證的 1600 餘條中，我們明確指出《古本考》「非是」的約有 600 條，這個數字已經不小，而《古本考》實際誤斷的當遠在這 600 條之上，不過因「文獻不足」，目前無法證明而已。綜上所述，我們認爲《古本考》是一部是非參半的書，成就與不足並存。它的成就昭然紙上不可一筆抹殺，它的不足顯然眼前亦不可隱匿護短，既不能褒爲字字珠璣而奉爲圭臬，也不能斥爲一無是處而不屑一顧，凡持此一端者均流於偏頗而有失公允。

第二節　利用《說文》異文從事校勘應該注意的問題

一、審明體例

古人引書均有一定的體例，在搜集整理《說文》異文時首先必須弄清楚徵引文獻的體例，否則誤將他文視爲《說文》之文，非但於《說文》考訂無補，更將以譌傳譌貽誤讀者。

（一）被釋字有時出現在引文中，有時省略

字書援引《說文》，被釋字有時出現在引文中，有時省略。比如唐寫本《玉篇》是校訂《說文》的重要資料，在「詷」字下引《說文》云「共同也。一曰譀也」，此引被釋字「詷」沒有複出於「《說文》」之後；而在謳字下引《說文》云「謳，齊歌也」，被釋字複出。一般而言，被釋字複出與不複出並不影響理解，也不會對我們校勘《說文》造成困難，但有的時候被釋字在引文中出現就會給理解造成一定困難。如今大徐本《言部》：「譇，譇詉也。」唐寫本《玉篇》209 譇字下云：「子雅反，《說文》：譇詉也。」「《說文》」之後的「譇詉也」三字，究竟以三字爲句抑或斷爲「譇，詉也」，這是需要斟酌的。段玉裁《注》云：「《廣雅》曰：『譇，諛也。』《篇》、《韵》皆曰：『譇，諑也。諑，譇也。』按許書有詉無諑，故仍之，其義則未聞。『譇詉』當是古語，許當是三字句。」段氏以三字爲句，則「譇詉也」中的「譇」字不是被釋字。這種情況在《慧琳音義》

中也有很多，茲不贅舉。

（二）引文中有引書者增字、續申之辭

引書者雖引他書解釋詞義，但引文中有增字。如，《說文・言部》：「謔，戲也。」唐寫本《玉篇》20引《說文》：「謔即戲也。」「即」字當是顧氏增字，非是許書原文。有時徵引者還會在引文之後附加自己的解釋，這些解釋之辭有時有「謂」、「猶」、「即」等標識字，有時則無，需要熟悉體例方能辨明。如《言部》：「諺，傳言也。从言，彥聲。」沈濤案語云：

> 《御覽》四百九十五人事部引「諺，傳言也，俗言曰諺」，是古本尚有此四字。《國語・越語》注曰：「諺，俗之善謠也。」《左傳》隱十一年釋文云：「諺，俗言也。」《漢書・五行志》注云：「諺，俗所傳言也。」是諺爲「俗言」自是漢唐舊訓，當本《說文》。《一切經音義》卷二十引亦有「俗語也」三字。

沈濤據《御覽》引文認爲許書原文有「俗言曰諺」四字，間接證據有《國語》注、《左傳釋文》和《漢書》注，認爲當本《說文》。直接證據是玄應《一切經音義》引《說文》「傳言也」後又有「俗語也」三字，這其實是誤解。且看我們的考證：

> 魁案：《古本考》非是。唐寫本《玉篇》8「諺」下引《說文》同今二徐本。當是許書原文。《慧琳音義》卷三十三「眞諺」條轉錄《玄應音義》，引《說文》云：「傳言也。俗語也。」「俗語也」三字當是引者續申。《慧琳音義》卷七十四「諺言」條引作「傳言也。謂傳世常言也。」謂以下六字乃慧琳續申。卷九十八「斯諺」條、卷一百「諺云」並引作「傳言也」，卷一百奪也字。合訂之，今二徐本不誤，許書原文如是。

經此番考證則明「俗言曰諺」、「俗語也」與「謂傳世常言也」均非出自《說文》，實乃引書者之語，切不可視作《說文》正文。再如《慧琳音義》卷三十二「入匣」條、卷五十八「刀匣」條兩引《說文》云：「匣，匱也。謂盛刀劍者也。」丁福保《正續一切經音義提要》認爲「謂盛刀劍者也」是《說文》逸句，其實是把慧琳之語當作《說文》正文了。此種錯誤在丁氏《提要》中還有不少。

二、會通全篇

一部古書可能在多處徵引同一文獻，同一部古書也可能爲同一時代的多種典籍援引，如果能把這些異文資料搜集起來加以整理而用於校勘，必將對恢復古籍本來面目大有裨益。

在本文考訂中，用的最多的文獻資料是《慧琳音義》。《慧琳音義》徵引《說文》凡 13000 餘條次，可謂宏富。由於卷帙浩繁，而前人引書又多憑記憶，難免顧此失彼，前後矛盾。所以運用《慧琳音義》中的《說文》材料必須在窮盡地搜羅同一材料的同時，融會貫通全篇，方能減少失誤，爲我所用。

如《肉部》：「胗，膀胱也。」《慧琳音義》卷二「胗胃」條引《說文》：「膀胱，水器也。」卷五「胗脾」條引《說文》云：「胗，傍光，水器也。」丁福保《正續一切經音義提要》據《慧琳音義》認爲許書原文有「水器也」三字。考《慧琳音義》卷九「胃胗」條引《說文》云：「胗，旁也。」奪「光」字。卷五十二「胗屎」條轉錄《玄應音義》，引《說文》云：「旁光也。」卷五十八「牛胗」引《說文》云：「旁胱也。」又《玄應音義》卷三、卷十一均引《說文》云：「旁光也。」則許書原文當無「水器也」三字。

有時候只徵引《說文》異文並不能解決問題，需要徵引《說文》以外的其他引文方能奏效。比如，《手部》：「撓，擾也。從手，堯聲。一曰，抌也。」沈濤案語云：

> 《一切經音義》卷二、卷二十二引尚有「又曰擾亂也」五字，是古本尚有「亂」字一訓。卷七引有「謂擾瓄也」四字，則庾氏注中語矣。

此例沈濤認爲尚有「亂也」一訓。且看我們的考證：

> 魁案：《古本考》認爲有「亂也」一訓，非是。《慧琳音義》卷九「不撓」條轉錄《玄應音義》，云：「《說文》：撓，擾也。《廣雅》撓，亂也。」卷四十六「撓色」條轉錄云：「《廣雅》：撓，亂也。《說文》：撓，擾也。」卷七十「沸撓」條云：「《廣雅》：撓，亂也。《說文》：撓，擾也。」卷八十七「不撓」橋云：「杜注《左傳》云：撓，亂也。《說文》：擾也。」卷一百「不撓」條云：「《廣雅》云：亂也。《聲類》：攪也。《說文》：擾也。」諸引他書字《說文》並舉，則「亂也」

一訓非出許書可知。卷二十六「撓濁」條與卷四十八「撓濁」轉錄《玄應音義》，並有「亂也」一訓，非出許書。

《慧琳音義》卷一「撓亂」條，卷十「諠撓」條，卷二十六「撓大海」條，卷四十九「撓攪」條轉錄《玄應音義》，並引《說文》作「擾也」。卷七十六「撓吾」條轉錄所引奪「也」字。卷六十二「撓」條引作「擾也」，卷六十五「物撓」條引云：「橈，擾也。」「橈」當作「撓」，「擾」並同「擾」。《廣韻‧小韻》：「擾同擾。」

又，《慧琳音義》卷六十三「撓攪」條：「《考聲》云：撓，擾也。《廣雅》云：亂也。《說文》：攪也。從手堯聲。」卷六十九「撓攪」條：「《廣雅》云：撓，亂也。《說文》：攪也。從手堯聲。」卷七十四「撓攪」條：「《廣雅》：撓，亂也。《說文》：亦攪也。」卷七十六「撓攪」條：「《廣雅》：撓，亂也。《說文》：撓，亦攪也。」四「撓攪」條俱引《說文》有「攪也」一訓，竊以爲均涉「撓攪」之「攪」字傳寫致誤，非是許書之文，且前引《聲類》引作「攪也」。

此例我們根據《左傳》注、《廣雅》訓爲「亂也」其與《說文》並引的事實說明許書原文本無「亂也」一訓。但一波剛平，一波又起，《慧琳音義》四個「撓攪」條又引有「攪也」一訓，融會貫通前後引文，我們認爲或「攪」字傳寫致誤，或所記書名有誤，《慧琳音義》卷一百「不撓」條云：「《廣雅》云：亂也。《聲類》：攪也。《說文》：擾也。」三書並引，則「攪也」一訓當出《聲類》，非出《說文》可知。

三、審慎排比

《說文》異文材料紛繁蕪雜，需要排比材料、理出頭緒，只有做到有條而不紊，方能甄別是非，存眞去僞。比如，《虫部》：「盒，蜃屬。有三，皆生於海。千歲化爲盒，秦謂之牡厲。又云：百歲燕所化。魁盒，一名復絫，老服翼所化。從虫，合聲。」沈濤案語云：

> 《爾雅‧釋蟲》釋文引云：「蛤有三，皆生于海。蛤屬，千歲雀所化，秦人謂之牡厲。海蛤者，從百歲燕所化也。魁蛤，一名復絫，老服翼所化也。」蓋古本如是。今本奪誤殊甚。《類聚》九十七鱗介部亦

引「蛤蠣千歲，烏所化也，海蛤百歲，鷰所化也」，皆與今本不同。

《慧琳音義》徵引《說文》豐富，但引文有同有異，我們比勘如下：

魁案：《慧琳音義》所引《說文》如下：(1)卷六十二「蚌蛤」條引云：「蛤有三種，皆生於海。蛤蠣，千歲鴐所化，秦謂之壯蠣。海蛤者，百歲鷰所化也。魁蛤老，一名蒲螺，者伏翼所化也。從虫合聲。」(2)卷六十六「蚌肏」條引云：「牡蠣者，千歲鴐鳥所化也，《方言》云：秦謂之牡蠣。海肏者，百歲鷰所化也。魁肏一名蒲嬴，老伏翼所化也。」(3)卷六十八「蜆蛤」條引云：「蛤有三，皆生於海。蛤蠣者，千歲雀所化也，秦謂之壯屬。海肏者，百歲鷰所化也。魁蛤一名復累，者復翼所化也。從虫合聲。」(4)卷九十五「蚌蛤」條引云：「蛤有三，皆生於海。蛤屬，千歲鳥所化也，秦謂之牡屬。海中蛤者，百歲鷰化也。魁蛤，一名復累，老服翼所化也。」(5)卷九十七「爲蛤」條引云：「蛤有三，皆生海。海蛤者，百歲鷰所化也。一名蒲螺，老服翼所化也。蛤蠣者，千歲鴐所化也。從虫合聲。」諸引不同，茲排比如下：

首句：(1)作「蛤有三種，皆生於海」；(3)作「蛤有三，皆生於海」；(4)作「蛤有三，皆生於海」；(5)作「蛤有三，皆生海。」許書原文當從(3)(4)。

第二句：(1)蛤蠣，千歲鴐所化，秦謂之壯蠣；(2)牡蠣者，千歲鴐鳥所化也，《方言》云：秦謂之牡蠣；(3)蛤蠣者，千歲雀所化也。秦謂之壯屬；(4)蛤屬，千歲鳥所化也，秦謂之牡屬；(5)蛤蠣者，千歲鴐所化也。許書原文當作「蛤蠣者，千歲鴐所化也，秦謂之牡屬」。

第三句：(1)海蛤者，百歲鷰所化也；(2)海肏者，百歲鷰所化也；(3)海肏者，百歲鷰所化也；(4)海中蛤者，百歲鷰化也；(5)海蛤者，百歲鷰所化也。許書原文當作「海肏者，百歲鷰所化也」。

末句：(1)魁蛤老，一名蒲螺，者伏翼所化也；(2)魁肏，一名蒲嬴，老伏翼所化也。(3)魁蛤，一名復累，者復翼所化也；(4)魁蛤，一名復累，老服翼所化也；(5)一名蒲螺，老服翼所化也。此句諸引誤

誤較多，依辭例「魁蛤」下當有「者」字：前兩句「千歲」「百歲」
皆言物老，故「伏翼」前當有「老」字，且(2)(4)(5)所引已有之，
(1)(3)誤「老」爲「者」。「伏翼」「復翼」「服翼」與「蒲蠃」「復累」
「蒲螺」皆借音詞，無定字，今從二徐。合訂之，許書原文當作「蜃
屬。鱟有三，皆生於海。蛤蠣者，千歲鴛鳥所化也，秦謂之牡屬。
海鱟者，百歲燕所化也。魁鱟者，一名復累，老服翼所化也。从虫，
合聲。」

這裡我們雖然做了謹愼詳細的比勘，結果可能較接近於許書原貌，許書本眞已
不得而知了。

四、多聞闕疑

「多聞闕疑」是從事學術研究的應持態度和應循原則，也是從事古籍校理
的基本原則。彭叔夏《文苑英華辯證》自序云：「叔夏嘗聞太師益公（周必大）
先生言曰：校書之法，實事是正，多聞闕疑。」《四庫全書總目》「太平御覽」
條下亦云：「古書義奧，文句與後世多殊，闕疑猶愈於妄改也。」校書誠千古不
易之事，「校書之難，非照本改字不譌不漏之難也，定其是非之難。是非之難有
二，曰底本之是非，曰立說之是非」〔註4〕，而當「是非」無法斷定時，「闕疑」
無疑是可以採取的謹愼的辦法。沈濤在考訂《說文》曾用此法，如《走部》：「趬
行輕皃。一曰趬，舉足也。从走，堯聲。」沈濤案語云：

> 《一切經音義》卷十三、卷二十勦字共三處皆云：「《說文》作趬，
> 同。仕交反。」卷十五、卷十九引作「捷，健也。謂勁速勦健也」，
> 卷二十一引作「便捷也」，一未引。是元應書以趬、勦爲一字，今趬
> 下并無重文勦篆，力部「勦」訓「勞也」，與趬截然兩字，豈唐本與
> 今本不同乎？《一切經音義》卷十六又引作「行輕皃也，一曰舉也，
> 亦健也」等語亦必在勦字下，別出「一曰」之例，斷不在趬篆下也。
> 然勦趬同字旁無左證，或恐傳寫有誤，姑以存疑。

我們在難以定奪時也曾多次運用此法，如《言部》：「讋，言壯皃。一曰，數相

〔註 4〕 段玉裁《與諸同志論校書之難》，《經韻樓集》，上海古籍出版社，2008 年，第 332
頁。

怒也。从言，巂聲。讀若畫。」沈濤案語云：

> 濤案：《廣韻·十二齊》引「譹，自是也」，與今本兩解異，譹字經
> 典罕用，《廣韻》所引疑一解之奪文。

我們考證云：

> 唐寫本《玉篇》18譹下云：「《說文》：『言疾兒也，一曰相數譹也。』
> 《字書》或爲嘆字，在《口部》也。」宋本《玉篇》卷五嚖下云：「或
> 作譹，言疾兒。」此當存《玉篇》之舊，合兩書，許書原文之一訓
> 當作「言疾兒也」。一曰之辭，未知孰是，姑存疑。

「闕疑」就是要實事求是，謹慎立說。孫德謙《古書讀法略例·闕疑例》嘗言：
「闕疑則他日或有可通，使偶有疑義，而吾爲臆斷之，是強解古書，古書於此
受誣矣。吾故願學者之能爲闕疑也。」又言：「遇當闕疑之處，即自我作故，從
而強通之，必失古書之眞。此闕疑之所以尤在愼言也。」此言道出「闕疑」之
學術意義，堪爲精闢之論。

參考文獻

一、古籍與著作

1. 北京大學國學門，《〈說文古本考〉校勘記》，董蓮池主編，《說文解字文獻研究集成》（現當代卷第 8 冊），北京：作家出版社，2006 年。

2. 戴侗撰，黨懷興、劉斌點校，《六書故》，北京：中華書局，2012 年。

3. 黨懷興，《〈六書故〉研究》，西安：陝西師範大學出版社，2000 年。

4. 黨懷興，《宋元明六書學研究》，北京：中國社會科學出版社，2003 年。

5. 丁度，《集韻》，上海：上海古籍出版社，1985 年。

6. 丁福保，《說文解字詁林》（第 1 冊），北京：中華書局，1988 年。

7. 丁福保，《正續一切經音義提要》，《正續一切經音義》，上海：上海古籍出版社，1986 年。

8. 董蓮池主編，《說文解字研究文獻集成》（古代卷第 1 冊），北京：作家出版社，2007 年。

9. 段玉裁，《經韻樓集》，上海：上海古籍出版社，2008 年。

10. 段玉裁，《說文解字注》，上海：上海古籍出版社，1988 年。

11. 馮其庸，《通假字彙釋》，北京：北京大學出版社，2006 年。

12. 傅增湘，《藏園群書經眼錄》，北京：中華書局，1983 年。

13. 顧廣圻，《思適齋書跋》，上海：上海古籍出版社，2007 年。

14. 顧野王（原撰），陳彭年等（重修），《大廣益會玉篇》，北京：中華書局，1987 年。

15. 顧野王，《原本玉篇殘卷》，北京：中華書局，1985 年。

16. 桂馥，《說文解字義證》，上海：上海古籍出版社，1987 年。

17. 郭錫良，《漢字古音手冊》（增訂本），北京：商務印書館，2010 年。

18. 《漢語大字典》（八卷），成都・武漢：四川辭書出版社，湖北辭書出版社，1986～1990 年。

19. 何九盈，《中國古代語言學史》（新增訂本），北京：北京大學出版社，2006 年。

20. 洪成玉，《古今字》，北京：語文出版社，1995 年。

21. 胡樸安，《中國文字學史》，北京：中國書店，1983 年。

22. 胡玉縉，《續四庫提要三種》，上海：上海書店出版社，2002 年。

23. 黃侃，《黃侃國學講義錄》，北京：中華書局，2006 年。

24. 黃德寬，《漢語文字學史》，合肥：安徽教育出版社，2006 年。

25. 慧琳、希麟，《正續一切經音義》，臺灣：大通書局，1985 年。

26. 蔣冀騁，《說文段注改篆評議》，長沙：湖南教育出版社，1993 年。

27. 雷夢水，《古書經眼錄》，濟南：齊魯書社，1984 年。

28. 李慈銘，《越縵堂讀書記》，北京：中華書局，2006 年。

29. 李國英、李運富，《古代漢語教程》，北京：北京師範大學出版社，2007 年。

30. 李國英、章瓊，《〈說文〉學名詞簡釋》，鄭州：河南人民出版社，1994 年。

31. 李新魁，《古代漢語自學讀本》，北京：語文出版社，1987 年。

32. 梁光華，《唐說文解字木部箋異注評》，貴陽：貴州人民出版社，1998 年。

33. 梁啓超，《清代學術概論》，上海：上海古籍出版社，1998 年。

34. 劉又辛，《劉又辛語言學論文集》，北京：商務印書館，2005 年。

35. 陸德明，《經典釋文》（黃焯匯校本），北京：中華書局，2006 年。

36. 陸璣，《毛詩草木鳥獸蟲魚疏》，《叢書集成新編》（第 43 冊），臺灣：新文豐出版公司，1984 年。

37. 陸宗達、王寧，《訓詁方法論》，北京：中國社會科學出版社，1983 年。

38. 陸宗達，《說文解字通論》，北京：北京出版社，1981 年。

39. 呂思勉，《文字學四種》，上海：上海古籍出版社，2009 年。

40. 馬敍倫，《說文解字研究法》，北京：中國書店，1988 年。

41. 孟列夫（俄），錢伯城（中），《俄藏敦煌文獻》（第 8 冊），上海：上海古籍出版社，1997 年。

42. 莫友芝，《唐寫本說文解字木部箋異》，《續修四庫全書》（第 227 冊），上海：上海古籍出版，1995 年。

43. 倪其心，《校勘學大綱》，北京：北京大學出版社，2004 年。

44. 鈕樹玉，《說文解字校錄》，《續修四庫全書》（第 212 冊），上海：上海古籍出版社，1995 年。

45. 歐陽詢，《藝文類聚》，上海：上海古籍出版社，1982 年。

46. 潘景鄭，《著硯樓讀書記》，沈陽：遼寧教育出版社，2002 年。

47. 錢大昕，《十駕齋養新錄》，南京：江蘇古籍出版社，2000 年。

48. 裘錫圭，《文字學概要》，北京：商務印書館，1988 年。

49. 沈濤，《十經齋文二集》，《叢書集成續編》（第 195 冊），臺灣新文豐出版公司，1988 年。

50. 沈濤，《說文古本考》，《續修四庫全書》（第 222 冊），上海古籍出版社，1995 年。

51. 沈濤，《說文古本考》，潘承弼重刊補足本（陝西師範大學圖書館）。

52. 司馬光，《類篇》，北京：中華書局，1984 年。

53. 蘇培成，《二十世紀的現代漢字研究》，太原：書海出版社，2001 年。

54. 孫星衍，《問字堂集》，北京：中華書局，1996 年。

55. 孫德謙，《古書讀法略例》，桂林：廣西師範大學出版社，2006 年。

56. 唐圭璋，《詞話叢編》，北京：中華書局，1986 年。

57. 王輝，《古文字通假字典》，北京：中華書局，2008 年。

58. 王筠，《說文句讀》，上海：上海古籍書店，1983 年。

59. 王力，《中國語言學史》，太原：山西人民出版社，1981 年。

60. 王念孫，《說文解字校勘記殘稿》，《晨風閣叢書》本，北京：中國書店出版社，2010 年。

61. 王寧，《訓詁學原理》，北京：中國國際廣播出版社，1996 年。

62. 王重民，《校讎通義通解》，上海：上海古籍出版社，2009 年。

63. 翁敏修，《唐五代韻書引〈說文〉考》，臺灣：花木蘭出版社，2006 年。

64. 熊忠，《古今韻會舉要》，北京：中華書局，2000 年

65. 徐堅，《初學記》，北京：中華書局，1962 年。

66. 徐前師，《唐寫本玉篇校段注本說文》，上海：上海古籍出版社，2008 年。

67. 徐時儀，《玄應和慧琳〈一切經音義〉研究》，上海：上海人民出版社，2009 年。

68. 徐時儀，《一切經音義三種校本合刊》，上海：上海古籍出版社，2008 年。

69. 徐世昌，《晚晴簃詩匯》，《續修四庫全書》（第 1631 冊），上海：上海古籍出版社，1995 年。

70. 許慎，《說文解字》（注音版），長沙：岳麓書社，2006 年。

71. 顏之推撰，王利器集解，《顏氏家訓集解》（增補本），北京：中華書局，1993 年。

72. 嚴可均，《說文校議》，《續修四庫全書》（第 213 冊），上海：上海古籍出版社，1995 年。

73. 嚴章福，《說文校議議》，《續修四庫全書》（第 214 冊），上海：上海古籍出版社，1995 年。

74. 楊寶忠，《疑難字考釋與研究》，北京：中華書局，2005 年。

75. 姚永銘，《慧琳〈一切經音義〉研究》，南京：江蘇古籍出版社，2003 年。

76. 應劭撰，王利器校注，《風俗通義校注》，北京：中華書局，1981 年。

77. 余國慶，《說文學導論》，合肥：安徽教育出版社，1995 年。

78. 余嘉錫,《古書通例》,《中國現代學術經典》(余嘉錫、楊樹達卷),石家莊:河北教育出版社,1996 年。

79. 虞世南,《北堂書鈔》,北京:學苑出版社,1998 年。

80. 語文出版社,《語言文字規範手冊》,北京:語文出版社,2006 年。

81. 源順,《倭名類聚抄》,《日本史料彙編》(第 1 冊),北京:全國圖書館文獻縮微複製中心,2004 年。

82. 曾忠華,《玉篇零卷引說文考》,臺灣:商務印書館,1970 年。

83. 張標,《20 世紀〈說文〉學流別考論》,北京:中華書局,2003 年。

84. 張其昀,《說文學源流考略》,貴陽:貴州人民出版社,1998 年。

85. 張舜徽,《舊學輯存》(中),濟南:齊魯書社,1988 年。

86. 張舜徽,《清人文集別錄》,武漢:華中師範大學出版社,2005 年。

87. 張舜徽,《說文解字約注》,鄭州:河南人民出版社,1983 年。

88. 張涌泉,《漢語俗字研究》(增訂本),北京:商務印書館,2010 年。

89. 趙振鐸,《中國語言學史》,石家莊:河北教育出版社,2000 年。

90. 鄭振峰,《漢字學》,北京:語文出版社,2005 年。

91. 支偉成,《清代朴學大師列傳》,臺北:藝文印書館,1970 年。

92. 《中國大百科全書》(語言文字卷),北京:中國大百科全書出版社,1995 年。

93. 中國科學院圖書館整理,《續修四庫全書提要》(經部),北京:中華書局,1993 年。

94. 周祖謨,《唐五代韻書集存》,北京:中華書局,1983 年。

95. 朱一新,《無邪堂答問》,北京:中華書局,2000 年。

96. 鄒曉麗,《傳統音韻學實用教程》,上海:上海辭書出版社,2002 年。

二、期刊論文

1. 黨懷興,《聲紐:漢語「音轉」問題的關鍵》,《陝西師範大學學報》,2002 年第 6 期。

2. 李英,《〈說文解字〉連篆讀考》,《說文學研究》(第 1 輯),崇文書局,2004 年。

3. 施俊民,《〈慧琳音義〉與〈說文〉的校勘》,《辭書研究》,1992 年第 1 期。

4. 徐時儀,《〈一切經音義〉與古籍整理研究》,《古籍整理研究學刊》,2009 年第 1 期。

5. 楊琳,《〈大唐類要〉失傳了嗎》,《中國典籍與文化》,2005 年第 1 期。

6. 張涌泉,《〈說文〉連篆讀發覆》,《文史》,2002 年第 3 輯。

三、學位論文

1. 鍾哲宇,《沈濤〈說文古本考〉研究》,臺灣國立中央大學碩士論文,2009 年。

四、電子類

1. 文淵閣四庫全書檢索版。